Eva Höcherl

Zehn Frauen und ein Blues

Kurzgeschichten, Miniaturen und eine Novelle

Eva Höcherl

Zehn Frauen und ein Blues

Kurzgeschichten, Miniaturen und eine Novelle

Bibliografische Information der Deutschen Bibliothek:
Die Deutsche Bibliothek verzeichnet diese Publikation in der
Deutschen Nationalbibliografie; detaillierte bibliografische
Daten sind im Internet unter *http://dnb.ddb.de* abrufbar.

Impressum
© 2022 Eva Höcherl
Satz, Layout und Umschlaggestaltung:
     Keysselitz GmbH, München
Umschlagabbildung:
     Eva Höcherl
Herstellung und Verlag:
     BoD - Books on Demand GmbH, Norderstedt
ISBN: 978-3-7568-4734-1

Inhalt

1. Zehn Frauen und ein Blues

(Kurzgeschichtenzyklus)

Ulrike Weber (Journalistin) und Salomos Pracht

Meine beiden Tischnachbarn, zwei ältere Herren, sind vertieft in ihr Gespräch, nehmen mich gar nicht wahr, ich wage nicht mich einzumischen. Mit dem Paar zur Rechten ist es das gleiche; man kennt sich. Ich kenne niemanden, sitze buchstäblich zwischen den Gesprächen, konzentriere mich auf die Ente in Zimtsauce, hebe das Rotweinglas und betrachte es gegen das Licht, wie ich es immer gerne tue, eine seltsam schöne Farbe, die es sonst nirgends gibt in der Natur.

Ich kann nicht umhin, auf das Gespräch der beiden Herrn zu achten. Irgendwie geht es um Religion, doch einiges scheint darauf hinzudeuten, daß es sich um zwei Freimaurer handelt, die sich bisher noch nicht kannten, der eine aus Hamburg, der andere aus München. Der Münchner sprach von »Acacia«, wie ich allmählich herausfand, eine Loge in Haidhausen, und daß er Ex-Distriktmeister von Bayern gewesen sei und jetzt für die Öffentlichkeitsarbeit zuständig ist, um den Bund ein wenig transparenter zu machen und das alte Vorurteil der verschwörerischen Geheimbündelei aufzuheben. Mittlerweile hätte man auch einen Internet-Auftritt und man biete Gästeabende an. Der Hamburger meint, dieser schlechte Ruf sei wohl der Preis für die vertrauensvolle Atmosphäre, die er so schätze. Dieses Unter-sich-sein, gerade in der heutigen Welt, wo man nicht einmal mehr seinem engsten Freund vertrauen könne. Er liebe geradezu dieses altmodische Gesetz der Diskretheit, und diese Geborgenheit, verbunden mit größtmöglicher Humanität, könne keine Kirche bieten und Sekten schon gar nicht.

Ich habe bisher für Freimaurerei und ihre Logen so wenig übrig gehabt wie für Ballett oder Eishockey, eigentlich überhaupt nichts. Ich weiß über sie nur, daß sie im achtzehnten Jahrhundert gegründet wurden von liberal bis aufklärerisch gesinnten

Intellektuellen und Großbürgern. Mehr oder weniger als Gegengewicht zu den übermächtigen Kirchen, hauptsächlich der katholischen, und daß Mozart ein Logenbruder war, ähnlich dem mönchischen Sarastro in der Zauberflöte. In diesen heilgen Hallen kennt man die Rache nicht! Das geballte Humanitätsthema in dieser Zauberflötengeschichte des Schauspielers Schickaneder hatte mich im Schlepptau von Mozarts Zaubermusik schon immer berührt, und daß der verschlossen finstere Sarastro seine Stieftochter Pamina liebt, sie jedoch dem Prinzen Tamino überläßt, aber erst, nachdem dieser seine Wehleidigkeit überwindet und sich der edlen Pamina als würdig erweist. Gern hätte ich den beiden Logen-Herren Fragen gestellt, aus reinem Interesse, doch nun geht es bei den beiden ganz allgemein um Religion, die Existenz Gottes, das alte Thema für Leute, die gerne reden, ohne zu einem Ergebnis kommen zu müssen. Schon wieder sind sie vertieft, daß sie auf meine winzige Erdenexistenz nicht einmal einen Blick werfen können. Ich langweile mich. Warum mußte ich auch alleine hierher kommen. Gerade als ich den letzten Löffel Charlotte Russe in den Mund gleiten lasse, höre ich neben mir das Wort »Jesus«, was wiederum eine ganze Lawine an Worten zur Folge hat, von denen ich die meisten schon akustisch nicht verstehe, weil der Hamburger nuschelt und der Münchner den Kopf von mir abgewandt hält.

Aus Langeweile stellte ich mir vor, daß Jesus, von dem die Herren ununterbrochen reden, an unserem Tisch sitzt im legeren Sakko und offenem Kragen mit seinem Lieblingsjünger Johannes auf den beiden freien Plätzen mir schräg gegenüber. Natürlich sieht er aus wie in Pasolinis »Erstes Evangelium nach Matthäus«. Zwei schöne junge südländische Männer, die mich genauso verstohlen betrachten wie ich sie, und die mich in hellen inneren Aufruhr versetzen. Die beiden Plätze mir schräg gegenüber bleiben leider leer, ich kann meine Vision nicht lange durchhalten, sie verschwindet in einer Rauchschwade.

Seit meiner Jugend habe ich kein solch fades Geschmause mehr erlebt. Damals litt ich unter solchen Situationen, weil ich dachte, es läge an mir. Heute verwundert es mich nur noch. Längst habe ich dafür Strategien entwickelt, lasse zum Beispiel meine Gedanken spazierengehen, wohin sie wollen. Sie gehen ins Theater oder Kino oder setzen sich auf eine Bank am See neben einem Holunderbusch. Früher schlenderten sie manchmal auch in eine schwach ausgeleuchtete Landschaft der Zukunft, heute jedoch in eine der Vergangenheit, im Spätvormittagslicht. Wir befinden uns in einer Schulklasse neben einem dunkelhaarigen Mädchen mit Pferdeschwanz und Stirnfransen, wie es damals modern war; von Photos her weiß ich, daß es meine Freundin sein muß. Das Mädchen verbeißt sich mühsam das Lachen. Vor uns steht ein junger Kaplan, pechschwarzes Haar, pechschwarze kleine lustige Augen. Er sagt etwas ohne Ton, wie in einem Stummfilm, wahrscheinlich der Grund, weshalb das Pferdeschwanzmädchen losprusten möchte. In mir aber steigt Wut hoch, wenn ich nur wüßte, was er sagt und warum ich wütend bin. Egal, ich verzeihe ihm ohnehin, die Eins in Religion ist mir gewiß wie die in Sport und Handarbeit. Wobei man sich bei ihm die Eins verdienen muß, er ist berühmt berüchtigt dafür, knifflige Proben zu machen. Bei ihm gibt es auch Vierer in Religion. Seit er in unserer Stadt dem strengen Pfarrer mit noch einem weiteren Kaplan assistiert, bin ich zur eifrigen Kirchgängerin geworden. Seltsamerweise hat es mir die Karfreitagsliturgie besonders angetan. Da sitze ich ganz vorne in der ersten Reihe, um genau verfolgen zu können, wie die jungen Kapläne mit den anderen geistlichen Herren sich bäuchlings vor die Altarstufen legen im weißen Chorgewand, und man konnte die Socken und Form ihrer Knöchel sehen. Und wenn dann am Ende des feierlich düsteren Geschehens das Grab des Gekreuzigten enthüllt wird: Da liegt er dann, der schöne, schlanke halbnackte Tote mit klaffender Wunde an der linken Seite, kunstvoll in die Brust geschnitzt, das weiße Totenlinnen zur Seite gerutscht. Und je länger ich auf das schmale Männergesicht starre, desto lebendiger erscheint es mir, richtig aus Fleisch und Blut, wenn auch tot. Im nächsten Augenblick würde er die Augen öffnen, den schön geformten Kopf zur Seite drehen und mich anschauen, melancholisch natürlich. Tatsächlich war die Religion damals für mich spannend wie Edgar Wallace und erotischer als der berüchtigte Ingmar Bergman Film »Das Schweigen«, der vor einiger Zeit in der kleinen Stadt Furore machte wegen einer kurzen Sex-Szene; freilich so kurz, daß die älteren Schulfreunde, die sich abenteuerlich in das Kino geschmuggelt hatten und Bericht erstatten sollten, furchtbar enttäuscht waren.

Die Eltern wunderten sich, woher diese artfremde Frömmigkeit bei mir kam, denn sie selbst waren zwar katholisch, aber alles andere als fromm. Der Vater ging regelmäßig nach dem Kyrie aus dem Gottesdienst zum Wirt gegenüber, was die Mutter nicht wissen sollte. Sie hätte geschimpft, nicht aus religiösen Gründen, sondern aus gesellschaftlichen, so etwas gehörte sich einfach nicht. Sie ging selten Sonntagvormittag zur Kirche, weil sie als Schneiderin und Hausfrau die Zeit dazu nicht aufbringen konnte und wollte und außerdem auf den alten pensionierten Pfarrer und sein Milieu nicht gut zu sprechen war, der kurz nach dem Krieg die amerikanischen Carepakete hauptsächlich nur seiner Kirchenclique zukommen ließ, was sie nicht nur dem alten Pfarrer, sondern der gesamten katholischen Kirche nie verzeihen konnte, als sei diese und der Apostel Petrus höchstpersönlich verantwortlich für das Fehlverhalten eines kleinen Stadtpfarrers. Der Vater sagte, Gott sei Dank sei ich kein Junge, denn sonst würde ich womöglich Pfarrer werden, und das fehlte gerade noch zu seinem Glück.

Ich war durch eifriges Lernen wegen des jungen Kaplans so bibelfest, daß ich jederzeit die Heilige Schrift gegen die Eltern ausspielen konnte. Verlangten sie Gehorsam und verwiesen auf das Vierte Gebot, gab ich zurück, Jesus hätte gesagt, er sei nicht gekommen, um Frieden, Freude und Eierkuchen zu bringen, sondern um den Sohn mit dem Vater, die Tochter mit der Mutter zu entzweien, falls nötig. Und wenn meine Mutter auf meine

Kleidung schimpfte, was leider oft geschah, kam ich sofort mit den Jesusworten daher, man solle doch nicht so viel Aufhebens machen um Essen und Kleidung. Was sollen wir essen! Was sollen wir anziehen! Seht euch die Lilien des Feldes an! Nicht einmal Salomo in all seiner Pracht konnte mit ihnen konkurrieren! Wenn also die Feldblumen schon so herrlich gekleidet seien, um wie viel mehr würde der himmlische Vater bei uns dafür sorgen!

Die Bibelsprache kam bei den Eltern nicht gut an. Sie pochten auf ihre irdischen Rechte. Für meine biblischen Frechheiten zeigten sie kein Verständnis. Vor allem der Vater nicht. Einmal sprach er mit Leuten, die zu Besuch waren, über die in Mode gekommene »Emanzipation« der Frau, deren ausgemachter Gegner er war, trotz seines politisch pazifistischen Hintergrunds. Zur Untermauerung seiner für mich hochnotpeinlichen Reden wählte er ausgerechnet einen Bibelspruch, jenes schon damals umstrittene und in der Hochzeitsliturgie längst abgeschaffte »Die Frau sei dem Manne untertan«. Prompt schoß ich aus meiner Ecke, wo mich bisher kaum jemand wahrnahm. Er hätte den zweiten Teil des Spruches vergessen, der da lautet: »Und ihr Männer liebet eure Frauen«. Kaum ausgesprochen, bereute ich es auch schon. Ohne daß ich dies gewollt hätte, wirkte er blamiert. Doch er winkte nur ab und sagte: Freches Luder! In diesem Fall wirkte es sich positiv aus, daß die Meinung von Jugendlichen damals nicht viel zählte.

Inzwischen ist auch das Dessert-Geschirr abgeräumt, und es wird wieder Rotwein gereicht in großen Glaskaraffen. Ich setze mich an den Nebentisch, wo jemand mit Gitarre Sauflieder eines schwedischen Poeten aus dem siebzehnten Jahrhundert zum Besten gibt mit der Aufforderung, beim Refrain kräftig mitzusingen, was ich gerne tue. Neben mir sitzt plötzlich eine Frau in meinem Alter, die ich bisher kaum bemerkt habe, obwohl sie nicht unscheinbar wirkt. Burschikose Kurzhaarfrisur, dunkle Augen, ein eher südländischer Typ, doch bayerischer Zungenschlag wie ich. Singt laut und kräftig und richtig so wie ich, bietet mir schließlich eine Zigarette an, die wir draußen vor der Türe rauchen, um zugleich etwas frische Luft zu tanken, wie sie sagt. Zu unserer großen Überraschung stellt sich jetzt heraus, daß wir beide aus demselben Ort stammen, einer historischen Herzogstadt an der Grenze zu Österreich. Irgendwann fällt es mir wie Schuppen von den Augen. Sie dagegen hat mich früher erkannt.

Die Ulli!, sagt sie, und ich: Die Martina!

Wir reden und lachen über gemeinsame Lehrer, den Yogi-Bär, den alten, ausrangierten Religionslehrer und die Uttenthalerin, die uns Französisch beibringen wollte und nicht konnte aus wahrscheinlich psychischen Gründen.

Im Grunde richtige Sozialfälle!, sagte Martina, die nur in einer Klosterschule der Englischen Fräulein untergekommen sind.

Die aber für unsere Unterhaltung sorgten!, füge ich hinzu.

Das schon, aber gelernt haben wir auch nichts.

Dafür um so mehr gelacht! Wenn ich ehrlich bin, mir taten sie leid, vor allem die Uttenthalerin!

Mir auch! Es ging überhaupt keine Gefahr von ihnen aus, nicht einmal schlechte Noten hat man von ihnen bekommen. Martina Reiser machte womöglich als einzige dieser damaligen Mädchenabschlußklasse richtig Karriere. Ich erinnere mich nun, daß sie schon damals zur Polizei wollte und daß uns dies alle verwunderte. Ein Mädchen zur Polizei! Und jetzt ist sie bei der Kripo in München, Leiterin einer Spezialabteilung, eine Kriminalistin.

Wie mein Onkel, sage ich. Der hat mal einen Fall gelöst, wo jemand erst unschuldig unter Verdacht stand wie im Krimi, doch er ist schon pensioniert.

Ich wünschte, das wär ich auch, sagt Martina und wirkt auf einmal melancholisch.

Drinnen, hinter unserem Rücken werden immer noch schwedische Sauflieder gesungen. Schweigend rauchen wir noch eine Zigarette und hängen beide vergangenen Tagen nach.

Damals, als Klassenkameradinnen waren wir nicht eigentlich befreundet. Im Gegenteil, ich empfand sie eher als unbeschriebenes Blatt, als Neutrum, mit dem sich nicht viel anfangen läßt.

Unsere Familie scheint das Unheil anzuziehen, sagt sie, während wir nach drinnen gehen, um unsere Mäntel zu holen, zu zahlen und uns von den Organisatoren zu verabschieden. Meine Schwester, die im Niederbayerischen Lehrerin ist, wurde in einen Fall von schwerem Stalking verwickelt, und mein Bruder, als junger Streifenpolizist, wurde bei einem Einsatz erschossen.

Das ist ja furchtbar!, fährt es aus mir heraus, und sie nickt nur und gibt mir die Hand. Wir verabreden uns für übernächste Woche in einem Café in der Münchner Innenstadt.

Martina Reiser (Kriminalistin) und ein bizarrer Mord

Entschuldigen Sie! Ich bin kein Mörder, ich hätte Ihnen mehr Menschenkenntnis zugetraut. Was habe ich mit dieser verschwundenen Frau zu schaffen? Na gut, sie war, wie man so sagt, ein One-Night-Stand, doch das waren viele. Ich wußte auch, sie ist vermögend, aber das bin ich auch. Ich spiele mit offenen Karten, gebe mir alle Mühe, und Sie rauchen nur Ihre Zigarillo, obwohl das Rauchen in Gebäuden nicht mehr erlaubt ist. Sie blicken auf mich herab wie auf einen banalen Mörder. Ich bin reich, in meinem Geschäft sind fünfzehn Leute angestellt, fünfzehn Arbeitsplätze gehen verloren, wenn ich hier länger festgehalten werde. Für mich ist die Verantwortlichkeit des Unternehmers keine Worthülse. Meine weiblichen Angestellten sind tabu für mich, Unberührbare. In unserem Palast, entschuldigen Sie, so wird unser Haus genannt, in unserem Haus herrschen Offenheit, Ernsthaftigkeit, Professionalität, nur so läßt sich Erfolg auf Dauer gewährleisten.

Die Kommissarin Martina Reiser, eine burschikose Frau mittleren Alters, drückte ihre Zigarillo aus.

Ihr Palast, wie Sie sagen, ist zugleich Ihre Wohnung, nicht wahr? Und er war auch Firmen- und Wohnsitz Ihrer Eltern, der auf Sie überging?

Von meinem Großvater, ja. Ich habe nicht das Geschäft, nur das Gebäude übernommen, rechtmäßig geerbt, und meine Brüder großzügig ausbezahlt. Ich wüßte nicht, was ich hier noch weiter zu erzählen hätte.

Was stellen sie eigentlich her?

Ich bin Computerspezialist. Ich verkaufe, installiere, warte Kommunikationssysteme, berate Firmen, bin zur Stelle, wenn Not am Mann ist oder an der Frau.

Sie sind nicht nur Computerspezialist, auch Frauenspezialist? Don Juan, Schürzenjäger, Blaubart?

Ein Blaubart, was meinen Sie?

Ein Blaubart entsorgt seine Frauen, läßt sie verschwinden. Bei Ihnen, so sagten Sie, verschwinden die Frauen von selbst, aus freien Stücken. Was immer Sie auch damit meinen, die letzte dagegen scheint eine Ausnahme gewesen zu sein. Alle ihre Freunde, Angehörigen, Bekannten sagen übereinstimmend, sie sei nicht die Person, die zum Zigarettenholen geht und nicht wiederkommt.

Ich spiele immer mit offenen Karten, auch den Frauen gegenüber. Ich mache von vorneherein meine Philosophie klar, selbst wenn die meisten deren Logik nicht verstehen wollen, dafür kann ich nichts.

Seltsame Philosophie, die Frauen in die Flucht schlägt, auf Nimmerwiedersehen.

Wissen Sie, worüber ich meine Doktorarbeit geschrieben habe?

Über die erotische Macht des Geldes?

Fast erraten. Über Theorie und Praxis des Grundeinkommens in Industriestaaten. Und das zu einer Zeit, als dieser Begriff öffentlich nicht existierte. Ich bekam Probleme, zu politisch, politisch unkorrekt, obwohl ich Thesen bekannter Sozialwissenschaftler aufgriff. Aber so ging es mir ständig, schon als Kind in der Familie. Ich wußte immer mehr als die anderen, obwohl ich der jüngste war, wurde nicht beachtet. Das setzte sich in der Schule fort. Oft hätte ich den Mathematiklehrer, der eine völlige Niete war, an der Tafel korrigieren können. Anfangs machte ich es auch, doch das kam nicht gut an, auch nicht bei den Mitschülern. Gott sei Dank sah ich gut aus, so hatte ich wenigstens Erfolg bei den Mädchen. Jetzt habe ich mein Auskommen, kann die Angestellten gut bezahlen, was brauche ich darüber hinaus, außer Investitionsrücklagen und eigenen Sozialkosten? Ich werde nie eine Familie gründen und Spenden für soziale Einrichtungen widersprechen meiner Philosophie. In meinem System gäbe es keine Hilfsbedürftigen und keine Superreichen, warum also das falsche System unterstützen. Alles überschüssige Geld stecke ich in mein künstlerisches Projekt, außer den Frauen meine einzige Lebensfreude, der einzige Luxus, den ich mir leiste.

Die Kommissarin orderte Kaffee. Sie war müde. Die leise monotone Redeweise dieses Erzengel Gabriel strengte sie an. Zwischendurch fragte sie sich, ob sie es hier nicht mit einem Geisteskranken zu tun habe.

Sie sagten, Ihre Frauen erschrecken, wenn sie mit Ihrem Kunstwerk konfrontiert werden, warum?

Weil sie aufgrund ihrer konventionellen Durchschnittlichkeit nicht damit umgehen können.

Als ich selbst Ihre Kunst-Installation besichtigen durfte, bin ich zwar nicht gerade erschrocken gewesen, aber doch etwas perplex. Ich glaube nicht, daß das Unverständnis der Damen etwas mit konventioneller Durchschnittlichkeit zu tun hat. Dann müßten Sie auch mich für einen Durchschnittstypus halten.

Der Kommissarin entging nicht ein Anflug von Spott in ihrem selbstgefälligen Gegenüber. Das Fehlen jeglicher Ironie zeigte ihr, daß er keinen Funken Humor haben konnte. Sie hätte gerne geraucht, nur um etwas zu tun und besser nachdenken zu können. So zelebrierte sie das Kaffeetrinken wie eine japanische Teezeremonie, indem sie langsam der schwarzen Flüssigkeit Milch und Zucker zusetzte und zärtlich umrührte. Sie tat, als überlege sie angestrengt, in Wahrheit rief sie sich nur die Wohnstätte dieses merkwürdigen Künstlers vor Augen, die leeren, hohen hellen Räume, Verandafenster, blitzende Parkettböden; sie wirkten wie Tempelräume oder heilige Ateliers eines sakralen Künstlers. Die Installation befand sich in zwei bis drei dieser hohen Räume und zwar an den Wänden und Decken. Diese waren tapeziert mit lindgrünen Hundert-Euro-Scheinen, mit echten, das war das Entscheidende. Ein weiterer Raum mit violetten Fünfhundertern, überzogen von einer Glacéschicht, was an die Oberfläche von Straßen und Autos bei Eisregen erinnerte. Und dieses großmächtige Schicksal würde noch jeder Wand und Decke der palastartigen Wohnung bevorstehen, jeder Raum in einer eigenen Farbe. Im vollkommen leeren Meditationsraum befand sich außer weißen Teppichen nur noch der antike Waffenschrank des Großvaters, aufgestellt wie ein Altar. Der Raum schimmerte violett. Es hätte ihr durchaus gefallen können, wäre das purpurne Leuchten nicht von glacierten Fünfhunderter-Scheinen gekommen.

Die künstlerische Absicht des Ganzen wurde vom Künstler umgehend mitgeliefert:

Der Wert des Geldes sei ein Wert ohne Substanz, ohne Seele. Es manifestiere sich in ihm wie in einer Spirale ohne Ausgang das Übel der Welt, das schwarze Loch unserer Existenz. Da der Mensch zu allererst von Brot leben müsse, befände er sich ab dem Zeitpunkt seiner Geburt in jener Spirale, da Geld zugleich Brot bedeute; fiktives Brot, kein echtes, in einer Spirale des Scheins im wahrsten Sinne des Wortes. Deshalb werde der Mensch geboren, um im Laufe seines Lebens die Spirale zu erkennen und sie zu verwandeln in ein Gebäude aus Licht. Hätte der Mensch die Spirale überwunden, stünde ihm die Unbegrenztheit des Universums zur Verfügung.

Die Kommissarin und ihr Gegenüber blieben eine zeitlang in Schweigen versunken. Dann sagte sie:

Die Frau ist seit jener Nacht mit Ihnen verschwunden. Erzählen Sie noch einmal, was geschehen ist.

Eigentlich möchte ich weder Sie noch mich langweilen; ich wiederhole also: Diese Frau hat mich verlassen, deshalb kann ich nicht sagen, was mit ihr seitdem geschehen ist.

Wann hat die Frau Sie verlassen? Unmittelbar nachdem Sie ihr das Kunstwerk zeigten oder später?

Später.

Eine Minute später, fünf Minuten, eine Stunde später?

Ich weiß es nicht.

Sie wissen es nicht, obwohl Sie gewöhnlich jedes kleinste Detail wissen, also: Wann genau?

Ihr Gegenüber schwieg. Sie fuhr fort:

Diese Dame, die Sie in das Haus gelotst haben aus bekannten Gründen, ließ sich von Ihrem Kunstwerk nicht im geringsten beeindrucken, geschweige denn erschrecken wie alle anderen, im Gegenteil, sie spottete, nicht wahr? Nach Aussagen aller handelt es sich bei ihr um eine ausgesprochen clevere witzige Erscheinung. War sie eventuell die Liebe ihres Lebens?

Ich weiß nicht, was das ist. Nur so viel weiß ich darüber, daß man die Liebe seines Lebens nicht umbringt, weil sie lacht. Welche Unlogik!

Die Kommissarin sagte mit einer Spur ärgerlicher Ungeduld in der Stimme: Sie wissen so gut wie ich, daß die Liebe nicht nach den Gesetzen der Logik funktioniert.

Für mich gibt es keine Unlogik, sagte ihr Gegenüber. Es gäbe sie für mich auch in der Liebe nicht.

Sie lieben diese Frau also nicht?

Doch. Wie alle anderen, die ich gehabt habe.

Die Kommissarin meinte daraufhin lapidar wie nebenbei: übrigens haben *Sie* vorhin vom Umbringen ihrer Geliebten gesprochen, nicht ich!

Was treiben Sie für ein Lügenspiel!, ereiferte sich ihr Gegenüber. Ich habe nichts dergleichen gesagt!

Doch! Sie sagten: Nur so viel weiß ich, daß man die Liebe seines Lebens nicht umbringt, weil sie lacht!

Und das werten Sie als Geständnis!

Ja. Das werte ich als Geständnis. Martina Reiser wunderte sich selbst über die Ruhe und Sicherheit in ihrer Stimme. Als der Angeklagte schwieg fuhr sie fort: Sie konnten den Spott Ihrer neuen Geliebten nicht ertragen, die absolute Entwertung des Kunstwerkes an dem Ihr Herzblut hing. Sie verloren den Kopf und nahmen eine dieser kunstvollen Pistolen aus dem kostbaren Schrein.

Mit großem Ernst, fast feierlich sagte er: Ein altes Sammlerstück ohne Munition!

Sie, der geniale Techniker, wissen solche Dinger nicht zu präparieren und Munition dafür zu beschaffen? Sie haben wohl schon schwierigere Probleme gelöst.

Etwas geschmeichelt sagte er: Und was soll das bitte für eine Pistole gewesen sein? Sie haben doch alle längst untersucht und keine kam als Tatwaffe in Frage.

Sie haben sie verschwinden lassen, ganz einfach.

Und von allen Sammelstücken meines Großvaters soll ein einziges, das angeblich verschwundene, präpariert gewesen sein? Nur um diejenige, die sich darüber lustig macht, erschießen zu können? Einfach absurd.

Warum nicht. Sie dachten freilich nicht daran, eine ihrer Frauen zu erschießen, eher einen Eindringling oder Einbrecher bedrohen zu können vielleicht, oder einfach nur, weil sie sich herausgefordert fühlten als Technik-Freak.

Ich bin Pazifist.

Ein Pazifist, der einen antiken Waffenschrank zum Altar hochstilisiert, ist das logisch?

Ja, es ist logisch. Ein Pazifist, der das Andenken seines geliebten Großvaters heilig hält, des einzigen Menschen, dem ich je etwas bedeutet habe. Also doch wieder die Liebe.

Womöglich hat die spottlustige Dame sich nicht nur über Ihre Installation lustig gemacht, sondern auch über die geheiligten Pistolen Ihres Großvaters. Wodurch sie alles entehrte, nicht wahr, nicht nur Ihr Kunst- und Lebenswerk, auch Ihren Großvater, Ihren Palast, Ihren Beischlaf, Ihre Liebe vielleicht, die fernste und die jüngste Vergangenheit, ja Sie selbst, Ihr ganzes Leben, Ihr ganzes Universum, Ihr ganzes philosophisches – Brimborium, wäre ihr beinahe herausgerutscht. Statt dessen sagte sie: Herzstück!

Zum ersten Mal zeigte ihr Gegenüber Gefühl. Er blickte sie an voller Haß. Martina Reiser spürte genau: Hätte er die Pistole seines Großvaters in Händen, er würde sie erschießen, auf der Stelle.

Fridolins Mutter (Nachbarin von Ulrike Weber) und der Heilige Martin

Marlene und Fridolin, zwei Schulkinder in einem mittelgroßen Ort nähe München, zeigen ihre selbstgebastelten Laternen einem Journalisten des Stadtanzeigers, während die Lehrerin erläutert, was in den nächsten beiden Stunden geschehen würde, wie der Ablauf des Laternenumzuges gedacht und geplant sei. Erst wird man durch die Siedlungsstraßen ziehen, dabei die einstudierten Lieder singen »Ich geh mit meiner Laterne« sowie den Kanon »Mache dich auf und werde Licht«. Sind dann Park und Wäldchen durchquert, würde ein Lagerfeuer in der Senke entfacht werden, allgemein »Theatron« genannt, um dann bei Kinderpunsch und Lebkuchen das Lichterfest ausklingen zu lassen.

Der Journalist notiert, leise wiederholend, schnell und geübt: Mache dich auf und werde Licht, Lagerfeuer, Theatron, Kinderpunsch, Lichterfest. Dann photographiert er Marlene, Fridolin und die umstehenden Kinder, wie sie ihre hübschen Laternen hochhalten, und der Zug setzt sich in Bewegung. Es ist schon fast dunkel. Feuerwehrmänner helfen beim Überqueren der Hauptstraße, leichter Abendnebel im Park. Der Journalist verabschiedet sich, ebenso die Feuerwehrmänner.

Die Mütter von Marlene und Fridolin sind Ulrike Weber und ihre Nachbarin, sie schlendern nun hinter ihren Kindern her, sie wollen nicht singen, weshalb sie um so mehr reden. Besonders Fridolins Mutter, eigentlich hauptsächlich nur sie, ereifert sich über heutige Erzieherinnen, die nicht wüßten oder nicht wissen wollten, worum es heute, dem elften November, wirklich ginge. Lagerfeuer! Lichterfest! Wohl noch nie etwas gehört vom heiligen Martin und seiner Geschichte, wonach der seinen Mantel mit seinem Schwert zerschnitt, um die andere Hälfte einem halbnackten Bettler zu geben in eisiger Kälte. Nicht einmal der

Journalist scheine es zu wissen, auch so ein Ahnungsloser, ein ahnungsloser junger Schreiberling! Wärme und Gemütlichkeit des Lagerfeuers! Ein Licht leuchte in der Dunkelheit! Alles schön und gut, doch wo bleibe der Sinn des Ganzen, der Ursprung der ganzen Feierlichkeit. Heutzutage wisse man mehr über Halloween und Horror als über weise und heilige Männer und Frauen. Eine Schande sei das, aber typisch für heute, ein Ausverkauf der Werte, ja unserer ganzen Kultur, eine Selbstaufgabe, eine … eine. Fridolin dreht sich um und sagt laut: Mama!

Einer der Väter grinst vor sich hin, eine andere Mutter sagt: Als ich klein war, gab es weder Halloween noch Sankt Martin oder Laternenumzüge, die Welt verändert sich, das eine kommt, das andere geht.

Fridolins Mutter faucht: Diese Beliebigkeit, weshalb wird hier eigentlich mitgegangen, wenn an nichts geglaubt wird!

Marlenes Mutter seufzt und eine andere meint: Ich kann Halloween auch nicht leiden, das ist von Amerika her übergeschwappt, weil Kinder sich halt so gerne gruseln. Es ist auch besser, sie geistern abends durch die Straßen, als daß sie in die Glotze glotzen oder vor dem Computer hocken stundenlang.

Die Lehrerin kommt und bittet die Eltern, etwas ruhiger zu sein und mitzusingen, der Kanon sei abgestürzt, weil zu wenig Eltern mitmachten. Sie bildet drei Singgruppen, die den Kanon retten sollen. Vom Rande des Parks her sind schon leise ferne Akkordeonklänge zu vernehmen. Die rührige Lehrerin hat auch an Musik gedacht, nicht nur an Punsch, Gebäck, Lagerfeuer.

Es muß noch das Wäldchen überwunden werden. Der Laternenzug schlängelt sich hinein. Inzwischen haben sich Marlene und Fridolin abgeseilt, hinunter zum Ende des Laternenwurms. Durch das Wäldchen führt nur ein einziger Weg, vorbei an einer Holzbank, auf der eine Gestalt kauert, wahrscheinlich schläft. Manchmal treffen sich hier Penner und Kiffer. Dies hier scheint ein betrunkener Penner zu sein. Er hebt den Kopf, kann ihn vor Erstaunen nicht ablegen auf das zusammengeschnürte Bündel, das ihm als Kopfkissen dient. Die großen und kleinen Laternenmenschen drehen nun ihrerseits den Kopf nach ihm, als sie vorbeiflanieren in gemächlicher Parade. Der Penner verharrt in der Dunkelheit wie ein liegendes Reh mit erhobenem Kopf. Im Theatron wartet ein Teil der Eltern und Elternbeiräte, die sich dem Zug nicht angeschlossen haben. Das Feuer lodert gemütlich. Bald wird nicht mehr gesungen und geredet, nur noch Punsch und Lebkuchen genossen und dem Akkordeon gelauscht.

Doch dann entsteht plötzlich große Unruhe, in deren Zentrum sich wieder einmal Fridolins Mutter befindet. Sie ringt die Hände, steigert sich in etwas hinein, diesmal wie es scheint zu Recht. Leute stehen um sie herum, blicken teilnahmsvoll bis besorgt. Ihr Sohn ist verschwunden. Fridolin! Fridolin!, hallt es überall über die Senke hinweg. Keine Antwort. Das Akkordeon verstummt. Marlene ist verdattert, ihre Mutter befragt sie eindringlich, jeder will von ihr wissen, wo ihr Kamerad abgeblieben sei, doch sie hat keine Ahnung. Plötzlich war er nicht mehr da.

Vier Erwachsenengruppen werden eingeteilt, für jede Richtung. Sie suchen nach dem Kind mit Taschenlampen und Laternen. Die Gruppe mit der Mutter an der Spitze eilt zum Wäldchen. Da taucht auch schon aus dem Finstern der kleine Vermißte auf, überrascht wegen Mamas Aufgeregtheit. Er sei nur schnell noch einmal umgekehrt, weil er den Mann auf der Bank genauer anschauen wollte. Dabei hätten sie dann ein bißchen gequatscht, und er hätte ihm den Rest seiner Gummibärchen geschenkt und seine Laterne auf der Bank zurückgelassen, damit es dort nicht so finster sei.

Die Mutter ringt nach Luft und Fassung. Sie läßt ihrem Ärger freien Lauf. Furchtbares hätte passieren können. Ihr Sohn, umgeben von stockfinsterer Nacht, allein mit einem Asozialen! Und dann die schöne Laterne. Wie lange sie hingewerkelt hätten an dieses Ding, ein kleines Kunstwerk und jetzt in der Hand eines verwahrlosten Penners. Ich hole sie zurück!

Der Mann auf der Bank hat inzwischen Stange und Griff der Laterne so kunstvoll im Strauchgezweig befestigt, daß sie direkt über der Banklehne zu seinen Füßen baumelt, schon von weitem sichtbar, ein geheimnisvoller Leuchtkörper, Fridolins Kunstwerk. Die Mutter mitsamt Gefolge bleibt stehen. Sie blickt auf die Szenerie, irritiert. Nach einer halbminütigen Überlegensphase befiehlt sie: Wir gehen zurück!

Am nächsten Tag stellt sich heraus, in welcher Gefahr sich Fridolin angeblich befand, zumindest für seine Mutter. Irgend jemand hat herausbekommen durch Zufall, daß es sich bei dem gemütlichen Penner um den Zuchthäusler handelte, der vor Jahren wegen Totschlags an seiner Geliebten zu einer fünfjährigen Haftstrafe verurteilt worden war, wegen guter Führung vorzeitig entlassen, trotzdem im bürgerlichen Leben nicht mehr Fuß fassen konnte und sich mit viel Alkohol und spärlichen Gelegenheitsarbeiten durchs Leben schlägt.

Die Mutter regte sich erneut auf, weshalb ihr Fridolin verschwieg, daß der dunkle Fremde ihm ein Heft mit Geschichten für die Gummibärchen schenkte, die er im Zuchthaus aus Langeweile geschrieben hat. Er ging damit zu Marlene und ihrer Mutter, Frau Weber, von der er wußte, daß sie ebenfalls Gedichte und Geschichten schreibt. Es waren zehn kleine Geschichten über die biblischen Zehn Gebote, für jedes Gebot eine Geschichte. Sehr interessant, sagte Ulrike Weber und machte große Augen.

Den beiden Kindern gefiel am besten die Geschichte über das Vierte Gebot, über ein Mädchen, das verzweifelt um die Liebe ihres Vaters ringt.

Selma (Kaisertochter) und die Mondscheinsonate

An ihrem zwölften Geburtstag erinnert sich der Kaiser an seine Tochter Selma. Regierungsgeschäfte hatten ihn in Beschlag genommen, Reisen, Feldzüge, Liebesaffären. Selma ist ein merkwürdiges Kind gewesen, mit blasser Haut und pechschwarzen Haaren. Er fragt sich, was aus ihr geworden sein mag. Holt meine Tochter! Befiehlt er. Ich möchte mit ihr speisen!

Als Madame Julie den kaiserlichen Befehl erhält, reagiert sie mit üblicher Geschäftigkeit, setzt sich an den PC, schreibt nun ihrerseits Befehle. Sie war die Amme der Kaisertochter Selma, wurde dann die Geliebte des ersten Ministers Lakaj und stieg zu dessen Chefsekretärin auf. Seit Jahren hatte sie keinen Kontakt mehr zu Selma. Als ihre Karriere begann, übergab sie die Kleine der Sprachlehrerin Madame Nasweis. Es hatte sich nämlich herausgestellt, daß Klein-Selma außergewöhnlich sprachbegabt war, sie mußte unter die Fittiche der Expertin Nasweis, alles andere wäre unverantwortlich gewesen.

Madame Julie klingelt ihrem Praktikanten Happy, einem wendigen fröhlichen Jungen. Dieses vom Kaiser höchstpersönlich unterzeichnete Schriftstück sei unverzüglich und persönlich Madame Nasweis im Westsektor des Palastes zu überbringen und Selma in den nächsten Stunden auf ein Treffen mit ihrem kaiserlichen Vater vorzubereiten und im Speisesaal abzuliefern. Absolute Dringlichkeit! Der Kaiser wünsche heute abend mit seiner Tochter zu speisen! Happy holt seine Skater aus dem Schreibtisch, flitzt los, unendlich lange, glitzernde, glänzende Korridore entlang, über Fluren, Fluchten, Gänge, Rolltreppen und schiefen Ebenen, surft die Treppen hinunter, überwindet Sperren, Palastwachen, Kontrollen mit Charme und Schnelligkeit und erreicht nach etwa zwanzig Minuten Madame Nasweis, die ihm lange und umständlich erklärt, sie wüßte nicht, wo Selma sich jetzt befände. Selma hätte in nur einem Jahr drei Sprachen gelernt, wollte ihrem Vater Kostproben ihres Könnens darbieten, zum Beispiel Shakespeares Sonette im Original rezitieren oder das erste Kapitel aus Dostojewskijs »Schuld und Sühne«, natürlich auf Russisch, weil sie wußte, daß ihr Vater Russisch konnte und liebte und auch den Dichter Dostojewskij. Doch zu dieser Zeit beschloß der Herr Papa gerade den Kriegseinsatz in Satanien, hielt sich kaum noch auf im Palast, geschweige denn, daß sich Zeit gefunden hätte, mit seiner Tochter Shakespeare und Dostojewskij im Original zu erleben.

Madame Nasweis konnte ihr nichts mehr beibringen und da nun auch Selmas hohe Musikalität entdeckt worden war, kam sie in die Obhut des brillanten Pianisten und Klavierpädagogen Herrn Bachofen im Nordflügel des Westsektors. Seitdem hat Madame Nasweis nichts mehr von ihrem Schützling gehört. Die übergibt Happy den Orientierungsplan für den verschachtelten Nordflügel und wischt sich verstohlen eine Träne aus dem Augenwinkel.

Mittlerweile hat sich Happy in das Bildnis der schönen Kaisertochter verliebt und fliegt nun geradezu durch Gänge und Flure, hechtet über Treppenabsätze, überwindet sämtliche Kontrollen in Rekordgeschwindigkeit, trifft nach einer halben Stunde bei Herrn Bachofen ein, Selmas Musiklehrer, und neuen Vertrauten. Dieser erklärt kurz und bündig, und auch etwas stolz, Selma sei nicht mehr bei ihm, schon nach einem Jahr hätte sie Konzertreife erlangt und zu ihrem zehnten Geburtstag eine CD aufgenommen, ihr Lieblingsstück, Beethovens Mondscheinsonate. Es wäre ihrem Vater gewidmet gewesen und zugleich ein Geburtstagsgeschenk für ihn. Doch dann sei die Hochzeit des Vaters mit der neuen Frau dazwischengekommen und jene verheerende Spionageaffäre »Jerôme«, die eiserne Faust des Kaisers vonnöten und wie Sie wissen …

Ja, ja, schnauzt Happy etwas frech, wo ist Selma? Wo ist sie jetzt?

Wie sollte es anders sein. Herrn Bachofens Kapazitäten waren ausgeschöpft, was er natürlich nicht zugibt. Außerdem wollte Selma nicht mehr Klavierspielen, sondern Eiskunstlaufen. Dabei zeigte sich auch ihr überaus sportliches und tänzerisches Talent, vor allem die große Sprungkraft.

Schon gut! Happy schreit es fast. Wo ist sie jetzt?

Na, wo wird sie wohl sein! Herr Bachofen ist beleidigt. Bei Frau Eisleben natürlich, ihrer Trainerin.

Und wo befindet sich diese Frau Eisleben?

In ihrem Domizil, im Südsektor, ungefähr eine Stunde von hier. Da wurde eine Eis-Arena geschaffen für Madame und ihre kleine Hupfdohle, die eine zweite Clara Schuhmann hätte werden können!

Was erlauben Sie sich, Sie sprechen von der Tochter des Kaisers!

Weiß der Kaiser überhaupt, daß er eine Tochter hat?

Geben Sie mir sofort den Orientierungsplan für den Südsektor!

Herr Bachofen lächelt wehmütig bis ironisch, händigt den Plan aus. Happy saust los, die üblichen Gänge, Fluren, Treppen, Sperren, bis er endlich Frau Eisleben begrüßen kann, die sich nach längerem Zögern herabläßt, Happy zur Kaisertochter bringen zu wollen. Persönliche Abholung sei befohlen, doch wohin wurde er gebracht?

Zur geheimen Palastgalerie, sagt sie tonlos und fügt pathetisch hinzu: Wir sind alle des Todes!

Happy zweifelt am Verstand dieser Frau. Arme Selma! Zu guter Letzt bei einer Verrückten gelandet. Doch Frau Eisleben ist nicht verrückt. Happy merkt es schnell. Auch ihre neueste Leidenschaft wollte die Kaisertochter zur Perfektion treiben, sprang nach einem Jahr bereits Zweifachsprünge, trainierte wie besessen den dreifachen Rittberger. Sie wollte an ihrem zwölften Geburtstag eine Eisrevue veranstalten, eine Kür einstudieren zur Musik ihrer geliebten Mondscheinsonate, zu Ehren ihres Vaters, des Kaisers; wollte ihn überraschen und bunte Einladungskarten drucken lassen. Doch bei der Generalprobe stürzte sie schwer mit dem Kopf auf das Eis. Noch bevor der erste Arzt eintraf, fiel sie ins Koma, nach einer Woche verstarb sie und alle wußten sofort: Wir sind vernichtet, vom Arzt bis zur Trainerin, vom Eiswart bis zum Koch des Eis-Casinos, sollte der Kaiser davon erfahren.

Auch Happy befürchtet jetzt, es könnte sein letzter Tag gewesen sein an diesem hochprivilegierten Ort, wenn er, was zu erwarten ist, die schlechte Nachricht überbringen muß. Alle irgendwie Beteiligten an dieser Tragödie müssen damit rechnen, vom kaiserlichen Strafgericht verurteilt zu werden.

Sie bringen mich also zu Selmas Grab!, sagt Happy.

Wo denken Sie hin! In Frau Eislebens Auge erkennt Happy kurz aufblitzenden Galgenhumor. Der Kaiser wünscht mit seiner Tochter zu speisen, sagt sie sarkastisch. Darf man sich den Wünschen des Kaisers widersetzen? Sie haben den Auftrag, seine Tochter in den Speisesaal zu bringen!

Happy staunt mit halbgeöffnetem Mund. Nach der Tragödie hat sich Frau Eisleben in ihrer Verzweiflung keinen besseren Rat gewußt, als den schönen Leichnam dem Palastkünstler Dodó zu übergeben. Auf Befehl des Kaisers, so machte sie dem verdutzten Künstler vor, sei die tote Tochter zu konservieren, in ein Kunstwerk umzugestalten und in einem gläsernen Schrein aufzubewahren, in sitzender Stellung, als lebe sie, in einem weißen Seidenkleid mit Puffärmel, und als spiele sie auf den Tasten eines Klaviers, das pechschwarze Haar frei und in all seinem Glanz über die Schulter fließend. Und kein einziges Wort dürfe darüber verloren werden. Bei Zuwiderhandlung müsse mit strengster Strafverfolgung gerechnet werden.

In der kaiserlichen Palastwohnung und den angrenzenden Bereichen herrscht in dieser Nacht Totenstille, ja, eigentlich im ganzen Palastkomplex, der im Grunde mit einer überdachten mittleren Stadt zu vergleichen ist. Alles hat sich zurückgezogen, sogar Herr Lakaj und Madame Julie, die engsten Vertrauten und

Berater des Kaisers. Gegen Morgen wagt es Madame Julie, sich an die wuchtige Mahagonitüre des kaiserlichen Speisesaals zu schleichen, aus dem schwache, kaum hörbare Töne dringen. Als sie näher kommt, hört sie es: Die Mondscheinsonate, gespielt von seiner toten Tochter auf der CD, immer wieder, den ganzen nächsten Tag.

Petra Meyer (Graphikerin) und der Dämon aus der Vergangenheit

Meinen Augen glaubte ich nicht zu trauen, als ich die Bestsellerautorin im Fernsehen neben dem Talkmaster sitzen sah. Es war Pia Wessely, eine Jugendfreundin, dreißig Jahre älter, eine aufgetakelte Mittvierzigerin, deren Roman »Grüne Kirschen« ein großer Erfolg war. Durch reinen Zufall sah ich diese Sendung, eine Talkshow, im Haus von Magdalena Wolf, einer befreundeten Schriftstellerin, während einer Kaffeepause. Stunden schon waren wir zusammengesessen wegen eines Graphic Novel Buches, das die Journalistin Ulrike Weber herausbringen wollte. Ich war für die Zeichnungen zuständig, Magdalena und Ulrike für die Texte. Wir kannten uns alle drei seit der Münchner Studentenzeit und stammen aus demselben Ort, genau der Ort, in dem wir uns gerade befanden, in Magdalenas Haus in der Nähe des Krankenhauses am Steilufer der Salzach. Sie war verheiratet mit dem Chefarzt und hatte zwei heranwachsende Töchter. Sowohl Ulli als auch Magdalena kannten Pia Wessely nur vom Sehen. Ulli ging auf eine andere Schule, in die Klosterschule der Englischen Fräulein, und Magdalena war mehrere Klassen unter uns. Sie konnten sich beide auch nur schwach an den Fall Angerer/Grünfelder erinnern, in den Pia und leider auch ich verwickelt waren.

Am nächsten Tag kaufte ich das Buch und hatte es in einer Stunde gelesen. Der Lebensbericht einer Edelprostituierten, ihr Weg in dieses Geschäft und wieder heraus. Ich fragte mich, was an dieser Geschichte fiktiv sein mochte, womöglich fast alles. Ich kannte ihre Lebensdaten, den Mißbrauch durch den Stiefvater mit vierzehn, als die alkoholkranke Mutter auf Entzug war, den Schulabbruch. Der Roman gab vor, eine Autobiographie zu sein, es fehlte jedoch der geringste Hinweis auf ihren Bruder Mick und die Umstände seines Todes. Merkwürdig, daß die größte Tragödie ihres Lebens nicht zur Sprache kam, mit keinem Wort.

In den nächsten Tagen schlief ich sehr schlecht. Erinnerungsbilder plagten mich, als seien sie unter Verschluß gehaltenen
Alpträumen entsprungen, als sei eine Flasche mit Plagegeistern
geöffnet worden, die nun herumspukten und wieder eingefangen
werden wollten. Daß Mick in diesem Roman nicht einmal
verschlüsselt zum Leben erweckt wurde, empfand ich als sträflich
vertane Chance; ein Affront nicht nur gegen ihn, sondern auch
gegen mich, denn er war der eigentliche Jugendfreund, nicht Pia,
sie war nur die jüngere Schwester. Ich hatte mit ihr nichts mehr
zu tun, schon seit dreißig Jahren nicht mehr.

Als ich sie schließlich aufsuchte, erkannte sie mich sofort,
führte mich zu einer hübsch bepflanzten Terrasse hoch über den
Dächern von Schwabing. Irgendwie stand sie unter Strom,
womöglich war sie high. Während wir Kaffee tranken und Kekse
dazu knabberten, faßte ich mir ein Herz und fragte, ob es sich bei
ihrem Roman um einen authentischen Lebensbericht handle
oder um eine fiktive Story, die stark an ihr Leben angelehnt sei;
ein Spiel mit den eigenen Lebensfakten, fügte ich noch hinzu.

Einen Augenblick lang schauten wir uns in die Augen. Ich
bemerkte ein Flimmern, das sofort erstarrte. Es beschlich mich
die vage Furcht, einen dummen Fehler begangen zu haben.

Sie nahm einen Schluck aus ihrer Tasse, und ich konnte mich
des Gefühls nicht erwehren, am liebsten hätte sie mich gepackt
und über das schmucke Eisengeländer geworfen. Als sie die Tasse
abstellte, ein Anflug von Lächeln, das sofort wieder vereiste.

Eine ganze Dekade lang sind wir fünf Freunde gewesen,
wie bei Enid Blyton, vom Kindergarten bis zur Mittelstufe
des Gymnasiums. Es hatte sich so ergeben, weil wir alle in
unmittelbarer Nachbarschaft lebten, bis auf Mick und Pia, die
Wesselys, die wohnten mit ihrer Mutter und dem Stiefvater am
Rande der Siedlung an der Straße, die hinunter zum Fluß und zu
den Auwäldern führte. Wir waren wie ein Sternbild am Himmel,
immer in der gleichen Konstellation: Gerd Angerer, Mick Wessely, Margit Grünfelder, Pia Wessely, als Micks jüngere Schwester

ein gern geduldetes Anhängsel, und ich, Petra Meyer, genannt Petsi.

Margit und ich gingen in dieselbe Klasse von Anfang an. Gerd und Mick in die Parallelklasse, Pia eine Klasse darunter. Gerd war der Kopf der Gruppe, der geheime Befehlshaber; das was bei den Beatles John Lennon war. Er stand unter großem Leistungsdruck durch seinen Vater Oberstudienrat Angerer, durfte sich nie eine Drei erlauben. Einmal wurde er wegen einer Vier in Mathe von seinem Vater dermaßen heruntergemacht, daß wir alle Hände voll zu tun hatten, ihn wieder aufzurichten. Ähnlich erging es Margit mit ihrer überstrengen Mutter, einer Finanzbeamtin, aber nicht wegen Schulleistungen, sondern wegen Haushalts- und Babysitterpflichten. Wir unterstützten sie, so gut wir es vermochten, halfen die Mutter austricksen, und wenn sie die kleinen nervigen Geschwister mitschleppen mußte, sperrten wir sie in das gemietete Fischerhäuschen der Wesselys direkt am Fluß, das gleichzeitig auch unser Hauptquartier war. Das Lieblingsspielzeug der Bamsen, wie wir sie nannten, schmuggelten wir zu diesem Zweck im Rucksack aus der Wohnung der Grünfelders. Ein Wunder, daß sie sich nie bei der Mutter beschwerte und ein Glück, daß nie etwas passierte.

Margit war die Hübsche, die Klassenschönheit, die, mit der alle Jungen gehen wollten, und Mick war der Sensible, Introvertierte, der Praktische, der Beschaffer, der uns auch mit Kinokarten für verbotene Erwachsenenfilme versorgen konnte. Die Ausweise bekamen wir von älteren Geschwistern oder Schulkameraden, und manche ließen sich sogar dafür bezahlen. Pia war die Kleine, die zu allen aufschaute, dabei allerdings viel kräftiger und körperlich gewandter als Margit und ich, die geborene Sportlerin. Und ich war der typische Kumpel, der alles mitmachte und sich für alles begeistern konnte, je unsinniger desto besser.

Inzwischen waren wir von Kaffee zu Rotwein übergegangen. Pias Hände zitterten merklich, wenn sie das Glas abstellte, und sie stellte es oft ab, weil sie ungewöhnlich schnell und viel trank.

Bald schon dachte ich an Aufbruch. Als ich aufstand um mich zu verabschieden, faßte sie mich am Unterarm, zog mich sachte zurück in den Sessel und schenkte mein Glas wieder voll.

Wenn du mich weiter so bewirtest, sagte ich, werde ich mit der S-Bahn nach Hause fahren müssen.

Überraschenderweise kam sie plötzlich zu dem zentralen Punkt, den ich bisher umging und wegen dem ich eigentlich hergekommen war. Sie sagte:

Es hat dich irritiert, daß ich nichts über Mick geschrieben habe und die anderen?

Ich wußte nichts rechtes darauf zu antworten. Wir schwiegen eine zeitlang, es entstand eine Stimmung, als ob wir gemeinsam meditierten oder beteten.

Die Entwicklung, die zu jener unheilvollen Geschichte führte, begann damit, daß die Freundschaft der fünf jungen Leute allmählich bröckelte. Nichts Außergewöhnliches im Grunde, dies geschieht millionenfach. Doch das Unheilvolle an diesem Auflösungsprozeß war nicht die Auflösung an sich, sondern die Art und Weise, wie es geschah. Alles verkehrte sich in das blanke Gegenteil.

Schon nach den ersten Jahren auf dem Gymnasium veränderte sich alles. Micks Stiefvater mußte ins Gefängnis. Pia kam auf eine andere Schule. Mick wurde immer verschlossener, hatte Alkoholprobleme, mußte vom Gymnasium, brach die Lehre ab, war nahe daran, vollends abzusacken. Gerd wandte sich von ihm ab, auch von mir, wurde immer arroganter, schaute auf uns herab, es zählten nur noch gute Noten, zudem spielte er nun erfolgreich die Rolle des Don Juan und ruhte nicht eher, bis er Margit, diejenige, die alle haben wollten, für sich erobert hatte.

Ab diesem Zeitpunkt entfernte sich auch Margit von mir. Dabei sind wir seit dem Kindergartenalter wie Zwillingsschwestern gewesen. Es stieß mich ab, wie sie nur noch Augen für Gerd hatte, sich an ihn hängte, ihm regelrecht verfiel, und er betrog sie auch noch mit älteren Studentinnen, was sie nicht wahrhaben wollte.

Auch sie dachte nur noch an gute Noten und war ein vollkommener Langweiler geworden, genau wie Gerd.

Mick versuchte immer wieder sich ihm anzunähern, er hing mehr an Gerd als ich vermutet hätte. Er litt am meisten von uns, auch wegen seiner Perspektivlosigkeit und seines Alkoholismus. Ich beendete die Schule nach der Mittleren Reife, um so schnell wie möglich nach München auf die Kunstfachschule zu kommen. Als einzige von uns frönte ich nach wie vor unserer alten Leidenschaft, dem Umherstreunen im Auwald und am Fluß. Ganze Nachmittage streifte ich dort unten umher mit Malblock, Stiften und Fotoapparat.

Dann kam jener Nachmittag im Juli.

Stunden schon hatte ich mich am Flußufer aufgehalten, um seltene Pflanzen und Vögel zu skizzieren oder zu photographieren, als von der nahen Wessely-Hütte Stimmen herübergellten. Es hörte sich an wie schwerer Streit. Als ich heranschlich bemerkte ich Margit, Gerd und Mick. Irgend etwas hielt mich zurück, ich trat hinter die Rückwand der Hütte. Schnell wurde mir klar, worum es ging.

Die alte Hütte mit einer Art Vorgarten, jetzt total verwildert, von Hobbyfischer Wessely vor Jahren gemietet, auch die Hütte nun verwaist und verwahrlost, hatte jahrelang unserer Clique als Domizil gedient, in letzter Zeit freilich Gerd und Margit als Liebesnest. Eine Unverfrorenheit, die sich Mick nicht mehr bieten lassen wollte. Offenbar hatte er sie überrascht, denn Margit war in Unterwäsche direkt neben Mick und ließ ihren ziemlich großen Busen herausquellen, schamlos und selbstbewußt wie eine Nutte. Ich haßte sie. Nicht wegen der Halbnacktheit, sondern wegen der Selbstverständlichkeit, mit der sie diese zur Schau stellte, vor allem Mick gegenüber. Gerd lachte verächtlich.

Von wegen dein Haus und Grund! Er hätte Micks Nachstellungen satt, er solle sich endlich verpissen. Schließlich nannte er Mick einen schwulen Wichser, seine Mutter eine verblödete Säuferin, seinen Vater einen Zuchthäusler und seine Schwester ein kleines Nuttchen. Von so einem lasse er sich nichts vorschreiben! Hausherr dieser Bruchbude, daß ich nicht lache, die sowieso bald abgerissen würde, das wisse er vom Freund seines Vaters, der sei im Stadtrat. Also mach endlich 'ne Fliege, du Knilch!

Mick blieb erschreckend ruhig und schwieg wie einer, der sich auf vulgäre Anmache nicht einläßt. Auch Margit schwieg, nicht wegen Vornehmheit, sondern wegen Doofheit. Dann ging Gerd wie auf Kommando zu Margit, umfaßte unsanft ihre nackte Taille und verschwand mit ihr in der Hütte. Auch Mick drehte sich unvermittelt um und ging.

Ich schlich mich zurück zum Fluß, photographierte wild in der Gegend herum, am liebsten hätte ich den Apparat in den Fluß geschleudert. Nach etwa einer Stunde beschloß ich, endlich nach Hause zu gehen, mußte aber auf meinem Weg an der Wessely-Hütte vorbei. Schon von weitem sah ich, daß etwas nicht stimmte. Die Tür stand halb offen. Warum haben Gerd und Margit, wenn sie schon fort sind, die Tür offengelassen? Widerwillig stand ich davor und wollte sie schließen, doch etwas brachte mich dazu, vorsichtig hineinzuschauen. Die Hütte war bisher immer versperrt. Gerd hatte von früheren Zeiten her noch einen Nachschlüssel. Ich wollte sehen, ob der Schlüssel von innen steckte, um abzuschließen und ihn Mick oder Pia zu übergeben. Der Schlüssel steckte tatsächlich, doch spürte ich dies eher als daß ich es sah, denn mein Blick fiel im Halbdunkel sofort auf Gerd, etwa zwei Meter vor mir auf dem Boden, mit nacktem Rücken, wie der Rücken einer männlichen Schaufensterpuppe. Mehr sah ich nicht, schnellte zurück. Ein Schrei entstand in mir, der augenblicklich mutierte in ein nach innen gezogenes Schnauben, das mir so unwirklich erschien, als wäre es von einer fremden Person gekommen. Ich lief zum Weg, wobei ich aus den Augenwinkeln wahrnahm, daß jemand abseits zwischen Vorgarten und Hüttenwand lag, eine weitere Person, am Boden, ein hingestreckter leicht aufgewölbter Schatten.

Seltsamerweise hatte ich nicht wirklich Angst. Es war genau so, wie immer behauptet wird. Ich fühlte mich wie in einem billigen Horrorfilm und probe nur eine Statistenszene, und als rannte ich nur deswegen wie eine Wahnsinnige den Auweg entlang, weil es von mir verlangt wurde.

Erst als ich von weitem das Wessely-Haus sah, dachte ich an Mick. War er nach dem brutalen Streit nur deswegen so schnell verschwunden, weil er sich bewaffnen, zurückkommen und sich rächen wollte? Mick, ein bestialischer Mörder? Unmöglich. Nicht einmal nach einer solchen Provokation. Oder war er doch ausgerastet, nicht mehr er selbst, seiner Sinne mächtig? Ich glaubte es einfach nicht. Ich kannte ihn doch so gut, und wäre er nicht so abgesunken, hätten wir ein romantisches Liebespaar werden können. Womöglich war es die Tat eines unbekannten Psychopathen, der es auf Liebespaare abgesehen hat, vermutlich durch den lautstarken Streit auf sie aufmerksam wurde und sich aufgeilte. Ähnliches hatte ich in der Zeitung gelesen. Ein furchtbarer, unglücklicher Zufall, doch das gibt es. Daß nach dieser Theorie auch ich ihm hätte begegnen können, daran dachte ich in meiner Panik nicht. Im hohen Gras des Wessely Gartens sah ich Pia sitzen, nur Kopf und Schulter, manchmal machte sie das, meditieren, sie war immer die naturverbundenste von uns. Ich rannte vorbei.

Das zweite Opfer war tatsächlich Margit, abgeschlachtet wie ihr Liebhaber Gerd. Der Polizei verschwieg ich den Streit zwischen Mick und Gerd, um ihn nicht in Verdacht zu bringen, doch er stand von Anfang an unter Tatverdacht, jemand mußte ihn zur fraglichen Zeit gesehen haben. Die Tatwaffe, ein Messer aus dem Wessely Haushalt, wurde gefunden, sorgfältig gesäubert im Schrank. Bevor er endgültig festgenommen werden sollte, er-hängte sich Mick auf dem Speicher, wo ihn Pia fand. Die Ermitt-lungen wurden abgeschlossen, der Täter hatte sich selbst gerichtet.

Etwas wankend balancierte Pia ein großes Holzbrett fein geschnittenen Specks auf die Terrasse. Dazu gab es Bio-Brot. Sie hatte Stil, auch der Rotwein, ein spanischer, vom Feinsten. Wir prosteten uns zu. Auf die Gefahr hin die gute Stimmung zu verderben, wagte ich dennoch die Frage, ob sie manchmal an Mick denke. Wider Erwarten sagte sie vollkommen ruhig: Jeden Tag! Ich fragte weiter: Hast du mich damals eigentlich gesehen, du weißt schon, an jenem Nachmittag, als ich bei euch vorbeilief, du hast im Gras meditiert.

Ich habe nicht meditiert und gesehen habe ich dich auch. Warum hast du das der Polizei nicht gesagt?

Was?

Daß du mich gesehen hast in der Wiese.

Das war doch nicht wichtig, warum solltest du nicht in der Wiese sitzen, das hast du doch oft gemacht.

Ach ja?

Du warst ein richtiges Naturkind.

Pia blickte mich ungläubig an, als spräche ich von einer anderen Person. Mit einem großen spitzen Fleischmesser schnitt sie weitere hauchdünne Scheiben Specks ab, sehr geschickt. Dann legte sie das Messer zurück auf das Holzbrett und betrachtete es eine zeitlang.

Jeden Tag frage ich mich, sagte sie, ob ich schuld bin an Micks Tod. Er hat sich zu früh umgebracht, aber wahrscheinlich hätte er es sowieso getan, das wollte er ja schon, als er nach Hause kam, vollkommen verstört, so wie ich ihn noch nie gesehen habe. Er hätte es sicher gemacht, wenn ich nicht da gewesen wäre, ja, wenn ich nicht zu Hause gewesen wäre, dann wäre die ganze Geschichte anders verlaufen. Dann hätte es womöglich nur einen Selbstmord gegeben, mit dem eh schon jeder gerechnet hat.

Sie griff nach dem Rotweinglas und wartete, bis ich das gleiche tat. Wir schwiegen wieder eine zeitlang.

Ich verstehe bis heute nicht, fuhr sie nachdenklich fort, warum sich die Polizei so leicht zufrieden gab. Sicher war sie froh, einen solchen Fall schnell gelöst zu haben. Daß ein fünfzehnjähriges Mädchen imstande wäre, zwei fast erwachsene Leute mit einem

Messer umzubringen, lag außerhalb ihres Vorstellungsvermögens. Aber auch das ist zu schaffen, wenn man nur weggetreten genug ist, und das war ich, als Mick in diesem Zustand nach Hause kam, wie ein Zombie, nur wegen diesem Angerer. Schon daß ich alles aus ihm herauspressen mußte, steigerte mich in einen Wahnsinn hinein, den ich selbst heute nachempfinden kann. Das ist das Erschreckende. Als ich das Messer in der Hand hatte, fühlte ich mich vollkommen ruhig und frei. Ich wollte ihnen sicher nur einen Schreck einjagen, vielleicht sogar verletzen, aber dann kam es eben anders. Niemand hat mich gesehen, purer Zufall, es wäre mir auch egal gewesen. Als Mick tot war, sah ich keinen Sinn mehr darin, mich zu stellen, er hätte es auch nicht gewollt, da bin ich mir sicher. Sie schob das Holzbrett in meine Richtung. Nimm noch was! Die Flasche muß auch noch leer werden!

Sie schenkte nach. Wir tranken, prosteten uns aber nicht mehr zu, so als hätten wir nicht mehr das Recht dazu. Ich wußte nicht, wann ich aufbrechen sollte. Pia schien anzunehmen, daß ich die ganze Nacht hier verbringen würde. Schon seit einiger Zeit saßen wir im Wohnzimmer, weil es auf der Terrasse zu kalt geworden war. Draußen dämmerte es und die ersten Vögel begannen ihr zaghaftes Konzert. Seltsam, dachte ich, daß dies selbst hier möglich ist, mitten in der Stadt. Pia erriet meine Gedanken und sagte:

Ein kleiner Kastanienbaum auf dem Hinterhof genügt und schon halten uns diese kleinen Wesen die Treue.

Wie poetisch, dachte ich, sie hat doch tatsächlich Talent.

Inzwischen war es fünf Uhr geworden. Ich beschloß, mit der ersten S-Bahn nach Hause zu fahren. Als Pia mich an ihrer Wohnungstüre verabschiedete, spielte sie die Rolle der souverän entspannten Hausherrin, die nach einer Party freundlich den letzten Gast entläßt. Ob wir uns bald mal wiedersähen? Wäre nett. Vielleicht zusammen mit deiner Schwester, die gleich um die Ecke wohnt, oder deiner Nichte?

Ich war so perplex, daß ich eine Pause brauchte, um zu antworten, eine Pause, die auch Pia einhielt, indem sie mich höflich abwartend anschaute. Du kennst meine Nichte? Ja, ich lernte sie kennen bei einem Bankett meines Verlegers, dort war sie mit ihrem Schülerteam eingeladen, weil ein Buch von ihnen herausgebracht wurde. Großstadtlyrik heutiger Gymnasiasten, das sich sehr gut verkauft, mein Verleger ist ganz angetan von diesen jungen Dichtern. Deine Nichte ist mir gleich aufgefallen, ich weiß nicht warum, vielleicht erinnerte sie mich an dich, sie sieht dir ein wenig ähnlich.

Ich kenne meine Nichte kaum, sagte ich, hab sie vielleicht vor drei Jahren zum letztenmal gesehen. Habt ihr denn über mich gesprochen?

Nein, nicht wirklich, wir sind rein zufällig darauf gekommen.

Seit der Heirat mit einem Blaublütigen brach meine Schwester den Kontakt zur übrigen Familie mehr oder weniger ab, so als ob sie sich ihrer rotblütigen Herkunft schämte; sie hatte schon immer diese naserümpfende Art gehabt. Als Kind behauptete sie einmal, sie sei verwechselt worden und in der falschen Familie. Ich fragte mich, ob Pia dies wußte und wenn, woher? Meine Stimmung sank nun endgültig auf Null. Solche Zufälle waren mir nicht geheuer.

Wär schön, wenn wir uns mal wieder treffen würden, wiederholte Pia.

Ich drehte mich auf der Treppe noch einmal um und sagte: Ja, das machen wir! Wir rufen uns einfach wieder zusammen!

Ja, wir rufen uns zusammen!

Doch es lag in der Luft, daß weder sie noch ich ein wirkliches Interesse daran hatten.

Magdalena Wolf (Autorin) und der Vogel auf dem Drahtseil

Merkwürdig: Es gibt drei Katastrophen in meinem Leben, genau drei, und ich kann mich an jede genau erinnern, und ich hoffe, daß es bei dreien bleibt. Ich glaube daran, denn die Drei ist eine magische Zahl. Ich kenne einige Frauen, bei denen die Drei ebenfalls eine wichtige Rolle spielt. Männer achten auf so etwas nicht. Vor allem wenn sie Technokraten sind wie mein Mann zum Beispiel; er ist reiner Schulmediziner, wenn auch ein sehr guter. Diese drei Katastrophen fanden statt mit einer gewissen Steigerung an Schwere und Schärfe, die dritte war also die schwerste.

Die erste und kleinste Katastrophe erlebte ich mit neun Jahren beim Fest der katholischen Erstkommunion. Unsere Lehrerin, die erste und letzte meiner gesamten Schulzeit, die ich geradezu verehrte, hatte mich ausgewählt, die Epistel im Gottesdienst zu lesen, worüber ich sehr stolz war und mir große Mühe gab, es gut und richtig zu machen. Nun geschah es, daß die geschwätzige Banknachbarin, zudem meine beste Freundin, mir während des Religionsunterrichts ein Wispergespräch aufdrängte, das auch noch zu kurzem unterdrücktem Lachen führte. Die Lehrerin war darüber so erbost, daß nun eine andere die Epistel lesen durfte und ich zu allem Übel auch noch in der Kirchensitzordnung strafversetzt wurde, von der ersten Reihe in die letzte, neben die asoziale Sonja; einen halben Kopf größer als wir alle, weil älter als wir alle, und ein- oder zweimal nicht versetzt, sitzengeblieben, wie wir sagten – nicht aus Dummheit, wie mir erst viel später klar wurde.

Nach sieben Jahren dann die zweite Katastrophe. Und wieder spielte diese Sonja dabei eine Nebenrolle, ein Mädchen, mit dem ich nicht das Geringste zu tun hatte, das ich nicht einmal sonderlich mochte. Sie gehörte zur Familie eines kinderreichen Schrotthändlers am Rande der Stadt, auf einem chaotischen

Gelände mit Wellblechbungalow, der Garten, falls man überhaupt von Garten sprechen konnte, übersät mit Objekten, die für uns Kinder eine rätselhafte fast mystische Bedeutung hatten. Nach heutigem Verständnis war Sonja hübsch, auf eine eigene Art: aschblondes, glattes Haar, wächserne Haut, flache aber nicht zu breite Nase, und sehr schmale Augen, fast asiatisch. Wäre sie nicht so fischartig stumm gewesen und dazu der unverkennbare Asozialengeruch an der dürftigen Kleidung, ich hätte mich durchaus mit ihr anfreunden können. Nachdem ich nun in einer Reihe mit ihr und als unmittelbare Nachbarin die erste heilige Hostie in Empfang nahm, schien uns dies auf irgendeine Art zu verbinden. Ab diesem Zeitpunkt hing sie an mir, unaufdringlich, beinahe höflich, fast flehend, ich möchte ihr mehr Aufmerksamkeit zuteil werden lassen, was aber nur bis zu einem gewissen Grad geschah. Die anderen Freundinnen hätten sie nie akzeptiert, wenn sie auch nie offen abgelehnt wurde. Sie war ein fremdes, harmlos exotisches Tier, gegen das nichts vorzubringen war, das man aber auch nicht in sein Haus lassen wollte. Als ich nach der vierten Klasse auf das Gymnasium überwechselte, verlor ich sie ohnehin aus den Augen.

Auf dem Gymnasium war ich bis zur neunten Klasse keine schlechte Schülerin, aber auch keine besonders gute. Das Erwachsenwerden machte mir große Mühe. Der Standardsatz meiner Eltern, du könntest viel mehr, wenn du nur wolltest!, stimmte nur zum Teil. Ich wollte eigentlich, konnte aber nicht, anderes kostete mich zu viel Energie. Die Jungen in meinem Alter nervten mich und die Mädchen noch viel mehr, und die wenigen, die mich nicht nervten, verschwanden in irgendwelchen Cliquen, zu denen ich keinen Zugang fand. Meine schulischen Leistungen wurden immer schlechter. Die Eltern hatten dafür nicht das geringste Verständnis, ich mußte auch noch mit ihnen kämpfen, ein Teufelskreis. Am Ende der zehnten Klasse wurde ich nicht versetzt, eine Katastrophe für mich und besonders für meine Mutter. Sie sprach nicht mehr mit mir, ich durfte auch nicht mit in den vierzehntägigen Urlaub an die Adria. Ich mußte zu Hause bleiben und lernen für die Nachprüfung im September, lose beaufsichtigt von der Tante, die in der Nachbarschaft wohnte. Die Tante hatte sich ebenso wie meine Schwester für mich eingesetzt, was die Mutter nur dazu brachte, sich noch mehr zu versteifen. Und mein Vater, der mir als einziger wirklich hätte helfen können, hielt sich wie immer vornehm zurück, um kein Ehedrama heraufzubeschwören. Ich fühlte mich im Stich gelassen und verbrachte die Zeit bis zur Abfahrt dieser treulosen Familie in meinem Zimmer.

Ich lernte nur vormittags, egal ob ich das Pensum schaffte oder nicht. Nachmittags las ich im Garten oder hörte Musik vom Kassettenrekorder. Obwohl Badewetter herrschte hatte ich keine Lust auf Schwimmen oder auf meinen geliebten See, zu dem ich sonst fast täglich mit dem Fahrrad fuhr. In dieser Zeit tiefster jugendlicher Deprimiertheit entdeckte ich Johann Sebastian Bach und Fjodor M. Dostojewskij für mich, lieh mir alle Bücher von der Bücherei und nahm von einer Rundfunksendung Bachs Brandenburgische Konzerte auf, hörte sie fast ununterbrochen, vor allem im Garten. Unter dem ausladenden Apfelbaum stand der kleine Gartentisch voller Schulbücher, auf einem Gartenstuhl Dostojewskijs Romane und auf einem weiteren der batteriebetriebene Kassettenrekorder. Eine Idylle, und beinahe wäre ich der Mutter dankbar gewesen, hätte ich nicht zwischendurch immer wieder Phasen völliger Verzagtheit durchleben müssen, in denen ich wie tot und ohne Bewußtsein im Gras dahingestreckt lag, in das dunkle Blättergewirr starrte, durchbrochen von grellem Sommerlicht, und nicht einmal mein Lieblingsstück, das fünfte Brandenburgische Konzert, genießen konnte.

In einer dieser unerquicklichen Stunden hörte ich vom Gartenzaun her meinen Namen rufen: Leni, Leni! Mehrmals, bis ich reagierte. Jemand stand auf dem geteerten Radweg, der am Zaun entlang führte, und mich vielleicht schon länger beobachtet haben mußte. Es war Sonja. Nun einige Jahre älter, schon merkwürdig erwachsen, die aschblonden Haare in der Mitte gescheitelt, lang und glatt wie zwei Vorhänge, die rechts und links vom Kopf zur Seite geschoben das Gesicht freigaben. Dieses Gesicht hatte noch immer den kindlich naiven Ausdruck, wenn auch jetzt übertüncht von einer frühreifen etwas vulgären weiblichen Hübschheit. Unverwandt schaute sie mich an mit ihren Schlitzaugen und begann ein gewollt kumpelhaftes Gespräch, dem ich kaum folgen konnte und wollte in meiner Deprimiertheit. Jedes andere Mädchen hätte sich bald wieder verabschiedet, Sonja aber tat so, als sei ich die anregendste Gesprächspartnerin auf Erden. Allmählich taute ich auf. Sie hatte ein klappriges Fahrrad an sich gelehnt und lud mich ein, eine Tour mit ihr zu machen. Sogar ein Ziel konnte sie anbieten: durch den Auwald hinunter zum Flußweg, dort mit der Fähre übersetzen zum nahen Dorf, genauer gesagt in die Nähe des Dorfes. Dort betrieben ihr Onkel und ihre Tante einen Bauernhof, dorthin fahre sie oft an ihren freien Nachmittagen. Der Onkel sei früher Lehrer gewesen und gäbe ihr Klavierstunden. Ich könnte mir ja während der Stunde die Zeit mit Lesen vertreiben, sie deutete in Richtung Apfelbaum. Während Sonja, das Fahrrad immer noch an sich gelehnt, am Zaun wartete, schichtete ich sämtliche Bücher mitsamt Kassettenrekorder auf einen Stuhl und trug ihn in die nahe Garage, schrieb einen Zettel für die Tante und schon radelten wir los, nebeneinander, auf der wenig befahrenen Hauptstraße. Sonja redete ununterbrochen, was mir ganz recht war, ich hatte nicht die geringste Lust dazu, bereute es eigentlich schon wieder, mich auf sie eingelassen zu haben. An der Stelle, wo die Straße zum Auweg abbiegt, war ein Rastplatz mit Sitzbank, Abfallkorb und einer Kastanie. Dort stand ein Radfahrer und schien auf uns zu warten. Sonja sprang vom Rad.

Was willst du hier? Willst du auch mit?

Ohne auf Antwort zu warten, sagte sie zu mir:

Das ist mein Bruder Rocko, du kennst ihn ja sicher.

Ich kannte ihn nur flüchtig von früher, ich wußte nicht einmal, wie er hieß, nur daß er zur Schrotthändlerfamilie gehörte. Er war in meinem Alter, vielleicht ein Jahr älter oder zwei, hatte dieselben Schlitzaugen, nur nicht so ausgeprägt wie bei Sonja, und ebenfalls blonde Haare, wenn auch etwas dunkler. Damals an der Schule galt er als Problemschüler, prolliges Auftreten, kleine Diebstähle, es wurde ihm allgemein eine kriminelle Laufbahn prophezeit. Trotzdem war er nicht unbeliebt, vor allem nicht bei den Mädchen.

Als ich auf das Gymnasium kam verschwand er für mich von der Bildfläche, als sei ich auf einen anderen Stern ausgewandert. Nun stand er vor mir, fast einen Kopf größer als ich, und wie seine Schwester merkwürdig erwachsen. Eigentlich noch erwachsener als sie, weil bei ihm der naive Ausdruck vollkommen fehlte. Seine Anwesenheit störte mich, fast wäre ich umgekehrt, doch hätte dies gewirkt, als flüchte ich vor ihm. Wäre ich ehrlich zu mir gewesen, hätte ich mir eingestehen müssen, daß er mir weitaus besser gefiel als die Jungen in meiner Klasse. Trotzdem war auch er mir fremd. Rocko, allein schon dieser alberne Name. Er tat sehr uninteressiert, als sei er nur durch puren Zufall auf uns gestoßen, was ja auch der Fall gewesen sein konnte. Es versöhnte mich ein wenig, daß er eine Gitarre umhängen hatte, in einer versifften Stoffhülle. Daß die beiden offensichtlich musikalisch waren, überraschte mich sehr. An der Fährstelle mußten wir eine Viertelstunde warten, währenddessen Rocko seine Gitarre auspackte, sich ins Gras setzte, verschiedene Akkorde anklingen ließ und summte. Sonja und ich saßen auf der wackligen Holzbank und schauten auf den Fluß. Die Anwesenheit des Bruders hatte sie verändert, sie war jetzt ebenso schweigsam wie er und ich.

Jenseits des Flusses fuhren wir auf idyllischen Waldwegen, die ich noch nie vorher gesehen hatte, zu dem Einsiedlerhof des musiklehrenden Onkel und Bauern. Wider Erwarten war der Hof sehr geschmackvoll eingerichtet, fast wie ein Gutshof. Auch

Onkel und Tante wirkten nicht sehr bäuerlich, eher wie ein älteres Lehrerehepaar, wenn auch sehr introvertiert, geradezu einsilbig, vor allem die Tante. Die verhielt sich äußerst sonderbar, sprach kaum mit uns, es wurde uns nicht einmal ein Getränk angeboten, als wären wir keine Gäste, sondern fahrende Händler oder Eindringlinge. Ein Erwachsener hätte sofort gesehen: Hier sind die armen, kleinen Verwandten unwillkommen, nur geduldet, weil man sie als Christenmensch nicht abweisen darf. Im Vergleich zu ihr war der Onkel etwas freundlicher, keine herzliche Freundlichkeit, eher eine pflichtgemäße, wie ein Lehrer, der seine Schüler zwar nicht besonders mag, ihnen aber doch etwas beibringen möchte. Es dauerte nicht lange, da zog er sich mit Sonja in die große gemütliche Wohnstube zurück, in dem auch das Klavier stand. Rocko und ich gingen nach draußen, die Tante fuhr mit dem Fahrrad und einer großen Einkaufstasche davon.

Rocko zeigte mir den Pferde- und Schafstall. Dann setzten wir uns auf die Bank an der Hauswand unter dem schön geschnitzten Holzbalkon, bewachsen mit Wein und anderen bunten Pflanzen. Von hier aus hatte man auch eine gute Aussicht auf die sanft hügelige Landschaft mit der geschwungenen Straße zum Dorf. Während Rocko Gitarre spielte und dazu leise sang, beobachtete ich die Tante, wie sie sich als kleiner Punkt am Horizont langsam auflöste. Rocko spielte alle Poplieder, die zur Zeit im Radio zu hören waren, manchmal sang ich mit, aber meistens konnte ich den englischen Text nicht auswendig und summte statt dessen. Irgendwann fiel mir auf, daß ich schon längere Zeit die leise entfernten Klaviertöne des Unterrichts nicht mehr gehört hatte, immer nur Rockos gedämpfte Gitarrenmusik. Ich schaute auf die Uhr.

Wie lange dauerte eigentlich so eine Klavierstunde?

Exakt eine Stunde, sagte er abwesend, ohne sein Spiel zu unterbrechen.

Aber die ist doch schon längst vorbei!

Rocko sagte, während er weiterspielte, wenn die Tante nicht da ist, gibt es eine viertelstündige Zugabe, und sie ist meistens nicht da.

Das verstehe ich nicht, ich höre überhaupt kein Klavier mehr.

Mir war plötzlich unheimlich zumute. Ich stand auf und horchte. Rocko stand ebenfalls auf, lehnte die Gitarre an die Wand, wandte sich mir zu wie einem verstockten Kind und sagte mit spöttischem Unterton:

Das verstehst du nicht? Na klar, wo lebst du eigentlich, in Disneyland? Unser lieber Onkel macht es nicht umsonst, er läßt sich zahlen, wenn man kein Geld hat, geht's eben nur mit Naturalien.

Mit Naturalien?

Ja, meine Schwester bezahlt gerade, das dauert eben seine Zeit.

Offenbar hatte ich immer noch nicht kapiert, denn Rocko setzte sich aufseufzend auf die Bank, schüttelte den Kopf wie über den dummen Streich eines Kindes.

Du meinst, er ...

Jawohl, sagte er leicht genervt, genau das.

Aber er ist doch ihr Onkel!

Na ja, Stiefonkel, sagte er.

Eigentlich hätte ich schockiert sein müssen, doch ich fühlte mich eher wie der Zuschauer eines angenehmen, sogar anregenden Theaterstückes: und plötzlich fällt auf offener Szene der Vorhang, Hauptdarsteller umgekippt, kein Ersatz, Aus, Ende. Ich lief zu meinem Rad, Rocko ging ruhig hinter mir her. Bevor ich mich auf das Rad schwingen konnte, packte er mein Handgelenk und sagte:

Entrüstet, wie? Es hat nicht jeder einen Alten, der bezahlt, was man braucht!

Ich riß mich los und fuhr mit dem Fahrrad davon. Da ich die Schleichwege, auf denen wir gekommen waren, nicht kannte, verirrte ich mich und kam erst nach einer guten halben Stunde zur Fährstelle. Rocko saß auf der Holzbank und spielte den Song

»Like a bird on a wire«. Er sang den englischen Text dazu, wobei er, was mir gefiel, nicht Leonard Cohen nachahmte, sondern auf seine Weise sang. Eine zeitlang hörte ich im Stehen zu, dann setzte ich mich neben ihn auf die Bank, weil die Fähre einfach nicht kommen wollte.

Sing mit! Er fing noch einmal von vorne an, und ich sang mit, weil es einer meiner Lieblingssongs war. Es klang richtig gut, schade daß niemand zuhörte außer den Fluß- und Auwaldtieren, der Fährmann noch mitten auf dem Fluß. »I've tried in my way to be free.« Er spielte ohne Text die Melodie weiter und improvisierte wie ein Jazzgitarrist. Auf der Fähre hatte er die Gitarre wieder umgehängt. Wir schwiegen und schauten in den Fluß.

An was denkst du?, fragte er plötzlich, und ich dachte: Das geht dich überhaupt nichts an! Ich sagte: An den Anfang des fünften Brandenburgischen Konzerts!

Wieder schwiegen wir. Dann pfiff Rocko den Anfang dieses Konzerts, nicht gassenhauerisch, sondern gekonnt, leise und rasant wie im Original. Ich war so überrascht, daß ich ihn angestarrt haben mußte, hoffentlich nicht mit geöffnetem Mund. Er blickte zurück auf das Wasser mit langem starrem Blick. Es dämmerte mir, daß er mich in den letzten Tagen im Garten beobachtet hatte, beim Lesen, Lernen, Musikhören, beim In-die-Luft-Starren. Und es wunderte mich, daß mich dies entgegen meiner skeptischen freiheitsliebenden Natur nicht im geringsten störte. Im Gegenteil.

Am nächsten Tag stand er abends wie tags zuvor seine Schwester am Zaun, rief aber nicht wie diese meinen Namen, sondern stand nur da, bis ich ihn entdeckte, und nun verbrachten wir gemeinsam den Sommerabend lesend und musikhörend. Er machte in einer Autowerkstatt im Nachbarort eine Lehre als Mechaniker und fuhr mit dem Fahrrad von der Werkstatt direkt unter den Apfelbaum, zu mir und zu Bach und Dostojewskij, wobei mir von Anfang an klar war, daß er nicht der Typ ist, der sich bei einer Frau auf Dauer mit Lesen und Musik begnügt.

Es kam, wie es kommen mußte, am Vorabend der Rückkehr meiner Familie aus Italien machte Rocko mir einen förmlichen Heiratsantrag mit einem eigens für mich komponierten Liebeslied, für die Ringe hätte er das Geld noch nicht aufbringen können. Erst lachten wir über diesen kleinen Witz, doch inzwischen waren wir beide so zerfressen von Verlangen, daß wir ins Haus gingen und in meinem Zimmer diese flüchtig geschlossene Ehe vollzogen. Es war mir vollkommen egal, ob ich schwanger werden würde oder nicht. In gewisser Weise wollte ich es sogar, denn aus diesem Grund von der Schule zu müssen, erschien mir wesentlich charmanter als wegen permanent schlechter Noten. Ich haßte die Schule und wußte nicht einmal genau warum.

Seit dieser Hochzeitsnacht in meinem Zimmer waren wir einander ganz verfallen, und Rocko fand einen geschützten Ort, den wir beide leicht erreichen konnten. Zum erstenmal zeigte er auch seine erfinderische Seite. Bald ließ sich unsere Ehe nicht mehr verheimlichen, und im September, als ich die Nachprüfungen machte, wußte es auch meine Familie. Erst wollte mir meine Mutter den Umgang mit diesem »Ganoven« verbieten, doch dann erkannte selbst sie die Lächerlichkeit dieses Verbotes, denn in einem Jahr würde ich volljährig sein, Rocko war es schon. Als ich dann im Oktober tatsächlich schwanger wurde, erlebte ich noch einmal die Macht der Familie. Nun waren sogar Tante und Schwester gegen mich. Es wurde eine Abtreibung organisiert, eine Zwangsabtreibung sozusagen. Ständig war ich umringt von besorgten Leuten, die auf mich einredeten und es dermaßen gut mit mir meinten, daß ich mich irgendwann nicht mehr wehren konnte. Danach bröckelte unsere Liebe langsam und stetig. Er warf mir insgeheim vor, daß ich unser Kind habe umbringen lassen, was vielleicht nur ein Vorwand war, und ich warf ihm vor, daß er mich nicht schützte vor meiner Familie, ein absurder Vorwurf. Unsere Leidenschaft füreinander zerrann und verdunstete wie hingeschüttetes Wasser. Daß er sich schnell mit anderen Frauen tröstete, gab meiner Familie offensichtlich Recht.

Jahre später kreuzten sich unsere Wege in München. Ich studierte und lebte in einer Wohngemeinschaft, er lebte mit seiner Band zusammen. Ob er seinen Unterhalt mit Musik verdiente, wollte er mir nicht verraten. Manchmal spielte er in der Fußgängerzone mit einem Querflötisten. Unsere alte Leidenschaft flammte sofort wieder auf, ich war ihr ausgeliefert wie einer Grippeinfektion. Wegen ihm verließ ich einen anderen und zog in seine Wohngemeinschaft. Wir betrachteten uns nach wie vor als heimliches Ehepaar. Sicher wie ein Fisch im Wasser bewegte er sich in einer halbseidenen Musikszene, zu der ich keinen Zugang fand, auch nicht finden wollte. Wir lebten in verschiedenen Welten, nur in unserem Zimmer trafen wir aufeinander und erkannten uns im wahrsten biblischen Sinn. Inzwischen war es mir egal, ob es außer mir noch andere gab. Er gestand ohne weiteres, daß er aus finanziellen Gründen zu mehreren reichen Damen Kontakt pflege, zeigte mir sogar deren Telefonnummern und Namen. Als nach einem Jahr unsere Leidenschaft nachließ, vor allem wegen dieser Damen, zog ich wieder aus. Wir trennten uns nicht vollständig, von Zeit zu Zeit suchte er mich auf, wir konnten einfach nicht voneinander lassen, solange bis ich meinen späteren Ehemann kennenlernte und in dessen Wohnung zog. Als wir beide unsere Examen gemacht hatten, nahmen wir eine größere Wohnung und bereiteten uns auf das Berufsleben vor. Bis ich eines Tages Rocko Unterschlupf gewährte. Er schien in Drogengeschäfte verwickelt zu sein und war auf der Flucht vor irgend etwas und irgendwem, wahrscheinlich vor der Polizei. Pikanterweise geschah dies ausgerechnet bei Abwesenheit des neuen Partners, der zu einem dringenden Verwandtenbesuch mußte. Woher Rocko meine neue Adresse kannte, dies herauszufinden hatte ich keine Zeit. Er war in panischer Verfassung, stand unter höchster Anspannung, und als er sich zu fortgeschrittener Stunde einigermaßen beruhigt hatte, ein stürmischer Annäherungsversuch, dem ich allerdings diesmal widerstand. Es war vorbei. Meinen neuen Partner auf diese Weise zu hintergehen wäre mir wie ein Verbrechen vorgekommen. Rockos Unverfrorenheit ärgerte mich jetzt, am liebsten hätte ich ihn hinausgeworfen. Andererseits wußte ich, dies gehörte zu ihm wie seine Gitarre und sein musikalisches Genie, das tragischerweise niemand erkannte, nicht einmal er selbst. In der ersten Zeit unserer jungen wilden Ehe versuchte ich ständig, ihn zu einem Studium zu bewegen, was mir leider nicht gelang. Schon zu der Zeit unserer Trennung lebte er nur noch für seine Musik, dennoch schaffte er nie den Durchbruch, tourte nur mit einer Art Boy Group durch die Lande, spielte auf verschiedenen Veranstaltungen, zumeist Privatfeiern, immerhin war er gut vernetzt. Seine Schwester Sonja erwähnte er nie, mit keinem Wort, winkte sofort ab, wenn ich nach ihr fragte. Von früheren Bekannten aus der Heimatstadt erfuhr ich, daß sie als Prostituierte irgendwo im Ruhrgebiet arbeitete.

Es war auch diese Heimatstadt, in der mein Mann und ich große Hochzeit feiern wollten, eine richtige Hochzeit im alten Stil mit weißem Kleid, goldenen Ringen, Schleier, Traualtar, Hochzeitslader und vielen Gästen. Und wie aus später Rache an meiner Familie setzte ich auch gegenüber dem Bräutigam durch, Rocko und seine Band für die Musik zu engagieren, und zwar schon in der Kirche. Der freundliche Pfarrer hatte nichts dagegen, meine Familie und mein Bräutigam dagegen um so mehr. Die Braut mußte kämpfen und siegte.

Es war tatsächlich ein Risiko, die berühmte Katze im Sack oder Taube auf dem Dach, die jederzeit davonfliegen konnte, Rockos manisch impulsive Art, die sich unter Umständen zu Totalausfällen steigerte. Doch dieses Risiko einzugehen verschaffte mir ungeheures anarchisches Vergnügen. Um so größer war die Freude für mich, als er während der Kommunionausteilung »Like a bird on a wire« sang, auf seine ganz eigene Weise, wie damals, voller Groove, Improvisation und Jazzelementen und wie er den Song übergehen ließ in einen weiteren meiner Lieblingssongs, Bryan Adams »Everything I do

I'll do it for you«, und ich sehen durfte, wie mehrere festlich gekleidete Damen eilig Tränen der Rührung wegwischten.

Nach dem Hochzeitswalzer von Braut und Bräutigam war der Tanz allgemein eröffnet, und bei der zweiten oder dritten Damenwahl ging ich zum Entsetzen meiner Schwester vor zur Bühne und forderte Rocko auf zum Tanz. Die Musiker mußten ohne ersten Sänger und Leadgitarristen auskommen, was für sie kein Problem war und für niemandem sonst, nur für meine Familie, zu der mittlerweile auch mein Mann gehörte. Es ritt mich kein Teufel, eher wurde ich sanft geführt vom Engel eines wundersamen Freiheitsgefühls. Nie wieder fühlte ich mich so unbeschwert, geradezu glücklich, wie bei jenem Tanz mit Rocko, ich im weißen Spitzenkleid, er im Musikerhemd, vor allem weil ich spürte, daß er dasselbe empfand. Wir liebten uns noch immer, nur jetzt eben auf eine andere Art, der wahrhaft erotischen freien Liebe, wenn die dazugehörende Sexualität zwar nicht unnötig geworden ist, sondern sich nur hübsch eingerichtet hat in den Räumen der Phantasie.

Zwei Monate nach meiner Hochzeit verunglückte Rocko bei einem Verkehrsunfall tödlich. Ein Betrunkener rammte die Fahrerseite des klapprigen Musikerautos, die anderen überlebten verletzt, Rocko starb noch an der Unfallstelle. Seitdem plagen mich manchmal Gedanken und Gesichte über unser gemeinsames getötetes Kind, das eigentlich ermordet wurde, zerhackt in meinem eigenen Körper. Betrachte ich eines meiner heranwachsenden Kinder, stellt sich wie unter Zwang ein weiterer junger Mensch dazu, schemenhaft, und noch bevor die Gesichtszüge deutlicher werden könnten, verschwimmen sie wieder. Gerade so als ob man ein geliebtes Wesen am Handgelenk packt, um es zu retten, und doch entgleitet es einem und fällt in den Abgrund.

Jedes Jahr zu Beginn des Sommers hole ich Pfingstrosenblätter aus dem Garten, ein kleines Häuflein auf der Erde liegend bevor der Wind es verweht und lege sie zum Trocknen aus, weil sie die Farbe halten und weil sich diese gesammelten Blätter in der großen gläsernen Kugelvase so schön ausnehmen. Sie erinnern mich an alle verlorenen Lebewesen, die vor der Zeit von der Welt mußten. Unter ihnen befindet sich eine besonders schöne getrocknete Blume, deren Namen ich nicht verrate und die für unser Kind steht, das ich mir rauben ließ und das nicht einmal einen Namen erhielt.

Magdalena Wolf und das große Projekt

Kurz nachdem ich in München endlich einen Kindergartenplatz für unser erstes Kind ergattert hatte, wurde meinem Ehemann die Stelle des Chefarztes im Krankenhaus meiner Heimatstadt angeboten. Vor fünf Jahren hatten wir dort große Hochzeit gefeiert; es wirkte fast so, als ob die Stadt sich nun dafür revanchieren wollte. Durch das hohe Gehalt konnten wir uns eine kleine Villa in der Nähe des Krankenhauses leisten. Ich kannte sie von früher. Niemals hätte ich mir träumen lassen, daß ich einmal hier wohnen würde. Das hohe Gehalt hatte freilich auch einen sehr hohen Preis. Keine Zeit mehr für die Familie, worunter nicht ich, sondern hauptsächlich die Kinder litten, was ich aber erst realisierte, als es fast zu spät war.

Unsere jüngere Tochter erkrankte an Bulimie. Natürlich gab es dafür auch noch andere Gründe. Anja stand im Schatten der älteren Schwester Kathrin. Und nicht nur das. Ein krankhafter Minderwertigkeitskomplex hatte sich bei ihr eingenistet ohne daß ich es merkte. Im Gegensatz zu ihrer Schwester wurde sie immer schlechter in der Schule, alles orientierte sich an Kathrin, die war das Glückskind, sie die Pechmarie, so glaubte sie, was aber nicht stimmte, doch sie empfand es so. Daß ich meinem Kind nicht helfen konnte, trieb mich fast in eine Depression. Anja futterte heimlich und kotzte heimlich wieder alles aus, mehrmals die Woche, bis es sich nicht mehr verheimlichen ließ. Auch dann verharmloste sie alles wie ein Alkoholiker, fand geniale Ausreden, verweigerte jede Therapie. Alles hätte sich gegen sie verschworen, nur Kathrin bedeute dem Papa etwas, nur auf Kathrin schauten die jungen Männer, und nur bei ihr passierten die spannenden Dinge im Leben.

Hier spielte sie auf ein Ereignis an, das kürzlich hier geschah und nicht wenig Aufsehen erregte. Ein bewaffneter Banküberfall, bei dem unsere Tochter durch reinen Zufall anwesend war, worauf sie in der Schule die Heldin war, obwohl ihr Gott sei Dank nicht ein Härchen gekrümmt wurde; nicht sie war es, die man als Geisel ins Fluchtauto packte und nach kurzer Zeit hinauswarf. Anja wurde auch zum ernsthaften Streitobjekt zwischen mir und meinem Mann, denn dieser wollte ihr autoritär eine Therapie aufzwingen, was Anja regelrecht zum Ausflippen brachte, und nur durch Streit und Zank konnte ich die Zwangsjackenaktion verhindern. Es mußte einen anderen Weg geben.

Welche Talente oder Vorlieben hatte Anja? Sie zeichnete sehr gut und interessierte sich für Photographie. Ich rief eine Freundin aus der Münchner Studentenzeit an, die Graphikerin Petra Mayer, die ebenfalls aus dieser Stadt stammte, und bat sie, meine Tochter im Comiczeichnen zu unterrichten, was auch sofort geschah. Petra Mayer nahm sie auch auf Photoexkursionen in die Flußauen mit, und anschließend bearbeiteten sie die Aufnahmen gemeinsam am Computer. Petra Mayer hat meiner Tochter vielleicht das Leben gerettet.

Ich wußte nie wie ich ihr dafür danken sollte. Doch bald ergab sich eine Gelegenheit. Zusammen mit ihrer Freundin Ulli Weber, die ich auch von früher flüchtig kannte, wollte sie ein Graphic Novel Buch mit Alltags- aber auch Fantasy-Geschichten herausbringen. Sie war zuständig für die Zeichnungen, wobei ihr Anja assistierte, Ulli und ich lieferten die Geschichten; der Arbeitstitel: »Zehn Frauen und ein Blues«. Ich beschloß, nicht einen Cent dafür zu verlangen, vielmehr keine Gewinnbeteiligung, falls das Buch ein Erfolg werden sollte, was es dann auch wurde. Meine Gewinnbeteiligung ging an Anja. Auch bot ich unsere Villa als Arbeitsplatz an. Obwohl Ulli und Petra fünfzig Kilometer zurücklegen mußten, nahmen sie das sehr gerne an. Es geschah ohnehin alles nur in der Freizeit. Die beiden stammten wie ich aus dieser Stadt und es erging ihnen wie mir: Sie haßten und liebten diese schöne Stadt. Sie wollten nicht in ihr leben, so wie ich es durch die Umstände mußte, kehrten aber immer wieder gerne zu ihr zurück.

Durch den Wegzug aus München und durch die Kinder gab ich die Arbeitsstelle in einem Übersetzerbüro auf. Obwohl ich mit Haus, Garten, Kindern alle Hände voll zu tun hatte, und das auch noch gerne, kam ich auf die Idee, Lebensberichte zu sammeln von alten Leuten und aus ihnen hübsche Bücher zu gestalten für ihre Familien. Mit der späteren Hilfe von Anja photographierte ich alte Photos, Gegenstände und Orte, die in den Berichten eine Rolle spielten, und stellte alles am Computer zusammen. So konnte ich gleich zwei Leidenschaften frönen, dem Schreiben und dem Sammeln. Und manchmal verdiente ich sogar dabei. Vor allem die Enkel dieser alten Leute zeigten sich besonders angetan. Oftmals gab es eine alte Oma, die gerne aus ihrem Leben erzählt hätte, es aber nicht recht konnte oder glaubte, das wolle niemand wissen, selbst auf gegenteilige Beteuerungen zumeist ihrer Enkel hin.

Ich aber hatte meine Tricks, die Leute zum Reden zu bringen. Manchmal genügte es, wenn ich als Fremde außerhalb der Familie intensives Interesse bekundete, auch bei sogenannten unbedeutenden Ereignissen. Natürlich mußte ich auswählen, alles konnte nicht verwendet werden. Das Schreiben von Lebensberichten und die dazugehörende Recherche und Sammeltätigkeit war zur Sucht geworden; hatte ich keinen Auftrag, litt ich wie ein Alkoholiker unter Entzug.

Kurz nach dem Millennium weitete sich die Auftragsflaute aus und ich begann, über andere Schreibprojekte nachzudenken, mixte Geschichten vor allem von jüngeren Leuten, die ich gehört hatte, wie bei einem Kaleidoskop, erfand etwas hinzu, erweiterte hier, verkürzte dort, änderte nach Belieben, wie Kleider, die man umschneidert. Eines Tages erzählte mir Petra Mayer vom Graphic Novel Projekt und ob ich eine phantastische Geschichte beisteuern könnte. Ich dachte sofort an meine Klon-Geschichte »Orfee«, doch dies wäre eigentlich keine Fantasy-Geschichte, sondern eine realistische, die in der Zukunft spiele, in hundert Jahren.

Also doch eine phantastische!, rief Petra. Eine Geschichte, die in der Zukunft spielt, kann doch nicht realistisch sein!

Doch, sagte ich, sogar sehr realistisch.

Egal!, gab Petra zurück, Orfee klingt nach Orpheus, also geheimnisvoll.

Fast ein halbes Jahr arbeiteten wir an diesem Buch, Petra, Ulli, Anja und ich; an vielen Wochenenden in unserer Villa in der Herzogstadt, unserer Heimatstadt, die wir alle so liebten und gleichzeitig haßten, weil sie nicht nur unsere Heimat war, sondern auch der Ort der ersten schweren Frustrationen, kleinen Tragödien und sogar Katastrophen. Nach getaner Arbeit saßen wir bei Rotwein und Käsehappen noch lange zusammen, erzählten uns Geschichten und Erinnerungen, die beiden anderen übernachteten im Gästezimmer. Es war eine der schönsten Phasen in meinem Leben.

Anja hatte inzwischen ihre Konflikte so weit im Griff, daß der Vorschlag von ihr kam, Kathrins Geschichte vom Banküberfall müsse unbedingt mit in die Sammlung aufgenommen werden. Die tragische Geschichte von Petra Mayers Nichte, der dunklen Studentin, war die letzte in unserer Reihe und die unglaublichste, noch unglaublicher als die von Martina Reisers Schwester, der Lehrerin. Anfangs gab es Schwierigkeiten, weil wir nicht sofort ein Einverständnis von der Familie bekamen. Petra hatte den Eindruck, daß ihre Schwester, zu der sie kaum noch Kontakt gehabt hatte, sich dann doch in gewisser Weise geschmeichelt fühlte, was uns wiederum erneut vor die Frage stellte, ob es richtig sei, die Sache zu veröffentlichen. Wir überließen die Entscheidung Petra Mayer.

Martina Reisers Schwester (Lehrerin) und der Stalker

Eine Reihe kleiner und mittlerer Katastrophen haben in den letzten Jahren mein Leben immer weiter nach unten gezogen. Zuerst wurde ich in der Arbeit gemobbt, weil ich mich mit der Vorgesetzten, der Rektorin der Schule, angelegt hatte, dann erkrankte mein Vater rapide an Alzheimer, die Mutter erlitt einen Herzinfarkt, von dem sie sich nur langsam erholte, meine Schwester überließ wie üblich mir die gesamte Familienarbeit, und schließlich verliebte sich wie zum Dank für alle Mühen und Sorgen ein Kollege in mich, ein Junglehrer mit dem Engelsnamen Manuel, der allerdings nicht die geringste Anziehung auf mich ausübte, zumindest anfangs nicht.

Er verfolgte mich mit solch verbissener Intensität, daß ich ihn irgendwann zermürbt erhörte und der ganzen Affäre eine zeitlang doch ein wenig Leidenschaft abgewinnen konnte. Der größte Fehler meines Lebens. Was ich von Anfang an ahnte, ja eigentlich wußte: Er würde, wenn ich mit ihm Schluß machte, bis zum Äußersten gehen, um dies zu verhindern oder um sich zu rächen. Warum dieser Mensch so besessen von mir war, konnte ich mir beim besten Willen nicht erklären, denn ich bin keine vor Erotik sprühende Diva oder gar eine Femme Fatale. Nach der Trennung ließ er mich nicht mehr aus den Augen, verfolgte mich überall hin, machte eine sportliche Disziplin daraus, möglichst unbemerkt in meiner Nähe zu sein.

Und es kam wie es kommen mußte: Irgendwann gab er sich nicht mehr zufrieden mit seinem Tarnkappendasein, bedrohte mich mit einem Revolver, der freilich eine gut gemachte Attrappe war und mich auch nicht sonderlich beeindruckte. Bis er mich eines Tages beim Joggen überfiel, lächerlicherweise auch noch maskiert, und wer weiß was passiert wäre, hätte ich nicht von einem früheren Judo-Kurs einen Griff anwenden können. In diesen Kurs bin ich vor Jahren mit meiner Schwester Martina gegangen, die dann später Polizistin wurde. Er ging tatsächlich zu Boden, ich lief davon, im Rücken bemerkte ich, daß er sofort wieder auf den Beinen war, sich aber nicht mehr die Mühe machen wollte, es mit meinem Lauftempo aufzunehmen.

Nach diesem Vorfall zeigte ich ihn an. Da aber nichts geschehen war, ich nicht einmal eine Schramme vorweisen konnte, bekam er wegen Nötigung eine Bewährungsstrafe von ein paar Monaten. Auch an der Schule zeigte man große Toleranz ihm gegenüber; er war ein allseits beliebter und charmanter Kollege, was man von mir nicht unbedingt sagen konnte, zudem als Mann an einer Grundschule ein seltenes kostbares Exemplar. In gewisser Weise wurde er sogar bedauert. Man wollte die wahren Zusammenhänge nicht wissen und hielt mich, die Querulantin, für die eigentlich Schuldige an der Misere des hochbegabten liebeskranken Jungpädagogen, und allmählich wurde ich an meiner Schule zum Paria, ohne daß ich es anfangs bemerkt hätte. Diese allgemeine Antistimmung gegen mich färbte sich ab auf die älteren Schüler, sie nahmen sich immer mehr heraus. Einmal schrieb so ein Rotzlöffel auf die Tafel in meinem Klassenzimmer »Ladyvamp«. Ich erwischte ihn und gab ihm eine schallende Ohrfeige, wartete auf die Anzeige seiner Eltern, die aber nicht kam, offenbar hatte er zu Hause nichts erzählt. Ein übriges nämlich taten die aggressiven Mütter auf den Elternabenden. Die kosteten mich den letzten Nerv. Da ich nie ein Blatt vor den Mund nahm, sagte ich Dinge, die niemand hören wollte, zum Beispiel, daß viele Kinder es nur deswegen nicht auf das Gymnasium schafften, weil die Eltern alles daran setzten und die Kinder schon bei Schuleintritt damit drangsalierten, und wenn sie zu Hause mit ihren Kindern ähnlich umgingen wie jetzt mit mir, dann wundere es mich sehr, daß es unter den Jugendlichen nicht viel mehr Terroristen, Neonazis und Drogenabhängige gäbe. Damit erntete ich eine weitere harsche Zurechtweisung der Rektorin.

Ich war auf der Talsohle meiner Existenz angekommen, viel weiter unter dem Meeresspiegel als es geographisch auf Erden möglich ist. Mein Naturell neigte von jeher zur Melancholie. Während meine Schwester, die Polizistin, schon in der Kindheit immer den diplomatischen Weg ging, schlug ich wild um mich, damit ich das Gefühl des Versinkens oder Aufgefressenwerdens abwehren konnte. Von frühester Jugend an mußte ich Strategien entwickeln zur Selbsthilfe und Selbstheilung, um zu überleben, meist, indem ich mir bei besonders schweren Krisen irgend einen lang gehegten Wunsch erfüllte, selbst auf die Gefahr hin, dadurch massive Schwierigkeiten mit den Eltern zu bekommen. Ich genehmigte mir Ski-Kurse oder Klavierstunden, ein Surfbrett oder eine Fischerausrüstung, ein sündteures Ballkleid und jobbte dafür am Wochenende in einem Café am Ort oder in der Essensausgabe des Krankenhauses, was meine Eltern nicht gerne sahen, mir aber nicht verbieten konnten. Denn eigentlich hatte ich tolerante Eltern, die ihren Kindern vertrauten, was mir erst in letzter Zeit bewußt wurde, jetzt, wo es zu spät ist, sich dafür bei ihnen zu bedanken.

Nach dem jüngsten Streit mit der Rektorin verwirklichte ich mir einen uralten Traum. Ich erstand ein nagelneues Auto, eines, in dem ich notfalls meinen ganzen Haushalt unterbringen konnte, einen Volvo Variant. Die Sommerferien würden bald beginnen, und vier herrliche Sommerwochen lang fuhr ich durch halb Europa mit Zelt und Campingausrüstung im Kofferraum. Meistens übernachtete ich sogar im Auto. Als ich zurückkam, gerade noch rechtzeitig zum Schulbeginn, war ich wieder hergestellt, ganz die alte, braungebrannt, munter, voller Elan.

Es brauchte nicht einmal die Hälfte der Ferienzeit um wieder auf die abschüssige Straße des Trübsinns zu gelangen. Im Lehrerkollegium hatte man zwar die feindselige Haltung mir gegenüber aufgegeben, zugunsten einer kühl distanzierten. Manuel jedoch schien sich ebenfalls gestärkt zu haben. Seine verborgen bedrohliche Präsenz wuchs von Tag zu Tag, wenn er auch nun eine neue Methode für angebracht hielt. Nicht mehr das Raubtier auf dem Sprung, sondern der Partisan, der moralische Kämpfer im Hintergrund in eigener Sache. Nach außen hin schienen wir versöhnt und ein Arrangement gegenseitiger Nichtbeachtung getroffen zu haben. Insgeheim aber fragte ich mich, was er als nächstes aushecken mochte, irgend etwas Nochniedagewesenes, auf das eben nur ein Terrorist kommen konnte.

An einem Freitagabend im Spätherbst machte ich mich im Volvo auf den Weg zu einem Fortbildungsseminar. Es graute mir vor diesem Wochenende, eingesperrt in einem dieser Seminarräume zusammen mit anderen Seminaristen, die über nichts anderes sprechen würden als Schule, Lehrpläne, pädagogische Probleme und Lösungswege. Es war mir, als wäre mein Kopf mit Watte vollgestopft. Ein Trost: die lange Autofahrt im Volvo über das herbstliche Land, durch die bunt gedämpfte Abenddämmerung, die sanften Hügel der vertrauten Landschaft. Nebel stieg auf über den Feldern wie in alten Liedern. Hin und wieder glaubte ich sogar, Kartoffelfeuer auszumachen, vielmehr den Rauch, und hatte plötzlich den süßlichen Duft von faulendem Kartoffelkraut in der Nase, was mich an die kleinen Kartoffelfeste der Kindheit erinnerte auf freiem Feld, wie wir uns freuten auf die in der Glut gegarten Delikatessen, als kämen sie von einem Fünf-Sterne-Restaurant. Dann erkannte ich weit draußen auf einem Feld tatsächlich ein Lagerfeuer, mit Bewegung rings herum, Silhouetten von Kindern und Erwachsenen, gerade so, als hätte ich durch meine Erinnerung diese entfernte Szenerie hervorgerufen. Spontan entschloß ich mich anzuhalten, auf dem Bankett direkt neben einem steilen Abhang. Es war keine Halluzination oder Fata Morgana. Die Gruppe, drei Erwachsene und fünf Kinder, staunte nicht schlecht über meine Erscheinung. Man freute sich sogar über den unerwarteten Gast, der sich die Mühe gemacht hatte, den Weg zu ihnen in feinen Sneakers quer über das neblige Feld zu nehmen.

Gerade als der Überraschungsgast die zweite oder dritte Kartoffel verspeist, geschieht das Unfaßbare. Ein lauter Knall von der entfernten Straße, schon brannte etwas lichterloh. Es war mein Volvo. Alles stürzte im Nebel über das Feld, die Kinder voran. Man dachte an einen Verkehrsunfall, die Erwachsenen hielten die Kinder zurück wegen der Explosionsgefahr.

Allmählich verstand ich, wovon sich meine Gastgeber schnell überzeugten: Es gab kein zweites Unfallauto. Feuerwehr und Polizei stellten bald fest, es war eine Autobombe an Bord, mit Zeitzünder. Ich wußte noch vor der Polizei, wer dieses Ei in meinen armen Volvo gelegt haben mußte.

Ulrike Weber (Journalistin) und die Gespenster der Vergangenheit

Die ganze Zeit grübelte ich darüber nach, woher ich ihn kannte, so daß ich mich kaum auf das Gespräch konzentrierte. Diese Stimme, dieser Name, Günter von Hugo, Kulturredakteur des Brunnenkurier. Es war die Zeit kurz nach dem Fall der Berliner Mauer. Ich hatte meine Dienste angeboten als freie Mitarbeiterin und mich bei von Hugos Vorgänger beworben, der mir gewogen war, hatte auch schon ein paar Reportagen vorgelegt. Doch dann dieser Wechsel, der Neue, der mich nicht kannte, sich nicht für mich interessierte, Herr von Hugo, Funkstille, wurde vertröstet am Telefon. Dann endlich der Termin bei der Redaktion.

Ich hatte diesen von Hugo schon einmal irgendwo gesehen und erlebt, an einem anderen Ort, der mit diesem nicht das Geringste zu tun haben mußte. Doch ich konnte mich nicht erinnern. Es schwirrte im Vorbewußtsein umher und wollte nicht auftauchen. Schon nach fünf Minuten wußte ich, daß ich mir keine Hoffnungen zu machen brauchte, keine Aufträge bekommen würde, nicht von dem. Als ich ins Auto stieg, fühlte ich mich, als sei ich fünf Stunden lang in lauwarmem Wasser gelegen und redete mit mir selber, wie immer, wenn ich mich abreagieren mußte. Nicht aufregen Ulli, das hast du nicht nötig, bleib standhaft.

Ich fuhr nicht nach Hause sondern zum Italiener, gönnte mir einen Cappuccino und eine Zigarette. Nach dem Cappuccino bestellte ich Martini Rosso, das Lieblingsgetränk während der Münchner Studentenzeit, und rauchte gegen meine Gewohnheit sofort eine zweite Zigarette, versenkte den Blick in die sattrote Flüssigkeit mit dem Eiswürfel darin und stellte mir vor, in der Größe einer Fliege auf dem Eiswürfel zu sitzen und in den Martini zu rutschen.

Dieser von Hugo war um einiges älter als ich, wenn auch nicht um viel. Und adelig sah er auch nicht aus, doch wie sieht ein Adeliger aus? Zumindest besser angezogen. Diese verbeulte Jeans, schlampiges häßliches Hemd. Jemand, der es nur auf die inneren Werte abgesehen hat, womöglich nicht einmal auf die. Günter von Hugo. Wahrscheinlich verarmter Adel. Plötzlich fiel es mir ein. Natürlich, verarmter Adel! So hatte er sich vorgestellt. Er sei Sproß aus verarmtem Adel, Günter von Hugo, und er sollte uns ein Jahr lang Geschichte unterrichten als Referendar. Er war die große Überraschung zu Beginn des letzten Schuljahres. Die Klosterschülerinnen der zehnten Abschlußklasse, die bisher nur Nonnen als Lehrer hatten, ausgenommen den versponnenen alten Religionslehrer, einen pensionierten Priester. Und sie erwarteten nun die erste männliche Lehrkraft mit großer Spannung. Vor allem, als der sich auch noch als sehr jung herausstellte, kaum älter als sie selbst.

Eine große Enttäuschung, wie sich bald herausstellen sollte. Blaß, dünn, humorlos, mit rigider Moral, schlimmer als die strengen Klosterschwestern alle zusammen. Die ansonsten recht gerissenen schnippischen Mädchen, die in der Klasse das Sagen hatten, hielten sich merkwürdig zurück, es wurde kaum gelästert über den Neuen, was bei den übrigen Lehrkräften gang und gäbe war, vor allem beim alten Religionslehrer, unserem Yogi-Bär. Angstvoller Respekt vor der spitzen Zunge des jungen Angebers machte sich breit. Einmal, in der Adventszeit, streifte von Hugo in Wut und Erregung den Adventskranz, der auf dem Lehrerpult prangte, und einige Sekunden sah es so aus, als würde das Objekt adventlicher Besinnung auf den Boden kippen, was niemand zur Kenntnis nahm, weil alles auf den schmächtigen wutentbrannten Junglehrer starrte. Was hatte ihn so erregt?

Im Unterrichtsgespräch ist es um Ostdeutschland gegangen, die Deutsche Demokratische Republik, kurz DDR, und der Herr Referendar hat die Klasse gerade von oben herab darüber aufgeklärt, man solle doch bitte nicht ständig dem Irrum erliegen, die Menschen in diesem Unrechtsstaat benötigten Freßpakete, nein, tausendmal wichtiger als Bananen und Schokolade sei die geistige Nahrung, die ihnen vorenthalten würde, Bücher, Bücher, bräuchte das Land, vom wissenschaftlichen Sachbuch bis zur modernen europäischen Literatur. Als er nun weiter ausführt, die Mauer hätte ein kulturelles Ganzes, eine Einheit zerstört, in zwei Hälften gerissen, fällt in den hinteren Reihen halblaut die gelangweilte Bemerkung:

Welche Mauer denn?

Der spitzohrige von Hugo reagiert sofort, steigert sich in einen biblischen Zorn hinein, der damit endet, daß er die gesamte Klasse beschimpft, als oberflächliche dumme Gänseschar, ahnungslose Schafe, die irgendwann einem neuen Führer folgen würden, der sie zur Schlachtbank brächte, doch dann hätten sie nichts anderes verdient! Die Klasse saß da wie versteinert. Bissig fragte er, ob nun jemand vielleicht erklären könne, um welche Mauer es sich wohl handle, und jemand sagte kleinlaut: Die Mauer zwischen Ost- und Westdeutschland. Etwas genauer, wenn ich bitten darf! Die Mauer zwischen Ost- und Westberlin. Und?, schießt es aus ihm heraus, wann wurde sie gebaut? Seit wann gibt es sie? Als nicht sofort eine Wortmeldung kommt, fragt er sarkastisch: Seit dem Mittelalter, der Zeit Napoleons? Seit dem Zweiten Weltkrieg!, bringt jemand gequält hervor. Aha! Er schwieg erschöpft, räusperte sich nach einer kurzen Pause und sagte, nun in sarkastisch ruhigem Ton: Bei euch ist Hopfen und Malz verloren!, aber strengt eure hübschen Köpfchen nicht weiter an! In Zukunft werde ich nur noch Fragen stellen, die der Lehrplan für euch vorgesehen hat, und der ist nicht gerade üppig.

Gleich darauf klingelte die Pausenglocke. Günter von Hugo ging grußlos hinaus. Sofort fing die Klasse wie immer übermütig zu quatschen an, kein Wort über die Auswürfe des unverschämten jungen Paukers, niemand regte sich darüber auf, man hat es über sich ergehen lassen, alles war jetzt schon vergessen. Ich dagegen konnte mir nicht helfen, fühlte mich angegriffen, gedemütigt und beleidigt. Mich packte unbändige Wut, nicht nur auf diesen Lehrer, auf die kauenden lachenden Mitschülerinnen, auf das ganze schöne, ehrwürdige Klostergebäude, auf die verdammte Mauer in Berlin, auf die ganze Welt. Mußte ich mich als dummes Schaf bezeichnen lassen? Von einem dahergelaufenen verarmten Adeligen, der nun auf Lehrer macht, das bald wieder zusammen mit den anderen dummen Schafen geschlachtet würde und nichts Besseres verdiente. Ich starrte meine frische knusprige Breze an, die mir jetzt gar nicht mehr schmeckte, und sagte laut:

Arschloch! Paß nur auf, daß du nicht geschlachtet wirst! Aber niemand hörte es in dem Geschrei.

Als die Kellnerin einen dritten Martini bringen wollte, winkte ich ab. Ich mußte noch fünfzehn Kilometer mit dem Auto fahren, bestellte statt dessen einen Milkshake. Warum hatte ich mich nicht gemeldet auf die gellende Lehrerfrage? Ich wußte nämlich die Antwort, freilich aus reinem Zufall, so wie man weiß, wo man den ersten Beatle Song hörte, wo man sich befand bei der Nachricht vom Attentat auf John F. Kennedy oder dem Anschlag auf das World Trade Center.

Es war Sommerferienzeit, zum erstenmal länger von zu Hause fort, noch weit vor der Pubertät, bei Lieblingstante und Lieblingsonkel, die drei Kinder hatten, der älteste Sohn ein Jahr jünger als ich. Der Onkel, ein Kriminalinspektor, plauderte manchmal, wenn er gut aufgelegt war, aus dem polizeilichen Nähkästchen. Polizeianekdoten, dies war für mich so spannend wie Kalle Blomquist, mein damaliges Lieblingsbuch. Der Cousin bekriegte mich von Anfang an, aus unerfindlichen Gründen. Zum erstenmal im Leben geschah es, daß jemand mich nicht leiden konnte ohne Grund, und dies auch noch ungeniert zeigte. Am Ankunftstag führte er mich zwar noch zum Badesee, sogar zu den Verstecken seiner Freunde, doch schon am nächsten Tag wendete sich das Blatt. Erst überlegte ich noch, woran es liegen mochte, was hatte ich Unrechtes gesagt oder getan? Am dritten Tag war es mir egal. Ich fand im gleichaltrigen Nachbarmädchen eine Freundin für zwei Wochen, und von dieser erfuhr ich, daß der Cousin und seine Freunde mich einen Bauerntrampel nannten, offenbar weil ich damals noch ziemlich babyspeckig und mollig war. Er kümmerte sich nicht mehr um mich, und ich kümmerte mich nicht mehr um ihn, fand ihn allmählich nervig, aufschneiderisch und war nun heilfroh, keinen jüngeren Bruder zu haben.

Die Tante war mit den drei Kindern überfordert und trotz ihrer jungen Jahre ziemlich krank. Sie hatte ein offenes Bein, weinte manchmal vor Schmerzen. Ich machte mich aus dem Staub, wo ich nur konnte, war noch zu jung, um ihr eine wirkliche Hilfe sein zu können, half nur mittags beim Abwasch und Küchenaufräumen, verbrachte ansonsten fast den ganzen Tag mit der neuen Freundin am Badesee, mehr konnte ich nicht tun, und mehr wollte die Tante auch nicht, schließlich war ich ein Feriengast. Spätestens um sieben Uhr mußte ich zu Hause sein. Sofort nach dem Abendessen kamen die beiden Kleinen ins Bett, der Rest der Familie versammelte sich vor dem eingeschalteten Fernsehapparat, die größte Attraktion überhaupt für mich, da meine Eltern sich immer noch gegen diese Anschaffung sträubten. Am meisten gefielen mir die Werbespots, konnte nicht genug davon kriegen. Komischerweise schien dies auch beim Cousin der Fall zu sein. Vor dem Fernseher entdeckten wir Gemeinsamkeiten, näherten uns teilweise wieder an.

Während Onkel und Tante die Spots dazu nutzten, entweder aufs Klo zu gehen oder die Zeitung zu Ende zu lesen, lagerten die beiden Kinder, die sich nicht leiden konnten, in trauter Gemeinsamkeit auf der Couch und verfolgten gespannt und vom Cousin reichlich mit Kommentaren versehen die bunte Palette der Produktanpreisungen. Zur Tagesschau setzte sich dann endlich die Tante dazu, meist mit einem Strickzeug, während der Onkel im Polstersessel Platz nahm. Der Cousin und ich mußten uns nun auf eine längere uninteressante Phase einstellen. Nach der langweiligen Tagesschau folgte die noch langweiligere Sondersendung »Eine Epoche vor Gericht«. Da saß ein dünnlippiger, verlegen blickender, hagerer Mann mit Buchhalterbrille und Geheimratsecken in einem Glashäuschen, daneben jede Menge Richter und Anwälte und verhandelten über das Schicksal dieses Glashausmenschen. Ich konnte nicht verstehen, daß Onkel und Tante diesem öden Schauspiel ihre ganze Aufmerksamkeit schenkten. Was der Kerl denn verbrochen hätte? Die Tante sagte nur, der hätte Millionen Menschen in den Tod geschickt. Aber warum und wo? Die Tante hatte sich schon wieder abgewandt und wollte nichts mehr weiter dazu sagen, und der Onkel hatte meine Frage nicht gehört. Nach der »Epoche vor Gericht« kam endlich der Krimi »Mord ohne Motiv«, dem wir schon ent-gegenfieberten, ausgenommen der Onkel. Der verließ das Wohnzimmer, ging in den Garten, wo man ihn gedämpft lachen und reden hörte mit seinen Kriminalkollegen, die in den Nachbarhäusern wohnten. Spätestens jetzt fing der Cousin an, sich auf der Couch richtig breit zu machen, legte sich gestreckt an die Lehne, hinter dem Rücken von Tante und mir, was mich ärgerte. Es störte mich, wenn ich fremde Beine zwar nicht unbedingt spürte, so doch in unmittelbarer Nähe wußte. Am letzten Tag fragte mich der Cousin, ob ich morgen fahre. Als ich bejahte sagte er: schade, in einem echt klingenden bedauernden Ton. Wieder einmal gab mir der Flegel Rätsel auf: Entweder heuchelte er das Bedauern, dann heuchelte er gut, was bei seiner Schläue nicht verwunderlich gewesen wäre. Warum aber sollte er heucheln, er machte von Anfang an kein Hehl aus seiner Abneigung gegen mich. Wenn er also nicht heuchelte, dann würde dies bedeuten, daß er meine Abreise wirklich bedauerte. Hatte er seine Meinung über mich geändert und es nur nicht geschafft, mich dies wissen zu lassen? Es war ohnehin zu spät. Morgen kamen die Eltern mich abzuholen.

Und als die Eltern erschienen, freute ich mich wie an Weihnachten, als kämen sie direkt aus dem Paradies. Die Mutter hatte ich noch nie so schön gesehen, im selbstgenähten

Seidenkleid, die damals noch schwarzen Haare sorgfältig frisiert. Die Eltern wurden mit merkwürdigen Neuigkeiten empfangen. Ob sie es noch nicht gehört hätten? Der Ulbricht läßt eine Mauer bauen, mitten durch Berlin! Radio und Fernsehen liefen auf Hochtouren. Die Erwachsenen klebten daran, waren für die nächsten Stunden beschäftigt. Der Cousin hätte dies nutzen können zu einem Versöhnungsaufenthalt am Badesee, er nutzte es nicht, verschwand wie immer mit seiner Clique. Ich wollte mich von meiner Freundin verabschieden, doch sie war mit ihrer Familie weggefahren. So setzte ich mich in den Garten mitten ins Gras zu den beiden Kleinen, die aber mit sich selbst beschäftigt waren, hörte das Stimmengewirr im Haus, freute mich auf zu Hause.

Etwas Ungeheuerliches war heute geschehen, doch es interessierte mich nicht sonderlich. Ein Krieg würde es schon nicht sein, da wären die Erwachsenen viel aufgeregter. Ich wollte nach Hause, in meine Stadt, zu den Freunden, in die kleine Elternwohnung, den großen Elterngarten, in dem die Äpfel reiften und die Dahlien blühten.

In der Pause gesellte sich der schmale Günter von Hugo zu einer Gruppe Nonnen, redete auf sie ein, sie blickten ihn ermüdet an. Nicht einmal bei ihnen konnte er Ruhe geben. Ich wäre so gerne hingegangen und hätte ihm eine gelangt mit den Worten: Die Berliner Mauer wurde im selben Jahr gebaut, als Adolf Eichmann in Jerusalem der Prozeß gemacht wurde, neunzehnhunderteinundpatsch, gleich noch eine rechts. Doch dann wäre ich von der Schule geflogen. Als die Kellnerin kam, bezahlte ich und eilte zum Auto.

Orfée (Frau aus der Zukunft)
und das Jahr 2110

Im April des Jahres 2085 heiratet der junge Edin seine ebenso junge Kollegin Orfée in einem Ort am südlichen Ende des Tegernsees. Man feiert im Ballsaal eines Luxushotels mit über hundert Gästen, als beim Eröffnungstanz des Brautpaares der dunkel gemusterte Seidenschal des Bräutigams über seine Jacke gleitet und die Braut ihn auffängt. Sie schlingt den luftig edlen Stoff um den Nacken des Geliebten. Märchenhaft anmutig erscheint aller Welt dieses Paar. Unter den Gästen befindet sich ein eleganter Herr, den niemand kennt, der offenbar nicht eingeladen war. Selbstbewußt unaufdringlich tanzt er mit wechselnden Damen. Auf keinem Bildschirm und Monitor, auf keinem der später kursierenden Glanzbilder wird er zu sehen sein, und er verschwindet unbemerkt noch vor Mitternacht.

Drei Wochen nach dieser rauschenden Hochzeit fällt Edin einem Verkehrsunfall zum Opfer. Fünf Tage liegt er noch im Koma. Orfée hält Wache Tag und Nacht, stumm, wie selbst vom Tod berührt. Nach dem Begräbnis bleibt sie stumm. Noch in der Klinik überreichte man ihr Edins Kleidung. Sie blickt auf das folienverpackte Bündel als wäre es das gefährliche Geschenk eines Todfeindes. Zu Hause hängt sie das kaum versehrte weiße Hemd des Verstorbenen und die Jacke in ihren Schrank. Edins Hochzeitsschal rollt sie sorgfältig zusammen, legt ihn in eine Schmuckschatulle.

Nach einigen Jahren, da Orfée ihre Stummheit immer noch nicht überwunden hat, entschließt sich Dr. Goldberg, ihr Vorgesetzter und Freund Edins, ein Projekt in Angriff zu nehmen, dem schon lange sein Augenmerk galt. Er bietet Orfée an, Edin zu klonen, auch wenn die Klon-Ergebnisse nach wie vor nicht zufriedenstellend seien, er hätte eine neue, ausgefeiltere Technik entwickelt. Das biologische Material dazu hatte er schon damals durch Bestechung des Klinikpersonals während des fünftägigen Komas sicherstellen können. An Edins fünfundzwanzigstem Todestag im Mai 2110 könne er, Dr. Goldberg, einer fünfzigjährigen und sicher immer noch sehr schönen Orfée ihren jungen Ehemann Edin präsentieren!

Orfée nickte, sie kennt Dr. Goldberg, sie weiß, er pflegt seine Vorhaben auszuführen, unter welchen Umständen auch immer. Sie wundert sich, daß sie überhaupt gefragt wurde. Das Menschenklonen ist in Europa offiziell verboten, wird jedoch ständig unterlaufen und kaum gerichtlich verfolgt. Viel Geld ist im Spiel. Die Ergebnisse der illegalen Bemühungen konnten bisher kaum als gelungen bezeichnet werden. Gesundheit und Lebenserwartung der Klone ähnelt dem Durchschnittseuropäer der Bronzezeit. Doch Goldberg scheint von seinem neuen Verfahren überzeugt.

In den nun folgenden beiden Dekaden geschehen nicht nur mit Orfée merkwürdige Dinge, auch mit der übrigen Welt. Der Orkan Grizzly zerstörte mehrere deutsche Städte; in den Anfängen des eurasischen Krieges konnte nach einem Jahr zähen Ringens ein Weltkrieg abgewendet werden; Roboter Servants und Life Center, die Sogenannten RS und LC, wurden eingeführt, die bald jeder europäische Haushalt besaß; der Fünfmonatskrieg brach aus, der zumindest die Gründung des Staates Palästina herbeiführte und an dessen Folgen ganz Europa noch lange laborierte; der Armenführer Daniel Mohn Massou, der sich vom Robin Hood zum trivialen Banditen entwickelt hatte, wurde endlich gefaßt, sein akribisch geplanter chemobiologischer Anschlag gerade noch vereitelt und seine Organisation zumindest in Europa endgültig zerschlagen; und in der europäischen Jugend entstand die Mode, in sogenannte Enklaven zu entfliehen nach Afrika und Asien, um nach den Maximen früherer Philosophien zu leben, naturverbunden, spirituell, individuell. Und in München verlor Orfée ihre Stummheit, gab dem ständigen Werben ihres Vorgesetzten Dr. Goldberg nach, wurde dessen

Geliebte und spätere Ehefrau, in Luxus lebend mit acht Roboter Servants, die ihren Alltag organisierten, so daß sie ihre Karriere als Energietechnikerin und nebenberufliche Chanson-Sängerin verfolgen konnte. Sie adoptierte zwei tibetische Kinder, das Menschenklonen ihres Mannes erwies sich als äußerst gewinnbringende geheime Nebenerwerbsquelle. Als ihr Mann sie ständig betrog, zahlte sie es ihm kräftig zurück, was bei ihrem Aussehen nicht allzu schwierig war. Nach vielen Affären wurde sie eine der zahlreichen Mätressen des berüchtigten und sehr mächtigen Chinesen Qian Zhijun, ein Milliardär mit mafiösen, aber auch kulturellen Verbindungen in aller Welt. Sie gehörte nun zum internationalen Jet-Set, trat als Model und Sängerin auf, was ihr der Chinese alsbald untersagte, da sie nun der Welt gehörte und nicht mehr ihm allein, und ihr zur Entschädigung das teuerste Diamantencollier schenkte, das es zu der Zeit gab.

An ihrem fünfzigsten Geburtstag im Juni 2110 erinnerte sie sich an den Todestag ihres ersten Mannes Edin, dem fünfundzwanzigsten vor einem Monat, und an den Klon, den sie aufgrund ihres temporeichen, brausenden Lebens vollkommen vergessen hatte. Zu dieser Zeit lief die Scheidung von Dr. Goldberg, und der fürstliche Chinese hatte sie gerade verstoßen, was sie nicht sonderlich bedauerte, im Gegenteil, eigentlich war sie erleichtert, auch über die Trennung von Goldberg. Sie brauchte eine neue Liebe, sie war süchtig danach. Ihren Noch-Ehemann Goldberg bedrängt sie so lange, bis sie Kontakt aufnehmen kann zu dem Klon. Über das Life Center sprechen sie miteinander. Der Klon sitzt vor ihr auf dem Screen und sieht genauso aus, wie sie ihren ersten Ehemann in Erinnerung behalten hat, ein junger, dunkelhaariger, sehr gut aussehender Student blickt sie an mit einem Blick, den sie von Edin nicht kennt, ein Fremder. Doch er schaut sie an wie einer, der sich zu erinnern scheint, als sei er von den Toten auferstanden, und werfe ihr nun vor, um so viel älter zu sein, einfach weitergelebt und ihn im Stich gelassen zu haben. Sie will ihn als Ehemann zurück, so viel ist gewiß, doch es funkt nicht zwischen ihnen, sie spürt es genau. Dennoch verabredet sie sich mit ihm zum Rendezvous in demselben Hotel am Tegernsee, in dem sie vor fünfundzwanzig Jahren Hochzeit gefeiert haben.

Sie ist unangenehm überrascht, daß ihr Zukünftiger erst von ihr aufgeklärt werden mußte über die wahren Zusammenhänge. Goldberg hat ihm bei seinen unregelmäßigen Besuchen im Internat eingeredet, daß Orfée seine Mutter sei, die als Europa-Rebellin in einer malaysischen Enklave lebe und nie mehr zurückkommen werde. Sie zündet sich eine Zigarette an und bittet ihren zukünftigen Ehemann dasselbe zu tun, die erste kleine Gemeinsamkeit. Dann lehnt sie sich zurück, froh, sich in Schale geworfen zu haben. Die ersten bewundernden Blicke des neuen Edin. Sie verwünscht Goldberg. Diesen Jungen als seinen Sohn auszugeben und sie als Mutter. Dem schönen Jüngling ist nicht anzumerken, was er über die Neuigkeiten empfindet, ein ausgesprochen melancholischer Blick. Sie weiß mit Sicherheit, daß Edin alles andere als melancholisch gewesen ist. Zwischendurch zweifelt sie sogar, ob es sich hier um Edins Klon handelt; sie hatte damals in ihrer Verzweiflung alle Bilddaten von Edin gelöscht, ist nur auf ihre eigenen Erinnerungsbilder angewiesen. Vielleicht täuschte sie sich, vielleicht hat Goldberg ihr eine andere Person untergejubelt, vielleicht lebte der Klon nicht mehr, ein Pfusch, und Goldberg wollte den Mißerfolg vertuschen. Sie versucht ein Lächeln, doch der Klon lächelt nicht, er hat bisher noch nicht ein einziges Mal gelächelt. Er schweigt und schaut über den Screen-Rand hinaus. Sie fragt ihn, ob er eine Geliebte hätte, was er verneint. Zum Abschied klopft sie zart an das Glas des Bildschirms, dort wo sich sein Mund befindet. Er antwortet, indem er mit der Fingerspitze die Stelle berührt, wo auf dem Glas sich ihr Handgelenk befinden muß. Er hat Feuer gefangen, stellt sie erleichtert fest.

Ihr Plan war, die Hochzeitsnacht auf den Spätnachmittag vorzuverlegen, anschließend dasselbe Fünf-Gänge-Hochzeitsmahl von damals, ein weiteres Schäferstündchen in der Luxus-Suite und am nächsten Tag die Formalien im Standesamt zu Weißach, was Raffael, ihr erster Roboter Servant, schon organisiert hat, selbst die Musik, Edins Lieblingsmusik damals, Klezmer, die Musik seiner Vorfahren. Orfée will unbedingt auf altmodische Art ein Kind empfangen von dem einzigen Mann, den sie geliebt hat. Diese Tage waren die von ihr errechneten besonders empfängnisbereiten, und als Biotechnikerin wußte sie, die stärksten Exemplare der Gattung Mensch entstünden immer noch durch natürliche Zeugung; und die Jugend des Erzeugers würde die späte Mutterschaft ausgleichen.

Auf der Autobahn in ihrem Edelflitzer erteilte sie Raffael noch letzte Anweisungen. Es deprimierte sie, daß sie sich nicht wirklich auf den von ihr inszenierten Empfängnis- Event freute wegen der Angst, der neue Edin könnte das am Ende ihrer Unterredung gezeigte Interesse nur gespielt haben, aus Höflichkeit, vielleicht sogar aus Berechnung. Wenn er clever war, wußte er, welche Möglichkeiten sich ihm eröffneten als Ehemann der allseits begehrten Orfée Goldberg, einer Dame der Gesellschaft und integriertes Mitglied des internationalen Geld-Adels. Seine Karriere als Ökologie-Wissenschaftler wäre jetzt schon besiegelt.

In Weißach angekommen, fährt sie nicht in die Tiefgarage des Luxushotels, sondern parkt den Edelflitzer in einer Seitenstraße gegenüber dem Hotelkomplex. Sie haßt Tiefgaragen. In den letzten Jahren ist das Gelände noch weiter ausgebaut worden, kein Freizeitpalast mehr wie früher, ein Freizeitpalastkomplex. Sie lehnt an ihrem Flitzer, raucht, zieht mit ihrem enganliegenden champagnerfarbenen tief dekolletierten Seidenkleid die ersten Blicke auf sich, betrachtet die kunstvoll gläserne Dachkonstruktion über dem neuen Lichthof. Dann gibt sie sich einen Ruck und überquert langsam die Straße, die champagnerfarbene Seidenjacke locker über die Schulter geworfen. Es fällt ihr auf, daß Leute in Uniform unterwegs sind, Polizei, Feuerwehr. Ein schweres Unglück, so sickert es durch, jemand von da oben direkt auf ein Autodach, schwerstverletzt, wahrscheinlich tot. Sie sieht nun auch den Ambulanzwagen auf einer Zufahrt, erkennt plötzlich Goldberg in einer Traube von Polizisten und erschrickt, eine aufblitzende Angst, Edin, sofort weiß sie, was geschehen ist.

In ihrem ratlosen Erschrecken stürzt sie zurück zum Auto, um dem Ambulanzwagen zu folgen, der sich gerade in Bewegung setzte. Vom Ärzteteam erfährt sie, eine Operation hätte keinen Sinn mehr, das Opfer liege im Koma. Sie gibt sich als Ehefrau aus, die polynesische Krankenschwester beäugt sie mißtrauisch, zögert. Orfée sagt: Ich bin Frau Goldberg, Ihr Patient ist mein Mann, Edin Goldberg. Die Assistentin kennt den Namen und nickt, sie darf zu ihm. Sie spricht mit ihm als sei er bei Bewußtsein, wachspuppenhafte Augenlider, legt ihre Hand auf den leblosen Unterarm, der auf dem weißen Linnen liegt, als gehöre er nicht hierher.

Was ist mit uns geschehen, Edin?, sagt sie. Was geschieht mit uns? Wie unter Zwang hat sie, bevor sie aufbrach, den Seidenschal Edins in ihre Handtasche gesteckt. Jetzt nimmt sie ihn heraus, legt ihn vorsichtig um den schönen Hals des Bewußtlosen. Einen Moment glaubt sie, Bewegung in den kristallig starren Augenlidern auszumachen, ein kurzes Flimmern, als ob sie sich öffnen wollten. Dann verläßt sie den Raum, dreht sich in der Türe noch einmal um. Seine Augen bleiben geschlossen.

Ulrike Weber (Journalistin, Lyrikerin) und der Dreiklang der Dinge

Es scheint zu stimmen, was meine Freundin Magdalena Wolf behauptet, nämlich daß die Zahl Drei eine mystische Bedeutung hat, nicht nur im Leben des Individuums, sondern auch in der Welt an sich. Wie ich zu dieser Ansicht komme, möchte ich nicht erläutern, da es hier nicht um Zahlenmystik geht. Es geht um ein Musikstück, das dreimal in meinem Leben eine wichtige Rolle gespielt hat, das wie ein Schutzengel plötzlich aufgetaucht ist und mich zwar nicht aus großer Not, aber doch aus einer gewissen Bedrängnis gerettet hat.

Beim erstenmal geschah es in der frühen Jugendzeit, etwa mit vierzehn Jahren, in den Osterferien, genauer gesagt am Karfreitag. Damals ging es mir ziemlich schlecht, eine tiefe Verstimmung. Zum erstenmal konnte ich in den Ferien nichts mit mir anfangen. Die einzige Freundin, die ich hatte, spannte mir den einzigen Jungen aus, der mir gefiel; der Bruder, mit dem ich mich die ganze Kindheit über glänzend verstand, setzte mir zu durch seine Tüchtigkeit und Korrektheit; die Mutter nörgelte an mir herum; der Vater verteidigte mich nicht und schien sich ebenfalls über mich zu ärgern. Ich war uneins mit mir selbst und der Welt, schlich umher wie eine kranke Katze und hatte nicht einmal Lust auf meine liebste Beschäftigung, dem Lesen.

Zu allem Überfluß erschien auch noch Besuch. Einigermaßen guter Dinge kam ich von der Karfreitagsliturgie nach Hause, die hatte mich merkwürdigerweise beruhigt und besänftigt, da saßen in unserer Wohnküche die jüngere Schwester meiner Mutter mit Mann und Kind. Vielmehr, das Kind, eine lebhafte, für mich viel zu lebhafte Fünfjährige tollte bereits mit meinem Bruder und einem Ball draußen im Garten herum. Es war ein frühlingshafter Tag, und mein Bruder kam früher von der Kirche zurück, denn ich ging einen Umweg, um an jenem Haus vorbeischleichen zu können, wo der einzige Junge, der mir gefiel, mit seinen Eltern wohnte und der sich von mir abgewandt hatte; vielleicht einzig aus dem Grunde, weil er mir nie wirklich zugewandt war. Was ich dort wollte, wußte ich selbst nicht, ich war erleichtert, daß er mir nicht begegnete und noch viel erleichterter, daß ich nicht gesehen wurde.

Zu Hause begrüßte ich artig Tante und Onkel, die ich eigentlich ganz gern mochte, dennoch nervte mich das ununterbrochene gut gelaunte Reden und Lachen. Meine endlich erlangte Ruhe war sofort wieder hin und mein Herz noch schwerer als vorher. Durch das Wohnküchenfenster betrachtete ich meine kleine wilde Kusine und meinen Bruder, der die Kleine immer wieder neckte und austrickste, so daß sie jubelte und jauchzte wie ein Puttenengel im siebten Himmel. Ich wäre dort draußen absolut überflüssig gewesen, eher eine Bremse, das fünfte Rad am Wagen wie überall. Wie auch hier in der Wohnküche bei den Erwachsenen. Schweren Herzens ging ich in mein kleines Zimmer, aber auch bis dorthin drangen das Lachen und die Jubelschreie. Ich setzte mich an den schlichten Sekretär und dachte an das lebensgroße Holzkreuz mit dem toten Jesus aus Holz, verhüllt mit einem schwarzen Tuch, das enthüllt wurde, damit die Leute sich kurz vor ihm hinknien konnten, einer nach dem andern, eine Schlange bis vor zum Altar, darunter ich. Wütend klappte ich die Lade des Sekretärs hoch, drehte den kleinen Schlüssel um, so daß er wieder zu einer Art Bücherschrank wurde, ging in die fröhliche Wohnküche und verabschiedete mich, ich wolle eine Freundin besuchen! Meine Mutter, die immer alles wußte und merkte oder ahnte, schaute mich skeptisch an. Welche Freundin und warum jetzt?. Doch sie wollte sich in dieser entspannten Atmosphäre nicht mit meinen Angelegenheiten beschäftigen, sie war einverstanden.

Ich verschwand aus der Wohnung, verließ aber nicht das Haus, ging schnurstracks in den Keller, wo sich eine Art Gemeinschaftsraum befand für die vier Familien des Vierparteienhauses; ein früherer Mieter hatte den eingerichtet für alle, ein sozialer geselliger Mensch, den ich aber nicht kannte. Der Raum war wie ein Partyraum eingerichtet mit Bar und Fernseher, wurde aber von den jetzigen vier Familien kaum noch genutzt, denn inzwischen hatten alle ihren eigenen Fernseher. Ich schaltete den Apparat ein, der noch ganz gut funktionierte, flegelte mich auf die alte Couch und hoffte auf einen Krimi oder wenigstens einen Western, am besten mit Clint Eastwood, aber nichts dergleichen. Nachrichten, irgend eine langweilige Dokumentation, wieder schaltete ich um auf das dritte Programm, da begann gerade ein Film, ein Karfreitagsfilm, das Erste Evangelium nach Matthäus, von Pier Paolo Pasolini, der mir ein Begriff war wegen des Bruders, der sich für Film und Literatur interessierte.

Die Bilder faszinierten mich von Anfang an, die südländisch exotischen Gesichter, Italiener allesamt, doch sie wirkten authentisch und biblisch, vor allem die Maria, sehr anmutig, kaum älter als ich selbst, und der ständig wiederkehrende Engel hatten es mir besonders angetan, der kommentierte und erklärte und aufmerksam machte. Ein jugendlicher Engel, ernster, blasser Teint, dunkle Locken, ein androgynes Wesen, entweder femininer schöner junger Mann oder maskuline schöne junge Frau. Das gefiel mir. Und dann diese wundersame Jesus-Figur, wie er höchstwahrscheinlich wirklich war, und die ebenso außerordentlich schöne Musik, die ich noch nie gehört hatte, die diesen Jesus begleitete, vor allem zum Ende hin. Wie ich im Nachspann lesen konnte, mußte es sich bei dieser Musik um den Schlußchoral handeln aus der Matthäus Passion von Johann Sebastian Bach. Auch der war mir ein Begriff wegen des Bruders, doch klassische Musik kam für mich bisher wie von einem anderen Stern; nicht daß sie mich genervt hätte wie sonst fast alles, das nicht, im Gegenteil, einmal hatte ich sogar den Anfang eines Brandenburgischen Konzertes im Radio mitgehört, von eben diesem Bach, es war nicht unbedingt meine Musik, aber fand sie nicht schlecht. Doch diesmal bewegte diese Bach-Musik irgend etwas in mir, ich wußte nicht was, sie tat mir einfach gut, wie ein Schokoladen- oder Pistazieneis oder eine verdiente Note Eins in der Schule. Aber eigentlich ging es viel tiefer, tiefer ging nicht, bis zum Grund meiner kleinen, noch so kurzen Existenz. Mein ganzes kleines Elend ging mit dieser Musik zugrunde, im wahrsten Sinne des Wortes.

Mein Bruder stand kurz vor dem Abitur, war aber sparsam und genügsam wie es heute wohl kein einziger Abiturient mehr ist, so daß er nicht einmal einen Plattenspieler oder Kassettenrekorder hatte, und es kam auch für mich keiner in Frage, weil ich erstens viel jünger und zweitens viel ungebildeter war, das hohe Musikerlebnis verblaßte allmählich und während meiner Schul- und Ausbildungszeit blieb klassische Musik für mich wie eine mondäne, bewunderte reiche Tante, die leider viel zu wenig Zeit und Interesse hat, um öfter etwas von sich hören zu lassen.

Mit neunzehn kam ich als Au-pair-Mädchen in eine Londoner Familie, wo ich tagsüber den kleinen Sohn betreute und abends zweimal die Woche in eine Sprachenschule ging, Sonn- und Feiertage waren frei. Unsere Klasse bestand aus zirka fünfzehn Schülern vor allem aus Commonwealth Ländern. Ich freundete mich mit einer Französin an, Cathrine, und einem Pakistani, Mohammed Eins, so nannten wir ihn, denn es gab noch einen Mohammed in der Klasse, Mohammed Zwei. Mohammed Eins war älter und gutaussehender als Mohammed Zwei und ich verliebte mich ein wenig in ihn, freilich hauptsächlich nur in diese ungewohnte exotische Höflichkeit, die ich von den jungen Männern zu Hause überhaupt nicht kannte, höchstens noch von den wohlerzogenen und lässigen englischen Männern. Cathrine und ich wurden öfter von ihm eingeladen; er wohnte mit seinem Bruder und anderen Freunden oder Verwandten in einem Wohnheim, fast so etwas wie eine Wohnanlage. Besonders imponierte Cathrine und mich, daß es dort ein Studententheater gab, wo er und sein Bruder und andere Pakistani Shakespeare-Stücke aufführten in fast akzentfreiem Englisch. Mit der Zeit aber störte sowohl Cathrine als auch mich, daß wir niemals pakistanische Frauen oder Mädchen zu Gesicht bekamen, auch nicht wenn wir Verwandten von ihnen vorgestellt wurden. Immer nur junge Männer, die uns höflich und neugierig beäugten und kaum etwas sagten und die wir kaum unterscheiden konnten. Und je mehr ich mich von Mohammed Eins zurückziehen wollte, desto dringlicher suchte er Kontakt zu mir, was mich in einen schweren Konflikt brachte, denn eigentlich fand ich ihn recht anziehend, aber zum richtigen Verlieben war er mir letztendlich zu fremd. Ich wurde nicht schlau aus ihm, was er natürlich nicht verstehen konnte.

Und merkwürdig, ausgerechnet am Karfreitag wiederum, der in England nur ein halber Feiertag ist, geschah folgendes: Ich hatte nachmittags und abends frei, Cathrine mußte bei ihrer Familie bleiben, ich spazierte durch Cranbrook, dem Londoner Stadtteil, in dem meine Familie ihr Vorstadtreihenhäuschen hatte, es war der erste richtige Frühlingstag. Ich genoß die aufsprießenden, grünen Zweige der Bäume und Sträucher an den Straßen und in den Vorgärten, die ersten Narzissen und Krokusse, und als ich die Hauptstraße erreichte, hielt ein Auto neben mir. Mohammed im Auto seines älteren Bruders stieß die Beifahrertüre auf, eine Spur zu heftig, und sagte in einem Ton, den ich ebenfalls nicht von ihm kannte:

Hi, will you get in?

In diesem Ton war so viel enthalten, Strenge, Bitterkeit, Härte, Forderung, Bitte, aufkeimende Wut, aber auch Zartheit, die mich beinahe schwach gemacht hätte, beinahe wäre ich eingestiegen, um mich wahrscheinlich endlich irgendwo von ihm verführen zu lassen, doch eine deutliche leise Stimme in mir sagte: Nein, mach einen klaren Schlußstrich! Doch da war auch die noch viel leisere, undeutliche, aber nicht weniger eindringliche Stimme Amors: Immer diese Vorsicht und Vernunft! Was ist mit Leidenschaft und Liebesrausch, willst du dich ewig selbst am Gängelband halten?

All dies spielte sich in nur höchstens fünf Sekunden ab; ich wollte einsteigen und wollte es nicht. Da sah ich plötzlich auf der anderen Straßenseite gegenüber ein großes Plakat an der Frontseite eines Hauses, Ankündigung der Aufführung heute sechzehn Uhr in der Royal Albert Hall »The Passion of Matthew, by Johann Sebastian Bach«. Und ich sagte: Tut mir leid, ich möchte in dieses Konzert da, deutete hinüber, habe ein Ticket, bin schon spät dran.

Mohammed fragte mich zwar noch ungerührt, ob er mich zur U-Bahn, zur Tube, fahren solle, doch auch dies lehnte ich ab, und nun wußte er endgültig, daß er sich ein anderes Mädchen suchen mußte. Als sein Auto verschwunden war, wollte ich mir an einem Stand Fish & Chips kaufen und dann nach Hause gehen, doch dann fiel mir der Pasolini-Film ein und der Choral aus der Matthäus Passion damals an diesem seltsamen Karfreitag vor fünf oder sechs Jahren. Kurzentschlossen lief ich zur U-Bahn und kam noch rechtzeitig zur Albert Hall, ergatterte eine Karte und hörte zum erstenmal die Matthäus Passion. Beim Schlußchoral »Wir setzen uns in Tränen nieder« weinte ich vor mich hin und wußte eigentlich nicht weshalb, ich hatte seit meiner Kindheit nicht mehr geweint. Auch dieses Musikerlebnis versank wieder so unvermittelt, wie es aufgetaucht war. Denn immer noch spielte klassische Musik eher eine Nebenrolle in meinem weiteren Leben. Studium, Beruf, Ehe, Kinder, die Literatur wurden zunehmend wichtiger für mich, und mit ihr auch die klassische Musik.

Als eine befreundete Religionslehrerin und Nachbarin mich fragte, ob ich mitmachen wolle beim Firmunterricht der Mütter für unsere Kinder Marlene und Fridolin und andere, sagte ich zu nach kurzem Zögern und machte für eine Unterrichtsstunde, die mir zu trocken und phrasenhaft erschien den Vorschlag, sich statt dessen Pasolinis Erstes Evangelium nach Matthäus anzuschauen und freute mich unwahrscheinlich, als ich sah, daß dieser Film die Firmlinge in meiner Gruppe ebenso fesselte wie mich damals an jenem einsamen Karfreitagabend im Kellerpartyraum des Vierparteienhauses.

Seither gibt es für mich kein Ostern ohne die Matthäus Passion. Am Karfreitag oder Karsamstag, während ich Ostereier färbe oder die Osterkerze verziere, früher mit Marlene, heute alleine, höre ich die Matthäus Passion und beim Schlußchoral drehe ich auf, so laut es geht, und manchmal habe ich sogar Tränen in den Augen, ohne zu wissen warum.

Kathrin Wolf (Tochter von Magdalena Wolf) und die Helden des Alltags

Besorgt legt mir mein Vater seine Hand auf die Stirn. Meine Mutter steht daneben und möchte schon gehen. Endlich ist sie fertig mit dem Ankleiden, Frisieren, Schminken, und jetzt diese Umstände mit mir. Ich bin doch schon fast erwachsen, ich weiß es. Ich müßte etwas erzählen, aufklären, doch es ist mir nicht möglich. Meine armen Eltern ahnen nichts. Sie wissen wenig, freuen sich auf die Gartenparty. Wiedersehen mit alten Freunden; ich wünschte, sie würden zu Hause bleiben heute abend. Doch sie würden Gründe wissen wollen, triftige Gründe, und ich kann keine vorweisen. Warum bin ich nicht auf die Idee gekommen, einfach krank zu werden? Eine Darmkolik, Magenkrämpfe, furchtbare Migräne. Doch mein Vater läßt sich in dieser Hinsicht nichts vormachen, er ist Arzt, Chefarzt sogar, und außerdem wäre es gemein. Meine Eltern sind zwar naiv, was die Konflikte heutiger Jugend betrifft, aber niemals unfair. Und sie freuten sich auf heut abend. Vor allem die Mutter. Schon lange auf keiner Party mehr gewesen. Immer so viel Arbeit, wenig Entspannung.

Wenn ich doch Lilly um Rat fragen könnte, meine beste Freundin. Immer mit ihr zusammengewesen, schon im Sandkasten. Immer meine Banknachbarin, auch jetzt, auf dem Gymnasium. Sogar zusammen Nachhilfe in Mathe. Noch dazu bei ihrem Vater, Mathelehrer Schober. Doch Lilly kann ich nicht einweihen diesmal. Auch nicht ihren Vater, dem man sonst alles erzählen kann, der beste Lehrer der Welt. Und jetzt muß ich die Tapfere spielen, dabei weiß ich nicht einmal, ob ich die Nacht überstehen werde.

Vor drei Uhr kommen die Eltern nicht zurück. Sie sind überall immer die letzten die gehen. Es war nicht ausgemacht die Kinder mitzunehmen. Sei doch vernünftig Kathrin, und meine jüngere Schwester Anja ist ausgerechnet jetzt auf Klassenfahrt, wäre mir auch keine große Hilfe, die kleine Heulsuse. Wir wollen keine Ausnahme machen, Kathrin, andere Kinder sind auch nicht dabei, du würdest dich doch nur langweilen!

Also wünsche ich ihnen viel Spaß, rede mir ein, daß ich mir alles nur einbilde, nur ein ungutes Gefühl, hervorgerufen durch den Sturm, der immer stärker wird zu allem Überfluß, ein Sommersturm ohne Gewitter. Es wird wohl nichts mit eurer Gartenparty, sage ich hoffnungsvoll, natürlich Unsinn, die Erwachsenen haben immer ihre Alternativen parat. Warme schwere Regentropfen fallen vereinzelt. Fahrt vorsichtig! Äste könnten herabgerissen werden! Die Eltern schütteln den Kopf, wundern sich über meine plötzliche Besorgtheit. Sie winken amüsiert.

Sofort sperre ich überall ab, sehe im Keller nach, lasse die Rolläden herunter, obwohl es noch nicht dunkel ist, schalte den Fernseher ein, das beruhigt. Aber nur so lange ich in den Kasten starre. Lasse ich mich ablenken vom großen erleuchteten Wohnzimmer, sehe ich sie wieder vor mir. Diese Augen. Erst am Schalter der Sparkasse vor drei Tagen, und dann gestern, als ich mich verriet, diesen dummen Fehler machte, der mir vielleicht das Leben kostet.

Im Fernseher kündigt man irgendeine Überraschung an, ich weiß nicht welche, interessiert mich auch nicht, ich möchte nur die Stimmen hören. Warum mußte ich auch kurz vor echs noch zur Sparkasse hetzen um diese dummen fünfzig Euro zu holen. Doch wer konnte ahnen, daß ich in einen richtigen Banküberfall geraten würde mit richtigen Revolvern, vermummten Gestalten, die damit herumfuchtelten und alle einschüchterten. Sogar den Herrn Schenk, den Leiter der Filiale, ein Schrank von einem Kerl. Doch jeder im Raum wußte sofort, daß dies gefährliche Typen waren, eiskalt, zum Äußersten bereit. Und als dann draußen die Autos zu hören waren, Verstummen der Motoren, eine unheimliche Ruhe, geschah das Schreckliche. Der Vermummte in meiner Nähe, eine schlanke jugendliche Gestalt, packte die junge Frau neben mir, sein Komplize die junge Bankangestellte, so bahnten sie sich den Weg zu ihrem Auto, der stämmigere der beiden warf eine Handgranate vor das Polizeiauto, es war wie im Kino.

Doch ich fühlte mich nicht wie im Kino, genaugenommen fühlte ich überhaupt nichts, nicht einmal richtig Angst. Das kam erst hinterher, zu Hause, als meine Freundinnen und die Nachbarn mich feierten wie eine Heldin, nur weil ich dabei war. Weil ich entkommen bin, eine Überlebende. Diese Ahnungslosen! Wäre ich doch nie dabeigewesen. Und entkommen bin ich noch lange nicht. Im Gegensatz zu den beiden Mädchen, die schon nach fünf Minuten aus dem Auto gestoßen wurden in einem Waldgebiet, und die beiden Gangster kurz darauf wie vom Erdboden verschluckt, das gestohlene Auto zurücklassend.

Entkommen sind die Geiseln, ich aber nicht. Denn ich habe die Augen gesehen des einen Vermummten; sie schauten mich an, als er das andere Mädchen packte, und ich weiß, welche Augen es waren. Ich kenne sie, brauchte nicht lange, bis der Groschen fiel, bis ich es wußte, zu wissen glaubte, denn im nächsten Moment war ich mir schon nicht mehr sicher. Das konnte einfach nicht sein, es darf nicht sein, wie kam ich auf ihn? Ausgerechnet auf ihn? Lilly behauptet immer, ich sei verliebt in ihn. Doch das stimmt nicht ganz. Etwas in seinen Augen hat mir noch nie gefallen, schreckte mich ab. Ich weiß nur nicht was. Und doch ist er tatsächlich mein Typ. Und nicht nur meiner. Ein Frauentyp eben. Zumindest früher, als er noch ein charmanter Angeber war und kein finsterer Eigenbrötler so wie später. Er hat den Röntgenblick. Aber nicht den, der das Innere seines Gegenübers festhält, sondern der hindurchgeht, ohne etwas festhalten zu wollen. Das stört mich. Deshalb bin ich auch nicht richtig verliebt in ihn, höchstens ein wenig. Außerdem kenne ich ihn kaum. Er war immer schon um so viel älter, der ältere Bruder von Lilly, der erwachsene, der kaum noch zu Hause anzutreffen war. Immer auf Achse. Immer irgend etwas hinterher, Frauen, Geld, Spaß, was auch immer. In letzter Zeit sprach Lilly kaum noch von ihm, sobald die Rede auf ihn kam, wechselte sie schnell das Thema. Etwas bedrückte sie. Er setzte seine Familie ständig unter Streß, echten Streß. Man munkelte von Rauschgift und Rotlichtmilieu. Doch die Leute reden viel. Ein Problemkind war der freilich schon immer. Die Eltern zu tolerant, zu liberal für dieses Bürschchen!, hieß es. Doch von einem labilen Bürschchen zum bewaffneten Kriminellen ist es ein weiter Weg, meines Erachtens. Er kann ihn unmöglich gegangen sein. Nicht er, der Bruder von Lilly, der Sohn vom besten Lehrer der Welt! Ich muß mich getäuscht haben. Lilly, die Schwester eines brutalen Räubers mit Pistole! Eine echte Räuberpistole, das konnte nicht sein.

Vielleicht war es nur ein dummer Zufall. Die Schlitzaugen des Gangsters hatten ebenfalls den Röntgenblick und erinnerten mich deshalb an ihn. Es könnte möglich sein. Sehr wahrscheinlich sogar. Es gibt nur wenig Leute mit diesem Blick. Ich kenne niemanden außer ihn und jetzt diesen anderen, den Vermummten. Warum ließ ich es nicht auf diesem dummen Zufall beruhen? Warum mußte ich gestern, als ich bei Lilly war, die Sprache auf ihn bringen, beiläufig, wie ich glaubte, doch Lilly durchschaute mich. Sie denkt nun endgültig, ich sei verliebt, und ihr Bruder war in der Küche, was ich nicht wußte, und hat alles mitbekommen, und dann sagt sie zu ihm gezwungen scherzend:

Kathrin möchte gern wissen, wo du dich rumgetrieben hast in letzter Zeit, ob du im Lande gewesen bist.

Lilly möchte eigentlich nur einen Spaß machen, aber für ihn ist es kein Spaß, das sehe ich sofort, und er sieht, daß ich es sehe, durchbohrt mich mit seinem Blick, seine Bewegungen verlangsamen sich, fast bedächtig, sein ganzer Körper scheint nachzudenken, was nun zu tun sei. Er weiß es, ich habe ihn erkannt.

Draußen tobt nun der Sturm, reißt an den Rolläden. Die Fernsehstimmen hallen durch das Haus. Das erschreckt mich und ich stelle den Apparat leiser, höre dem Sturm zu, wie er draußen im Garten den jungen Ahornbaum zerzaust. Daß ich heute alleine zu Hause bin, er weiß es, auch das hat er mitbekommen durch Lillys Geplapper. Die nüchternen Tagesthemen, die mich beruhigen, sind vorbei. Der Spätfilm beginnt, ein Psychothriller, ausgerechnet. Auch die anderen Programme ertrage ich nicht, Detektivgesichter, amerikanische, immer derselbe stoisch souveräne Ausdruck. Püppchenhaft glatte Frauen im Zweiten. Geschwätzige Dialoge im Dritten. Meine Unruhe fängt an zu rumoren. Im Bad nehme ich zwei Aspirin auf einmal, weil ich keine Schlaftabletten finde. Solle ich einfach nur ins Bett gehen und schlafen? Im Schlaf ermordet zu werden ist vielleicht nicht so schlimm. Ich fange langsam an mich auszuziehen, der Pulli, weiter komme ich nicht, betrachte mich im Spiegel, meine kleinen Teenagerbrüste im Spitzen-BH, kleinste Körbchengröße.

Ich erschrecke furchtbar, als ich endlich den Gedanken zulasse, ich will im Grunde, daß er kommt, jetzt auf der Stelle, aber nicht, um mich abzumurksen, sondern, na ja. Es wäre das erstemal, mit sechzehn Jahren, und ich möchte wissen, wie es ist, ich sehne es geradezu herbei, aber nur mit ihm, ich liebe ihn tatsächlich, den Gangster. Doch ein Kerl wie der steht nicht auf unerfahrene Schulmädchen, das weiß ich genau, und wenn er kommt, dann nur, um mich umzubringen, eine lästige Zeugin zu beseitigen. Doch würde er mich wirklich erschießen? Ich könnte ihm anbieten, mich statt dessen zu heiraten, und als seine Frau müßte ich nicht aussagen. Würde er sich darauf einlassen?

Der Fernsehapparat ist jetzt stumm, der Sturm draußen nicht, alle Lichter offen im ganzen Haus. Am Schreibtisch fühle ich mich wohler als im Bett. Die Englischvokabeln tanzen vor den Augen. Die Zeit vergeht nicht. Auch sie ist gegen mich. Endlich geschieht, worauf ich seit Stunden warte. Es läutet.

Nichts rührt sich unten an der Haustüre, soweit ich es vom oberen Flurfenster aus übersehen kann. Dieses Fenster ist das einzige, bei dem ich vergessen habe, den Rolladen herunterzulassen. Der Vorhang verdeckt mich, so hoffe ich zumindest. Die

Eltern können es nicht sein. Kein Laut, keine Schritte oder verhaltene Stimmen. Die Zweige vor dem Fenster winden sich im Sturm. Es läutet noch einmal. Ein leises Knistern am Fenster während einer Böe. Jemand ruft meinen Namen kaum hörbar gegen den Sturm. Kathrin! Kathrin!

Mein Name wird vom Sturm wie von weitem und kaum hörbar durch die Luft geschleudert, zusammen mit Regentropfen. Es läutet nicht mehr. Ich schleiche zurück in mein Zimmer, sitze am Schreibtisch, warte. Plötzlich ein Klopfen am Rolladen meines Zimmers, leise und sehr bestimmt. Er ist also auf dem Balkon, klopft hart an mein Fenster, fordert eine Entscheidung.

Ich ziehe den Rolladen hoch, schließe die Augen, rechne mit allem. Als nichts geschieht und auch nichts zu hören ist, öffne ich die Augen und vor mir steht nicht Lillys Bruder; es ist Lilly selbst. Leichenblaß im Schein der Schreibtischlampe, ein verirrtes Gespenst. Wir erschrecken beide. Sie, weil ich versteinert mit geschlossenen Augen vor ihr stehe, und ich, weil sie aussieht wie eine Verrückte.

Ich brauche lange, sie zum Sprechen zu bewegen. Was ist geschehen? Ihr Bruder hat gebeichtet, das was ich schon weiß. Der Vater will, daß er sich stellt, die Mutter ist anderer Meinung, wie immer. Ein Familienkrieg. Der Vater fuhr mit dem Auto davon, die Mutter sperrte sich im Zimmer ein, der Bruder drohte sich umzubringen und verschwand auf seiner Honda. Lilly will bei mir übernachten, sitzt auf meinem Bett und weint. Ich weine mit. Doch man kann nicht stundenlang weinen. Irgendwann muß Schluß damit sein. So hole ich vom Keller selbstgebrauten Saft von meiner Mutter, Holunderblütensaft, eine Spezialität. Soll Wunder wirken, sage ich und Lilly blickt auf, erschöpft und neugierig.

Ich trinke schon das dritte Glas. Nun trinken wir die ganze Flasche leer. Dann hole ich Vaters besten Rotwein und wir genehmigen uns ein Glas und rauchen eine auf dem Balkon, weil sich der Sturm ein wenig gelegt hat.

Ulrike Weber (Ex-Journalistin, Lyrikerin) und Was bleibt

Allmählich mußte ich einsehen, daß alle Mühe vergeblich war. Ich schaffte es nicht mehr zurück in den Beruf, den Journalismus, und nicht in den Nebenberuf der Dichterin und nicht einmal in den zweiten Nebenberuf der Illustratorin und Malerin, nicht wirklich. Auch ein weiterer Hauptberuf lag in Trümmern: der der Familienmutter, derjenige, der mir am meisten Freude gemacht hat, damals, als die Kinder noch klein waren und meine Ehe in vollster Harmonie; auch wenn man dies natürlich nicht zugeben darf als moderne Frau, die ernstgenommen werden will; absolut politisch unkorrekt. Nun sind beide erwachsen, noch ohne eigene Familie, beide im Ausland lebend, Stefan als Arzt bei einer Hilfsorganisation in Peru, und Marlene als Entwicklungshelferin in Tansania, während sich Ingo, mein Mann, vor einem Jahr abgesetzt hat mit einer Neuen. Immerhin hat er mich und unser schönes Haus erst verlassen, als die Kinder groß und selbständig waren, dennoch leide ich sehr, auch daß er mich finanziell im Stich läßt, sich an den Unterhaltskosten für das Haus nicht mehr beteiligt und jeden Trick anzuwenden versteht als selbständiger Unternehmer, um so gut wie gar nichts zahlen zu müssen, weder für das Haus und schon gar nicht für mich. Dabei habe ich die journalistische Tätigkeit jahrelang unterbrochen für den unbezahlten Beruf der Familienmutter. Offenbar benötigt er sein ganzes Geld nun für die anspruchsvolle Neue, und die noch nie besonders an- spruchsvolle Alte weiß kaum, wie sie mit ihren Putzjobs über die Runden kommen soll.

Nie hätte ich mir träumen lassen, daß Ingo, mit dem ich lange Jahre recht glücklich zusammen war, auf dieselbe gesunde Art schizophren ist wie der normale gesunde Durchschnittsmensch, ja wie unsere gesamte gesunde normale Gesellschaft. Geht es an die Substanz, an das Geld, das ja nur eine Scheinsubstanz hat, geht es überall zu wie im Krieg: Wenn ich nicht schieße, schießt der andere, also wird geschossen auf Teufel komm raus. Als Familienmutter konnte ich kein Nest schaffen für meine erwachsenen Kinder und fiktiven Enkel, so wie meine eigene und auch Ingos Mutter es schafften. Ich werde das Haus mitsamt Garten höchstwahrscheinlich aufgeben müssen. Bertrand Russell, der große Philosoph und Menschenrechtler, spricht mir aus der Seele, wenn er sagt, es gäbe drei Dinge, die sein Leben bestimmt und geleitet hätten: »Das Verlangen nach Liebe, der Drang nach Erkenntnis und ein unerträgliches Mitgefühl mit den Leiden der Menschheit«.

Sicherlich sind dies die drei wichtigsten Dinge im Leben eines jeden vernünftigen, verantwortungsbewußten erwachsenen Menschen. Daß ich im Laufe meines Lebens offenbar zu einem erwachsenen Vernunftwesen geworden bin, gibt mir die Hoffnung, mein Leben ist kein Trümmerfeld, nicht einmal ein gefühltes. Denkende Menschen neigen dazu, das Negative überzubewerten, ein schwerer Fehler, ein schwarzgalliger Irrtum, der schon zu viel Unheil geführt hat. Ein weiterer strategisch perfider Trick Mephistos, selbst vernünftige Menschen zu zermürben. Was habe ich nicht alles nachgeplappert, nur um als schick und cool und emanzipiert zu gelten, um irgendwelchen Leuten, die ich in meiner Verblendung als geistige Autorität akzeptierte, zu gefallen, ihnen intellektuell zu Willen zu sein und geliebt zu werden.

Vor dem Spiegel im Bad kämme ich meine lange rote Mähne, auf die ich immer stolz gewesen bin, diese Eitelkeit gönnte ich mir, sie stärkte mich. Diese Freude über meine schönen roten Haare, die Löwenmähnenfrisur, die ich habe, die mir gehört, wenn ich sonst schon nichts habe, ich empfinde sie nicht mehr, zumindest nicht jetzt, an diesem Morgen, vor dem Spiegel im Bad. Was mir Angst macht, denn ich weiß genau: Verliere ich meine gute Laune und finde sie nicht wieder, ist Gefahr angesagt, echte Gefahr. Habe ich es wirklich geschafft, à la Bertrand Russell ein verantwortungsvolles Vernunftwesen zu sein, oder kann man alles mühsam Erlernte wieder verlieren, so wie man Geld verliert, Schlüssel oder Fahrrad?

Im Grunde gibt es nichts, was ich nicht anzweifle zwischendurch und was sich immer wieder legt, doch vielleicht legt es sich irgendwann einmal nicht mehr, was dann? Gerade erlebe ich einen meiner berüchtigten Melancholieschübe und jedesmal habe ich Angst, er könnte nicht mehr vergehen. Bisher sind sie wieder vergangen, so wie hingeschüttetes Wasser in der Erde langsam versickert. Die Erde ist dazu da, alles aufzunehmen und anzunehmen, was auf ihr geschieht.

Kurz bevor Ingo mich verlassen hat, ist meine alte Freundin und Nachbarin mitsamt Familie weggezogen, nach Hamburg, also auch Fridolin, der Jungendfreund von Marlene, der jetzt in Hamburg studiert. Ich kann mich des absurden Eindrucks nicht erwehren, daß dies ein äußerer Anstoß für Ingo war, sich ein Beispiel zu nehmen und auch sein Leben zu ändern. Was hätte ich ändern sollen? Hätte ich etwas ändern sollen? Ich weiß es einfach nicht und spüre es nicht und niemand sagt etwas. Warum gab Ingo mir keine Chance? Warum redete er nicht mit mir, stellte mich vor vollendete Tatsachen. Mir ist die Ehe heilig, was an der Religion meiner Kindheit liegt, zu der ich in den letzten Jahren zurückgefunden habe, und was mein mentales Überleben gesichert hat, auch wenn die meisten meiner Freunde, allesamt dem Bildungsbürgertum angehörend, darüber den Kopf schütteln, die Augenbrauen hochziehen.

Mittlerweile weiß ich, daß ich Recht habe, ich fühle mich sicher in meiner Haut, trotz aller Trauer. Schon Cicero sagte, erst lange Anschauung, Betrachtung und Erfahrung bringt wirkliches Wissen, echte Erkenntnis, und ich glaube, ja ich weiß, daß dies eine Wahrheit ist, nicht, weil Cicero zu diesem Schluß kam, sondern ich selbst. Cicero hat es nur in seine treffenden Worte gefaßt, und ich werde zu gegebener Zeit meine eigenen dafür finden, weil ich nicht umsonst Journalistin und Lyrikerin bin.

Man kann sein Leben nicht ändern, wenn das Bewußtsein dazu nicht in einem selber entsteht, und in der großen Welt und Politik und Gesellschaft ist es nicht anders. Worte können sinnlos sein. Schöne Hülsen, eine schöne Verpackung, sein Leben ändern! Worte sind immer so leicht, ohne Gewicht, wie Geister, Geister, die sich in jeden Käfig sperren lassen, im nächsten Moment wieder fliehen, wie meine Freundin Magdalena Wolf, auch eine Lyrikerin, in einem ihrer Gedichte geschrieben hat. Manchmal stelle ich mir vor, einfach nur ein Wort zu sein, einmal hier, einmal da, wie ein Geist und vollkommen frei.

Da meine Gedichte nur vereinzelt in Anthologien publiziert werden, höchstens ein Prozent meiner gesamten Produktion, bin ich zur Malerei übergegangen. Einer Malerin verzeiht man Phantastereien eher als einer Dichterin. Merkwürdigerweise, oder vielmehr, verständlicherweise, traditionellerweise, neigen Dichterinnen im Gegensatz zu männlichen Dichtern eher zu literarisch untauglichen Gedankenhöhenflügen, die etwas Unbedarftes, beinahe Infantiles an sich haben, einen literarischen Babygeruch, der keinem Stall zuzuordnen ist.

Selbst Ingo mochte am Anfang die literarischen Spinnereien seiner jungen Frau, doch mit der Zeit wurde er immer gesetzter, praktischer, normaler, und am Ende warf er mir vor, nichts mit meiner mentalen Anarchie zu erreichen, vor allem nichts zu verdienen, und die ganze Last des Familienbudgets liege auf seinen Schultern, er müsse alles stemmen, während ich zu Hause meinen ästhetischen Lifestyle pflege. Zugegebenermaßen hatte er es nicht so ausgedrückt, doch genauso lag es in der Luft. Wir waren in der Bürgerlichkeit angelangt, was wir beide ja immer wollten, auch ich, doch jeder auf eine andere Art.

Seit ich nun fast alle Abende alleine in unserem schönen großen Haus verbringe, habe ich einen merkwürdigen Hang zu Filmen, über die ich früher die Nase gerümpft hätte. Romantische

Familiengeschichten wie »Die Trappfamilie«, alte italienische Komödien mit Sophia Loren und Marcello Mastroianni, dann wieder die satirisch bissigen Simpsons und die Serie »Akte X«, die Marlene als Vierzehnjährige aufgezeichnet hat. Die Kulturjournalistin, die früher Artikel über Ingmar Bergman, Pasolini und Antonioni geschrieben hat, ist nun süchtig nach Inspektor Barnaby, weil sie auch noch eine Vorliebe hat für alles Englische, englische Landschaften, Menschen, Geschichten. Waren in Kindheit und Jugend Bücher ihre besten Freunde, sind es jetzt DVDs und die zwei Gläser Rotwein am Abend. Eigentlich liebe ich das Leben aus tiefstem Herzen, um so tiefer also die Angst, auch diese Liebe zu verlieren, schrittweise, ohne etwas zu merken, und wenn man es merkt, ist es irgendwann vielleicht tatsächlich zu spät.

Der Tag, an dem ich endgültig in dieser Talsohle gelandet bin, beginnt herbstlich still. Nach dem Erwachen höre ich gewohnheitsmäßig auf Geräusche außerhalb des Hauses. Diesmal keine Geräusche draußen, keine Lebenszeichen, Flugzeug, Auto, Stimmen, Hundegebell. Nur ein fast verschämtes Rauschen der Bäume im Garten. Ein herbstsonnenblaues Licht, das durch die dünnen Vorhänge schimmert, bald bin ich eingeschneit von kühlem Herbstmorgenlicht. Der Rasen unten ist bunt übersät, der Herbst nun endgültig angekommen über Nacht.

Vor ein paar Tagen habe ich grelle Gladiolen gemalt, eine Auftragsarbeit für eine Bekannte; dann mußte auch noch der Teddybär von deren kleiner Tochter dazu, an die Gladiolenvase gelehnt, ein Stilleben, das ich gestern vollendet und sofort zur Kundin gebracht habe. Alles erledigt nun, die anderen Bilder lassen sich schlecht verkaufen.

Für das Frühstück bändige ich den Haarschopf, lese stundenlang Zeitung, auch die Beilage. Ich bin eine langsame Leserin, immer schon gewesen, verweile bei manchen Sätzen wie beim Spaziergang auf einer Bank. Ich verirre mich zuweilen in den Sätzen.

Heute Talibans fast auf jeder Seite, es wimmelt von Talibans, eigentlich ein lyrisches Wort, wie Osama, Ali Baba oder Alamut, das geschlossen klingt, ein Kreis, die Assassinen vom Berge Alamut, lese ich, im elften Jahrhundert. Sterben wichtiger als Töten, ihre Devise, merkwürdig. Trieben ihr Unwesen damals in der arabischen Welt. Sterben wichtiger als Töten! Was soll das bedeuten?

Ich habe keine Lust weiterzulesen und zünde mir eine Zigarette an, obwohl ich bisher nie im Haus geraucht habe, falte die Zeitung zusammen, sorgfältig wie immer, setze mich auf die Treppe in Jeans und Holzfällerhemd, den roten Haarwust hochgesteckt, Kisten sortierten Abfalls vor mir, die ich wegbringen muß, doch womit? Kein Auto mehr da. Ich konnte die anfallenden Reparaturen nicht mehr bezahlen, dazu Steuer, Benzin, Versicherung. Auch das Haus werde ich aufgeben müssen, den alten Job verloren, von der Kunst kann ich nicht leben, von der Lyrik noch weniger. Werde weiter als Putzfrau arbeiten müssen, oder Verkäuferin. Als größtes Glück bleibt mir nur, nicht an Krebs oder Alzheimer zu krepieren. Dann lieber einen schnellen dramatischen Abgang, auch kein Tablettentod für Schwarzgallige, nein danke.

Ich bin wirklich am Ende und kann nicht verstehen, wie und warum alles den Bach hinunterging, und wie ich jemals wieder herausfinden soll aus dem schwarzen Loch in meinem fortgeschrittenen Alter ohne jegliche Perspektive. Sogar meine Freundin Martina, die Kriminalistin, habe ich mehr oder weniger verloren, denn die mußte zwecks Genesung von schwerer Erkrankung sich frühpensionieren lassen und ging zurück in unser beider Heimatstadt. Auch zu Magdalena und Petra habe ich kaum noch Kontakt seit unserem letzten gemeinsamen Projekt, hoffe auf ein neues, doch befürchte, ich werde als Illustratorin nicht mehr wirklich gebraucht. Immer bin ich es, die Kontakte pflegen und auf andere zugehen muß; ich weiß nicht warum, merkwürdig das alles.

Im Bad schneide ich mir die Löwenmähne ab, ritsch ratsch, wie beim Struwwelpeter. Das war als Kind mein Lieblingsbuch, mein erstes, mit fünf Jahren schon gelesen, hat die Mutter immer behauptet. Nicht gerade pädagogisch wertvoll, diese Geschichten. Doch ich liebte sie. Grausam werden dort Kinder bestraft für nichts, oder nicht viel. Der Suppenkaspar stirbt magersüchtig, der fliegende Robert hinweggefegt vom Sturm, dem Daumenlutscher der Daumen abgeschnitten, ritsch ratsch, Paulinchen verbrennt, weil es zündelt. Noch nie bisher habe ich eine Kurzhaarfrisur gehabt. Erst Zöpfe, dann Locken, dann die Mähne, die jetzt weg ist.

Im Garten sammle ich alle größeren Steine, die ich längs des Zaunes finde, ordne sie mitten auf dem Rasen zu einem Kreis, so entsteht allmählich eine Feuerstelle. Ich schütte den Inhalt meiner Schubläden, Ordner, Mappen in diesen Kreis, Notizen, Tagebücher, Skizzen, Manuskripte, alte Briefe, ein ganzer Hügel, ein kleiner Berg, mein ganzes schriftliches Leben, ein Schrifthaufen, ein Chaos, eingefaßt mit einer Mauer aus groben Steinen.

Ich fische einen hellblauen Brief heraus, der absticht vom Rest. Schon beim Auseinanderfalten weiß ich, um welchen Brief es sich handelt. Ein Liebesbrief, der sich nicht wie ein solcher liest. Die Schrift eigentlich unleserlich, dennoch entziffere ich alles, blicke auf den Papierhaufen. Darf ein Liebesbrief vernichtet werden? Versündigt man sich nicht an Eros, Amor? Eine mattblaue Farbe, kein verwaschenes Behördenblau, ein samtiges Graugrünblau. Er ist nicht von Ingo. Der Brief hat nach mir gerufen, und ich habe ihn gehört, streiche das leicht beschädigte Papier auf dem Terrassenpflaster glatt, lege es auf das Fensterbrett, beschwert mit einem Stein.

Über den Papierhügel, benetzt mit Restbenzin aus einem alten Kanister, halte ich nun ein entzündetes Streichholz, und gerade als ich es fallen lassen will, beginnt in nicht allzu weiter Ferne eine Sirene zu heulen. Im ersten Moment glaube ich, die Feuerwehr sei alarmiert, um das Feuer in meinem Garten zu löschen, ein

Feuer, das noch gar nicht entfacht worden ist! Ich bin irritiert, betrachte das brennende Hölzchen zwischen Daumen und Zeigefinger. Ich horche. Die Sirene kommt näher, erreicht die Straße vor meinem Haus, bricht unvermittelt ab. Inzwischen habe ich das Flämmchen ausgeblasen.

Keine Stimmen, keine Schritte, kein Autotürenschlagen, nichts. Ich schleiche durch die Garage, Vorgarten, auf die Straße. Nachbarinnen, von denen ich die meisten gar nicht mehr kenne, stehen in einer Traube zusammen. Die Blicke der Frauen gehen die Straße hinunter, wo ein Sanka steht mit langsam rotierendem Blaulicht und geöffnetem Heck. Weiter nichts. Kein Sanitäter, Arzt, keine Trage, kein Kranker, Verletzter. Die Nachbarinnen geben dürftige Auskunft. Etwas muß passiert sein. Achselzucken. Sie mustern die zerzauste Rothaarige. Allmählich löst die Gruppe sich auf, zerstreut sich, bald ist sie allein auf der Straße. Das blaue Licht dreht sich bedrohlich. Einen Augenblick kommt es mir so vor, als sei ich allein auf der Welt, nur ich und der leere Krankenwaagen mit dem blauen Licht als das einzig Lebendige.

Ich schleiche zurück zu meinem Schriftenchaos, zünde es endlich an. Das Feuer schnellt empor, lodernde Variante zum tödlich ruhigen Kreisen des blauen Lichtes am Ende der Straße. Jetzt hineingestoßen zu werden in diese Feuersäule, wie die verleumdeten Frauen des siebzehnten Jahrhunderts, die Häretiker des Mittelalters, die heutigen Terror- und Bombenopfer, ebenso grausam, wie an ein Kreuz genagelt zu werden. Welches Glück eigentlich, in dieser Zeit in diesem Land zu leben, ein abstraktes Glück letztendlich, das nicht empfunden werden kann, und das Unglück, das diese Zeit und dieses Land bereithält, nicht aufheben kann. Dieser gewaltige Sprung der Menschheit nach vorne, der wiederum durch viele kleine Rückschritte zurückgedrängt wird. Wenn ich es recht bedenke: kein ewiger Kreislauf des Auf und Ab und Vor und Zurück, eher das ewige Hin und Her, das schwindelerregende Geschaukel zwischen These und Antithese. Oder aus religiöser Sicht: zwischen Gut und Böse.

Ich persönlich bin zu dem Schluß gekommen, nach vielen Überlegungen, Erfahrungen, Beobachtungen, daß es das personale Böse gibt, also Mephisto, den Teufel, genauso wie es deshalb das personale Gute geben muß, also Gott. Außer Bertrand Russell nun noch ein weiterer, noch dazu antiker Philosoph, dessen Devise auch die meine ist. Der Spruch des Cicero: »In allen Dingen bringt lange Beobachtung unglaubliches Wissen.« Das ist es. Erst lange Beobachtung führt einen zur Wahrheit. Es gibt keine abstrakte Wahrheit, die irgendwo im Herzen des Universums verborgen ist, es gibt die Wahrheit in allen Dingen, die nur durch lange Beobachtung erschlossen werden kann, wie Cicero gesagt hat. Im Hause Gottes gibt es viele Wohnungen, auch so eine Wahrheit. Die Wahrheit des Feuers ist, daß es sich nicht ausbreiten darf, weshalb ein großer Eimer Wasser neben mir steht, der aber nicht gebraucht wird, weil das Feuer jetzt weniger lodert als noch vor einer Minute.

Ich gehe in das Haus und schließe die Terrassentür hinter mir. In fünf Minuten ist ein Telefongespräch mit Marlene in Tansania hergestellt.

Wie geht es dir?, sagt die ferne und doch vertraute Stimme aus einer anderen Welt. Was machst du gerade?, fragt sie.

Ich habe meine Haare abgeschnitten, sage ich, hätte nicht gedacht, daß mir eine kurze Frisur so gut steht.

Die dunkle Studentin (Petra Mayers Nichte) und der Cognac

Eigentlich mag ich keine Geschichten, in denen jemand stirbt, doch es ist nun einmal geschehen. Außerdem, fürchte ich, trage ich die Schuld. Doch jedes Kind fragt heute schon: Was ist Schuld? Trifft mich wirklich die ganze Schuld oder nur die Hälfte? Ein Viertel, oder Dreiviertel? Alles läßt sich teilen, sogar der Atomkern. Im Grunde könnte ich den Spieß umdrehen, so wie die Verbrecher es machen, wenn sie ihre Haut retten wollen. Das Opfer hat alles so eingerichtet, unbewußt natürlich, es mußte ja so kommen!

Man fragt sich, wie ein junges Mädchen einen jungen, wenn auch sehr schlanken Kerl, aber tot wie er nun einmal war, in die Tiefgarage verfrachten, durch die halbe Stadt karren, ihn dann bei Dunkelheit auf den Rasen schleppen konnte, neben der prächtigen Hofeinfahrt im Garten der Villa, in der die Freundin meiner Schwester, die Tochter des Hauses, ihren Geburtstag feierte. Meine Schwester ist die Verlobte des Toten. Aha. Eine Beziehungskiste also, werden Sie nun sagen, Eifersucht, Sex and Crime.

Übrigens, junge Mädchen sind nicht immer so zart und schwach und ungeschickt, wie man gemeinhin denkt. Ich habe in meinem Leben schon jede Menge Möbel geschleppt, kenne nützliche Griffe aus diversen Judo- und Rotkreuz-Kursen. Ich wäre ohnehin gerne Krankenschwester geworden, müßte ich nicht, um ein geachtetes Mitglied der Familie zu bleiben, Abitur und Studium vorweisen. Meine Familie freilich besteht im Grunde nicht mehr. Sie ist auseinandergefallen. Nur die Wohnung hier in Schwabing verbindet sie mehr schlecht als recht. Ich bin es eigentlich, der sie bewohnt. Meine Mutter hält sich meist nur an den Abenden der Werktage dort auf und geht früh zu Bett. Meine Schwester ist immer irgendwo unterwegs und Vater pendelt zwischen Kanada und Germany hin und her, mit deutlicher Tendenz zu Kanada.

Ob ich ein Verhältnis mit dem Toten gehabt hätte? Wie ich schon sagte, der Tote war der Verlobte meiner Schwester. Leider bin ich noch sehr jung, doch es gibt eine Moral für mich. Außerdem, was für ein furchtbares Wort, Verhältnis! Es ist schon seltsam. Man hört ein Wort und sofort sieht man ein Bild dazu, es drängt sich regelrecht auf, ein unsinniges Bild natürlich, das gar nicht paßt. Als dieses Wort ausgesprochen wurde, sah ich eine Pappschachtel vor mir, mit Styropor, natürlich leer. Was das nun wieder bedeutet, ich will es nicht wissen.

Der junge Doktor, ein Psychiater, der das Worte benutzte, sieht aus wie einer vom Fernsehen, einer dieser smarten Showmaster. Ich erzählte ihm, daß meine Schwester zum Fernsehen will, wenn sie mit dem Studium fertig ist, sie hätte das Zeug dazu, quasselt den ganzen Tag. Außerdem hatte sie das Riesenglück, daß ihr Verlobter, also der Tote, der Neffe sei des bekannten Fernsehmoderators Soundso. Meine Mutter glaubt, nur aus diesem Grund hätte ihre clevere Tochter sich den Mann geangelt. Aber das stimmt nicht. Nicht sie hat ihn geangelt, sondern er sie. Mein junger Herr Doktor glaubt seinerseits, da wäre Rivalität im Spiel, und Neid. Neid auf die vielversprechende erfolgsverwöhnte Schwester. Man verschone mich mit diesem Kain und Abel Kram, eher handelt es sich um Hänsel und Gretel. Man lasse mir nur etwas Zeit. Ich brauche meine Zeit. Die Zeit ist keine Fessel, an der man zerren darf wie an einem bockigen Esel. Jede Sekunde unserer Zeit hat ihre unüberwindliche Bedeutung.

Man hält mich für eine Moralistin, Philosophin sogar. Ich habe es genau gesehen, ein kurzer sarkastischer Funke im Auge des Doktors. Wie souverän er sich fühlt, dieser Überflieger, diese Mischung aus Überlegenheitskomplex und kindlicher Ratlosigkeit, natürlich uneingestanden, geradezu unschuldig. Der Kerl erotisiert mich, treibt mich auf einen gefährlichen Punkt zu, den ich besser kenne, als mir lieb ist, die Wehrlosigkeit der Verliebten. Sie nagelt dich fest, und du nagelst dich fest, und du merkst nicht das Geringste, bis es zu spät ist, vielmehr bis es keinen Ausweg mehr gibt, aber den gibt es in der Liebe ja nie.

Es platzen Sätze aus mir heraus, die ich besser nicht gesagt hätte, wie: Im Grunde ist es mir egal, daß der Kerl tot ist! Oder: Er sah Ihnen übrigens ähnlich! Oder: Nur die Trauer meiner Schwester zählt, sonst nichts! Im übrigen habe ich noch nie eine Frau gesehen, die so anmutig Trauer trägt wie sie. Schwarzes enganliegendes Kleid, rote Rose in der wächsernen Hand, blauschimmernde Träne, die sich löst und über die feine Wangenkurve rollt. Sie hält mich für die Mörderin ihres Lovers, die eigene Schwester! Einen schlimmeren Schicksalsschlag gibt es nicht für sie. Früher hätte mich solch ein Mißgeschick in den Wahnsinn getrieben, doch früher ist früher und heute ist heute.

Was Christi Geburt für die Menschheit war, das war für mich dieser Samstag. Eine Zäsur, ein Schnitt. Nichts mehr war so wie vorher und alles anders. An diesem Samstag wachte ich ungewöhnlich früh auf, machte mir das gewohnte, sich lange hinziehende Samstagsfrühstück, nur diesmal zwei Stunden früher, blätterte die Zeitung durch, hatte eine merkwürdige Unruhe in mir, konnte mir nicht erklären warum, als stünde ich an einem Scheideweg, im Schnittpunkt zweier Entscheidungen, nur welcher? Als ginge es um nichts weniger als Leben und Tod. Doch warum ausgerechnet an diesem Tag? Ein Samstag wie alle anderen, kurz vor den Ferien. Warum wurde Christus vor zweitausend Jahren geboren und nicht vor dreitausend? Warum wurde der größte Massenmörder aller Zeiten an einem launischen Apriltag geboren Achtzehnhundertneunundachtzig und nicht Neunzehnhundertsechzig? Eine Entscheidung gebiert die nächste, jede Sekunde Billionen von Entscheidungen seit Bestehen der Welt.

Dieser Samstag hatte dieselbe banale Form wie alle Samstage. Vater auf Geschäftsreise, Mutter auf Kulturreise, Schwester bereitet sich auf das Wochenende vor, Mountainbiking, Segeltörn,

Geburtstagsfete. Der Verlobte kommt sie abzuholen, man trinkt etwas auf dem Balkon, redet über dies und jenes, man verpackt noch ein Geburtstagsgeschenk, Keramikdose mit Pralinen gefüllt aus sieben Ländern, Lippen werden nachgezogen, Lidstrich, und runter geht es über die breite Treppe des Patrizierhauses, das den Zweiten Weltkrieg überstanden hat, mit Stuck und Ornamenten an den hohen Wänden, denn inzwischen war es Nachmittag geworden. In einer Nische neben der Ausgangstür steht ein Engel aus Stein, nein kein Engel, es ist der heilige Georg mit seinem Schwert, den Fuß lässig auf den erlegten Drachen gestellt. Der Drache scheint aus der Mauer herauszuwachsen. Auf der Straße wartet eine weitere Freundin, die mitgenommen werden will im BMW, zu jener Villa, in deren Garten auf dem Rasen im Morgengrauen, na ja, das Weitere kann ich mir sparen.

Ich könnte mich für unzurechnungsfähig erklären lassen wie die Politiker, wenn sie unvermutet vor Gericht landen. Doch ich bin kein Politiker, ich bin eine schlechte bis mittelmäßige Studentin der Germanistik, die nur besser und schneller als andere es vermochten, einen Toten in eine Tiefgarage zu schleifen. Eine mehr als unterdurchschnittliche Studentin, die eigentlich sterben wollte an diesem Tag. Der Wunsch zu sterben ist wie ein Vogel, der draußen vorbeifliegt. Doch der Entschluß zu sterben ist eine Schneeflocke im Sommer, die daherschwebt und in dich hineintanzt und nicht schmelzen will.

Gutgelaunt, beinahe lustig, sitze ich im Wohnzimmer. Meine Schwester neben mir, leicht gebeugt über der hübschen weißblauen Dose. Ich lege den Zeigefinger auf die Schlinge des roten Bandes, damit sie eine Schleife binden kann. Das Band will sich ihren gedankenlosen Händen nicht fügen. Sie spricht mit ihrem Liebhaber und Verlobten, der lässig im Rahmen der Balkontüre lehnt. Sein Gesicht verschwimmt mir vor den Augen, ich kann mich jetzt schon nicht mehr deutlich an seine Züge erinnern. Dann packt sie ihre Sachen zusammen und er lehnt immer noch an der Tür. Betrachtet mich unverhohlen, wie ich den Cognac kreisen lasse im riesigen zarten Schwenker. Früher wäre mir unbehaglich zumute gewesen wegen der Sicherheit, mit der dieser Mensch so dastehen kann, ohne etwas zu sagen. Früher hätte ich mich aufgefordert gefühlt, Konversation zu machen, ohne zu wissen, was einen Mann wie ihn interessiert. Durch die Art wie er dasteht und mich ansieht, gibt er mir zu verstehen, daß ihn überhaupt nichts interessiert. Er breitet sein Schweigen genüßlich über das Zimmer. Auch das beherrschte er also, das Schweigen. Die Macht, die er ausübt über andere. Doch früher ist früher und jetzt ist jetzt. Jetzt halte ich seinem Blick stand. Jetzt bin ich zu einer Elephantin geworden, Herrin über mein Leben ohne natürlichen Feind. Nicht einmal der Tod ist mir jetzt noch Feind, im Gegenteil, er ist mir zum Freund geworden.

Und dann bin ich endlich allein. Endlich, ein ganzes langes Wochenende lang. Blind greife ich in das CD-Regal. Es trifft Christoph Willibald Gluck. Orphee. Ausgerechnet. Als die Arie des Orpheus erklingt, Que faro senza Eurydice, lache ich laut und herzlich, ich glaube, das heißt: Was mache ich nur ohne Eurydice. Mein junger Doktor nickt. Auch er kennt offenbar diese Oper. Woher ich das Gift hatte, will er wissen, das Gift im Cognacglas. Warum eigentlich Cognac? Warum eigentlich nicht?

Als ich die Balkontüre schließe und dabei überlege, wann genau ich den Cognac leeren soll, läutet es. Ich denke, es könnte Vater sein, der manchmal auftaucht, überraschend. Doch es ist nicht Vater, es ist der Verlobte meiner Schwester. Er kommt zurück, weil offenbar etwas vergessen wurde. Er komme wie üblich der Ufos wegen, sagt er tonlos und schlendert an mir vorbei. Ufos?, frage ich erstaunt. Und er: Uschis forgotten objects! Das Geburtstagsgeschenk, bunt verpackt, alleingelassen auf dem Wohnzimmertisch. Dann erscheint er wieder im Flur, Päckchen in der Hand, in der anderen das Cognacglas, stellt es ab auf dem Garderobenschrank, das Päckchen dazu, bewegt sich auf mich zu, zielstrebig, lässig, vorsichtig abwägend, als hätte ich eine Pistole auf ihn gerichtet. Ich sei ein süßer Käfer, sagt er, unwiderstehlich!

104

Ein süßer Käfer, und schon packt er mich und seine Zunge schlängelt sich in meinen Mund. Während meine Schwester, von der ich weiß, wie sehr sie ihm verfallen ist, unten im Auto auf ihn wartet. Doch dieser Umstand scheint ihn zu reizen und mich leider auch. Der Geruch, der aus seiner Halsbeuge kommt, ist zwar nicht betörend, aber unverwechselbar und turnt mich an, unwiderstehlich.

Ich werde mich nicht weiter auslassen darüber, Herr Doktor.

Jetzt hat er endlich sein Verhältnis. Ob ich das Verhältnis nenne? Es hätte vielleicht eines werden können, was ich bezweifle, wegen meiner Schwester. Doch er mußte ja, bevor er ging, noch meinen Cognacschwenker nehmen und ihn austrinken, was typisch für ihn ist. Jemand schenkt sich etwas ein und er trinkt es aus. Ich deckte ihn mit meiner Patchwork-Decke zu, im Treppenhaus waren die Stimmen und Schritte der beiden Frauen zu hören, die sich sein Ausbleiben nicht erklären konnten, und ich behauptete, er sei nie hier aufgetaucht, zeigte ihr auch das vergessene und von ihm nicht abgeholte Päckchen auf dem Schrank.

Warum der ganze Aufwand?, fragte der Doktor. Warum ihn spät nachts auf den Rasen der Villa betten?

Ich weiß nicht, aus Ratlosigkeit vielleicht? Ich wollte etwas tun, etwas bewegen. So brachte ich ihn dorthin, wo er eigentlich hätte sein sollen in dieser Nacht.

2. Ulrike Webers Kalendergeschichten

Gloomy Friday

Dieses Glockengeläute als ob Sonntag wäre; nicht die hellen Glocken der Krankenhauskapelle, nein, die schweren bedächtigen von draußen irgendwo im Bahnhofsviertel.

Mir ist übel; vorsorglich wurde ein nettes kleines Kotzschälchen an das Bett gestellt, für alle Fälle. Unten auf der Straße fährt ein Notarztwagen mit Sirene davon. Das Leben draußen geht fleißig weiter, Tauben fliegen auf Balkone, ich klammere mich an das Büchlein, das mir eine freundliche Person geschenkt hat, Leben und Werk des Paul Celan. Zwischendurch einen Blick geworfen auf den kleinen Ausschnitt von der Welt hinter dem geschlossenen Fenster, nur ein vertikaler Hochhausstreifen, Balkon auf Balkon, einmal mit Taube, dann mit Schüssel, Kontakt zum All, dann wieder zurück zu Paul Celan und irgendwann ein Wegsacken in einen wirren Traum.

Da steht der Dichter in Lebensgröße vor mir am Fußende des Bettes und schaut mich an, melancholisch. Bei Todesengel oder dem Gevatter Tod im Märchen bedeutet dies: Du kannst weiterleben. Stehen sie hingegen am Kopfende, bist du des Todes, oder vielleicht umgekehrt?

Wird in Träumen gesprochen? Träume sind stumm. Auch Celan spricht nicht, ich auch nicht. Er schaut mich mit Rehaugen an, mit einem Ausdruck der besagt: Wach endlich auf!, was ich prompt befolge.

Ärzte stehen am Bett. Fünfe auf einen Streich. Man kam zur Visite. Fünf Weißgewandete und einer von ihnen sieht aus wie Paul Celan.

Goldiwil

Terrasse und Garten mit Wiese über dem Thuner See; ein sonnenbeschienener entrückter Flecken wie aus der Zeit gestanzt und festgemacht auf einem Hochplateau mit Blick auf das Hochgebirgsmassiv vor einem weiten Tal, in dem der See liegt, der Thuner See. Die fernen Bergesgrenzen im wilden Zickzack gestochen scharf hineingraviert in hauchdünnes blaues Metall. Die Sonne ist zu milder Sommerlichkeit zurückgekehrt. Am Ende des Blumenwiesenflecks ein Abhang hinunter zum nächsten Grundstück, ebenfalls naturbelassen und doch lose gepflegt, bewachsen mit Haselnußsträuchern. In unserem Gärtchen ein junger Birnbaum, ein weißer wilder Rosenbusch, ein Trampelpfad als Verbindung zum Nachbarhaus, ein Blumenbeet, violette Anemonen und kleinwüchsige Blumen mit ballonartigen Blütenköpfen, zitronen- bis dottergelb. Jenseits des Trampelpfades dicht bewachsenes Strauchzeug, Forsythien, ein Holunderbusch, etwas verkrüppelt. Neben den wilden Rosen ein Busch, der Rätsel aufgibt. Die Blätter wie die der Christrosen im eigenen Garten zu Hause, jedoch wesentlich größer, auch der Busch. Riesenchristrosen vielleicht, wie mag er im Winter aussehen, an Weihnachten, wenn sie blühen.

Die Eigentümer sind ein freundliches junges Paar, das eine große Terrassenwohnung im ersten Stock bewohnt. Sie haben zwei kleine Kinder, die jüngere, Hanna, gerade geboren. Man hört sie kaum schreien, die Stimmen der Neugeborenen sind noch so zart. In unserer Wohnung zu ebener Erde befindet sich alles, was ein zivilisierter Mensch von heute benötigt, vor allem genügend Kleiderbügel, Tischdecke für den Terrassentisch und Kissen für die ewig kalten Plastikstühle.

Wir sind das mittelalterliche Paar, das hier für eine Woche einzog und nicht besonders glücklich war, bevor es hierher kam. Jetzt sind es die beiden vielleicht. Der Mann erkundet die Gegend zu Fuß, die Frau pflückt derweilen hohe Halme von der Wiese. Die Halme haben ein kleines gelbes Köpfchen. Der Halmblütenstrauß steht dem Zinnkrug sehr gut, besser als die roten Plastikrosen, die nun im Schrank auf die restlichen Stuhlkissen gelegt werden. Die Frau macht das erste Photo, Stilleben mit Zinnkrug am Fenster, im Hintergrund, weit hinter dem Fensterkreuz, das berühmte Bergmassiv Eiger, Jungfrau und Mönch.

Der Mann ist immer noch nicht zurück. Die Frau setzt sich in den Plastikstuhl mitten auf dem kleinen Wiesenfleck. Sie liest im Roman, den sie extra zu diesem Ferienzweck aus der kleinen wundersamen Bibliothek zu Hause im Nachbardorf geholt hat. Ein Roman mit dem Titel »Die dunkle Seite des Mondes«. Reiner Zufall, daß der Autor ein Schweizer ist, wenn auch nicht aus Thun oder Goldiwil. Die Geschichte der Hauptperson interessiert sie eigentlich nicht so sehr, ein Leben so gänzlich verschieden von dem ihren, vielleicht gerade deswegen doch wieder interessant.

Eine Katze kommt geschlichen. Sie merkt sofort, die Frau will sie streicheln. Der Blick der Katze im selben Maße melancholisch wie gleichgültig, sitzt nun zu Füßen der Frau in der Wiese, konzentriert, als müßte sie etwas auswendig lernen, schlägt mit dem Schwanz nach einer unsichtbaren Grasmücke, irgendwie sachte, vorsichtig.

Zur Welt gebracht

Nun ist es also zur Welt gebracht, ein winziges Menschlein, und es darf gleich Platz nehmen auf der Brust der Mutter, deren weiße Hand sich riesig ausnimmt auf dem kleinen roten Rücken des Menschleins, das nun erste Versuche unternimmt, sich in Blickrichtung der Mutter zu drehen, was nicht gelingt, so daß nachgeholfen werden muß, vorsichtig das Köpfchen gedreht, so schaut es seine Mutter an aus trüben blauen Augen, reglos, als wolle das von nun an funktionierenmüssende Gehirn seine noch viel zu kleinen Augen schärfer einstellen – jedoch, eine zaghafte Welle der Resignation schwappt durch den winzigen Körper, der auch noch auszukühlen beginnt, weshalb er nun hochgenommen wird, von kundigen Händen gebadet und gekleidet ganz in Weiß und schließlich in ein Plexiglaskästchen gelegt, wo es prompt und jämmerlich zu weinen beginnt, so daß die Mutter es wieder zu sich nimmt, doch da es sich nicht beruhigen will, darum bittet, man möge das Neonlicht ausschalten.

Ein bescheidener Wunsch, der nicht ganz so bescheiden klingt in neonbelichteten Räumen, dem aber stattgegeben wird, worauf das Menschlein sich zurück in das Plexiglas legen läßt und friedlich einschläft.

Die drei größten Erfindungen

Fragte man mich, welches die drei größten Erfindungen unseres Zeitalters gewesen seien, müßte die Antwort wohl heißen: Auto – Fernsehen – Internet. In Wahrheit sind es für mich: die Kreation eines amerikanischen Juden deutscher Abstammung mit dem wohlklingenden Namen Levi Strauss; sowie die Kreation eines amerikanischen Süßwarenhändlers, obwohl ich von jeher glaubte, es sei ein italienischer gewesen, mit dem ebenfalls wohlklingenden Namen Gelati oder Gelatieri; und drittens die von leider anonymen Modedesignern kreierte Damenunterwäsche des neuen Jahrtausends. Als ich zwölf war, wollte ich schon deshalb nicht erwachsen werden, weil ich die damalige Damenunterwäsche haßte, mit schrecklichen Namen wie Büstenhalter und Schlüpfer. Und nicht nur diese fürchterlichen Dessous, sondern auch die ebenso fürchterlichen Dessus, sogenannte Astronautenmützen aus rauer Wolle; praktisch, aber peinlich und unangenehm. Noch fürchterlicher als die Astronautenmützen waren der Kreuzband-BH und die Strapsgürtel der Kindheit, über die man im Winter wollene Schlüpfer fast bis zu den Knien tragen mußte. Drangsalierung bis in die Unterwäsche hinein. Hätte ich damals doch nur prophetisch Namen wie »Hipster« erahnt, oder »Seidenbustier« und »Vario-BH« und »Tragevariante Satin oder Transparent«, ich wäre, was die Zukunft betraf, weitaus zuversichtlicher gewesen.

Viele Jahre später, während einer eher unproblematischen Schwangerschaft, war die Kreation Gelati die große Rettung bei Sodbrennen und Ängsten aller Art, und wenn ich genug habe von allem, ziehe ich die neue Levi Strauss über die Hipsters und spaziere in blütenleichter Spitzencorsage unter dem Top zum Italiener und hole mir drei Kugeln Malaga-, Kirsch- und Pistazieneis.

Die Gleichzeitigkeit der Dinge

Es war nun schon die vierte Amsel seit ungefähr einem Monat, die an den Wintergarten knallte und tot auf der Terrasse lag.

Immer wieder flogen sie zu knapp über die hohe Hecke des Nachbars und bemerkten zu spät die große Glasfläche gleich dahinter. Warum aber in dieser Häufigkeit und warum lernen sie es nicht? Vögel sind doch so geschickt und Amselweibchen auch noch sehr schlau.

Die erste Amsel erwischte es in den ersten voll aufgeblühten Maitagen, ein Amselmännchen. Das Amselweibchen schlich ratlos im Gras umher, hüpfte auf die Steine der Beeteinfassung vor der Terrasse, dann wieder auf das Brombeergitter dahinter. Das zweite Opfer, diesmal ein Weibchen, wenn auch eher nicht die Witwe des ersten toten Amselmännchens, lag zirka eine Woche später direkt vor der Terrassentüre, friedlich den Schnabel zur Seite gedreht. Wie bei der ersten Amsel schob ich die Zeitung von gestern unter sie, ließ sie mit einem Ruck in die Mitte rutschen und faltete schnell zusammen, wobei es mir kalt über den Rücken lief, und warf den Zeitungsbauschen in die Mülltonne. Die dritte tote Amsel, wieder ein Weibchen, lag fast genau an der Stelle wie die erste, und weil inzwischen der Juni so heiß geworden war und die Müllabfuhr erst wieder in vierzehn Tagen kommen würde, entsorgte diesmal mein Liebster für mich den kleinen Kadaver, und zwar im nahen Wald. Die vierte dagegen, wieder eine Woche später, und an der Farbe nicht klar ersichtlich ob Männchen oder Weibchen, erschreckte mich dermaßen, daß ich eine halbe Stunde brauchte, mich zu erholen. An der Beeteinfassung vor dem Wintergarten liegt eine Steinesammlung aus ganz Europa aufgereiht, und davor stehen mehrere Töpfe Cocktailtomaten und Peperoni, die ich morgens gieße und von gelben Blättern befreie, als plötzlich riesenhaft der tote Vogel vor mir liegt, schön getarnt, schön eingebettet zwischen Steinen von ähnlicher Farbe wie er.

Ich fuhr hoch, ging schnurstracks durch die offene Terrassentür, setzte mich auf die Couch, wo ich mich dann eine gute halbe Stunde befand, ohne mich zu rühren, und dachte dabei an einen Freund, von dessen Krebstod ich vor einigen Tagen erfahren hatte. Und dabei wurde er noch vor einer Woche in der Klinik von uns besucht, von zwei weiteren Freunden und mir und einer alten Jugendfreundin von ihm. Er saß, sehr schmal geworden, im Jogginganzug auf dem Bett, verspeiste mit Appetit ein Frei-tagsfischgericht, ein gutes Zeichen wie mir schien, und ich glaubte ihm deshalb auch, im Gegensatz zu den anderen, die es sich freilich nicht anmerken ließen, als er gutgelaunt behauptete, man werde ihn hier schon wieder aufpäppeln.

Jeder von uns hatte etwas mitgebracht. Die Jugendfreundin einen Strauß selbstgepflückter Wiesenblumen, die anderen ein mit Gartenblumen geschmücktes Büchlein fernöstlicher Weisheiten und ich ein am Computer gefertigtes, mit einem selbstgemalten Titelblatt versehenes selbstgebundenes Heft mit Gedichten von Ringelnatz und Robert Gernhardt. Wir plauderten über eine Stunde, als befänden wir uns im Biergarten und nicht in einem Krankenzimmer. Beim Abschied sagte er zu mir, er freue sich sehr über die Gedichte und werde sie sich heute noch zu Gemüte führen, doch nun sollten wir uns beeilen, damit wir die Eröffnungsfeier der Fußballweltmeisterschaft in der neuen Münchner Allianz Arena nicht versäumten, die wir uns alle im Fernsehen anschauen wollten. Die Jugendfreundin, die sich als letzte von ihm verabschiedete, umarmte er lange und weinte. Von einem Angehörigen erfuhr ich, daß der Tod schnell, überraschend und grausam gewesen sei. Metastasen hätten sich auch in der Lunge gebildet und er sei erstickt.

Meine Überlegungen auf der Couch kreisten unter anderem auch um das Geschenk, das ich ihm bei diesem letzten Besuch mitgebracht hatte, das selbstgemachte bunte Gedichte-Heft, und daß Robert Gernhardt, dessen Gedichte ich ihm nichtsahnend zum Abschiedsgeschenk machte, am selben Tag und an derselben Krankheit verstarb. Dabei wußte ich nicht einmal, daß der Dichter sterbenskrank gewesen war. Ich fühlte mich irgendwie verarscht von der sogenannten Ironie des Schicksals.

Den ganzen Sommer über und auch im Herbst lag keine tote Amsel mehr auf der Terrasse, vielleicht sind sie doch lernfähiger, vielleicht lag es auch nur an den Kirschen, die in diesem Jahr so üppig an den Bäumen prangten. Die Amseln pickten schon die halbreifen Früchte und müssen vom grünlich zähen Kirschblut wohl berauscht gewesen sein, halb wahnsinnig wahrscheinlich.

Television zu Beginn des Millenniums

Fast jeden Tag sehe ich fern; ich gestehe es, zumindest die Tagesschau, und anstatt im hochgelobten Roman »Liebesleben« weiterzulesen, ziehe ich mir den alten Derrick rein, nur wegen der schönen Schwarzweißbilder von München und den Siebzigerjahremenschen. Es erinnert mich an die Zeit, als ich heimlich zu den Nachbarn schlich, um Edgar Wallace zu sehen; ich sei noch zu klein dazu!, behaupteten die Eltern. Fernsehen prägte mein Leben, ob ich nun glücklich darüber bin oder nicht.

Kürzlich saß eine sehr klug redende Blondine vor mir im Bildschirm und diskutierte mit einer ebenso klug redenden Brünetten, ob die alte Weltraumstation, MIR genannt, die in der Nacht auf die Erde fallen würde und gerade über Deutschland kreist, ob also brennende Trümmer auf Düsseldorf stürzen könnten zum Beispiel, durch einen Computerfehler. Sie fiel wie vorgesehen in den Pazifik, russische Computer sind offenbar nicht schadhafter als amerikanische, Katastrophenverhinderungsstories dagegen ebenso spannend wie Katastrophendabeiseinstories.

Tele macht alles möglich. Man sieht und hört gar, was ein entführter Deutscher zu seinem Dschungelbewacher sagt, auf Englisch, und man sieht, wie die brennenden Türme des World Trade Center zusammensacken, Stockwerk für Stockwerk. Man würde miterleben wie ein ganzer Kontinent überflutet wird, eine moderne Sintflut, und vor einigen Tagen landete ich per Zufall in einem Privatkanal, Privatfernsehen schaue ich sonst nie, einer sogenannten Wissenschaftssendung, wo gezeigt wurde, wie menschliches Gehirn für Horror-Filme hergestellt wird, nämlich aus Pizza-Teig, und dies zur besten Fernsehabendzeit, damit auch Kinder diese Wissenslücke auffüllen können.

Als ich ein Kind war, gab es in Bayern noch keine Horror-Filme, keine Halloween-Monster, keinen Weihnachtsmann. Es kam nur der Nikolaus am Abend des fünften Dezember und am sechsten Dezember und das Christkind am vierundzwanzigsten. Und auf dem flachen Lande trieben Bauernlümmel ihr Unwesen mit Knecht Rupprecht und der heiligen Luzia, einer weißen Gespensterfrau. Heute erscheinen in den Medien schon Ende November rotgewandete Weihnachtsmänner und Weihnachtsfrauen in purpurnen Weihnachtsbikinis mit weißem Pelzbesatz und Weihnachtskinder mit purpurnen Zipfelmützen. Gestern sah ich im Fernsehen einen Film aus Hollywood, in dem der gute alte Herrgott von der Pop-Ikone Alanis Morissette dargestellt wurde, und sie sagte kein einziges Wort. Gott als stumme Sängerin, keine schlechte Idee, was den schlechten Film aber nicht retten konnte.

Der Turm

Er steht oben auf dem Hügel ganz allein, obwohl er zur Burg gehört, auf der anderen Seite der langen tiefen Senke, in die sich ein See schmiegt, sehr lang und sehr grün. Eine Mauer mit Geheimgang führt vom Burgberg hinunter zum See und von dort wieder hinauf zum Turm. Jetzt ist der Geheimgang nicht mehr geheim, sondern öffentlich. Ungeniert scheint die Sonne hinein. Aus Tuffsteinen wächst zierliches Unkraut. Der Schatz des Turms ist im Mittelalter das Schießpulver gewesen, wichtig wie das Gold in den Schatzkammern der Burg. Doch nun ist der Turm alt und grau und verlassen und verwahrt nur noch Einsamkeit. Zu seinen Füßen liegt ein kleiner Friedhof, Steinkreuze ohne Namen für Tote ohne Namen, die Opfer eines Außenlagers von Dachau. Hochgewachsen stehen Thujen einzeln oder in Gruppen auf dem verlassenen Platz. Kaum jemand, der vorbeikommt auf dem Weg zum See, zur Stadt, zur Burg, wirft mehr als einen flüchtigen Blick auf Kreuze und Baumindividuen.

Einmal jedoch kam ein junges amerikanisches Paar, spazierte zwischen den Kreuzen umher, sprach unbeschwert im breiten Amerikanisch, das weder zu Baumgrazien noch zu den schlichten Steinkreuzen paßte, doch ging es fast wie ein Aufatmen durch die Kreuzreihen hin, als hätte man lange auf dieses Lebenszeichen gewartet. Das Paar suchte sich einen Thujenbaum für das Erinnerungsphoto aus und knipste sich mehrmals gegenseitig. Vielleicht war der Grandfather unter den Besatzern der Stadt, als sämtliche Bürger an den offenen Gräbern vorbeiziehen mußten, bewacht von bewaffneten Soldaten.

Heute, am orangegrün gedämpften Sommerabend, spiegelt sich der Turm kopfüber im See, und das Bild im Wasser wird immer schärfer, als ob es sich wie ein Photo entwickle und nun bald von kundigen Händen herausgehoben werden möchte und zum Trocknen in den rötlich verdunkelten Himmel gehängt.

Eugen

Der erste männliche Homo Sapiens der sich in sie verliebte, war ebenso alt wie sie, nämlich elf, wobei sie natürlich noch keine Ahnung hatten vom Verliebtsein, nur daß sie ihn eben mochte und es ihr unangenehm war, als er unvermittelt den Arm um sie legte und sie küßte mitten auf den Mund, schnell und verstohlen.

Er trug den merkwürdigen Namen Eugen und war nachbarlicher Feriengast für drei Wochen.

Wie in Bertolt Brechts Gedicht von Marie A. erinnert sie sich nur deshalb daran, weil er Eugen hieß und weil auf dem hohen Grashalm neben dem Baumstamm, auf dem sie saßen, sich ein Zitronenfalter niedergelassen hatte und es so aussah, als ob er sie beobachten wollte.

Eugen interessierte sich nicht für den Falter, vielmehr, er bemerkte ihn nicht einmal.

Judas

Der junge Lehrer stand vor der Klasse von Firmlingen und sprach über Jesus und Judas, den Verräter, dessen späte Reue und Selbstmord, der sinnlos gewesen sei wie der Verrat, denn er hätte wissen müssen, daß Jesus, der Großherzige, ihm verzeihen würde. Der Lehrer fragte die Teenager, was sie darüber dächten. Es brach großes Schweigen aus. Ein gestrenger Herr Schulrat saß in der hintersten Reihe, um den Unterricht des Anfängers zu bewerten. Während der anhaltenden Stille räusperte er sich und der zu Beurteilende schaute etwas verloren in die Runde. Ich meldete mich, aber nur, weil ich sowohl das Fach Religion als auch den Lehrer sehr gern mochte. Der Vorgesetzte lauerte im Hintergrund wie ein bösartiger Uhu, um ihn nach der Stunde zu zerhacken.

Wenn der Judas sich umgebracht hat, so ist das verständlich!, sagte ich. Vielleicht wollte er sich selber gar nicht verzeihen, und außerdem konnte er nicht sicher wissen, jedenfalls nicht so sicher wie Sie, Herr Lehrer, ob Jesus ihm wirklich verzeiht. Wenn nicht, wäre er schön dumm dagestanden, und alles noch viel schlimmer als vorher.

Der Uhu starrte weise vor sich hin, der Junglehrer betrachtete kurz seine Schülerin, wobei sich ein mattes Lächeln in den Augenwinkeln abzeichnete. Schließlich ging das große Geplapper los. Die Schülerstimmen schwirrten hin und her, der Junglehrer fing sie ein, so gut er konnte, es kam ein lebhaftes Unterrichtsgespräch zustande über Versöhnung und Verzeihen. Der Uhu war zufrieden, der Junglehrer gerettet.

Für das Vorlesen der Epistel beim Firmungsgottesdienst wählte er dann freilich nicht mich, sondern die Klassenbeste, die sich kaum am Unterrichtsgespräch beteiligt hatte. Das verzieh ich ihm nie, bis heute nicht.

Carpe Diem

Vormittags kommt mit der Post das Manuskript zurück, nicht angenommen, und ein ganzer Wust an Werbebroschüren sowie Rechnungen, keine bunte Karte, kein netter Brief, leider nein.

Mittags sitzt Tochter Lena übelgelaunt am Tisch, Ärger in der Schule, rückt nicht heraus damit, kann momentan die Welt nicht leiden.

Nachmittags der Anpfiff einer pampigen Arzthelferin, ein früherer Termin war versäumt worden. Vergeßlichkeit sollte vor Strafe nicht schützen. Gott sei Dank werde ich wenigstens nicht bestraft.

Abends die kühle Reserviertheit der Freundin von Sohn Micha, was habe ich nur wieder Falsches getan oder geäußert.

Micha streitet mit seinem Vater über die zu hohe Telefonrechnung, der Vater gibt Übliches von sich: So lange du unter meinem Dach und die Füße unter diesem Tisch etcetera. Und nachts Genörgel, weil das einzige weiße Hemd für morgen zur wichtigen Sitzung schlecht gebügelt sei, was leider stimmt. Also Hemd genommen, Bügelbrett aufgestellt, in fünf Minuten Problem gelöst! Mein sarkastischer Ton. War das die Aufregung wert?

Bügeln um fünf vor zwölf, sei das die Lösung? Ja und nein. Doch es sei schließlich nicht fünf vor zwölf, sondern zwölf vor zwölf! Kein Lacher. Nur verzerrtes Schmunzeln. Carpe diem, was für ein Tag.

Frauentag

Zum Frauentag, alle zwei Jahre ein großer Event am Ort, habe auch ich diesmal beschlossen, meinen Teil beizutragen mit zwanzigminütiger literarischer Lesung zu jeder vollen Stunde, aus Klassik, Romantik und Moderne, zum Thema Frühling und Frau. Der Raum, der zur Verfügung steht, wurde von mir in eine Lyrik-Oase umgewandelt für alle Sinne: Kerzen, Organzatücher, Narzissen, Schokonüsse, leise Chopin-Klaviermusik. Zur ersten Lesung mittags »Frühlingsgedichte von Hesse bis Ulla Hahn« kommt nur ein Mann, einer von den wenigen Anwesenden unter zirka fünfzig Frauen. Diese gehen lieber zu Feng Shui, zum Trommeln oder sitzen bei Kaffee und Kuchen im Frauencafé des Foyer. Zur zweiten Lesung, »Gedichte von Frauen aus zwei Jahrtausenden« kommen zwei Frauen, die mit mir befreundet sind. Man geht statt dessen zum Trommeln, Sitztanz, stillem Qui Gong, zu Klangreisen und Akupressur. Zur dritten Lesung, in der »die Rose« eine Haupt- oder Nebenrolle spielt, von Sappho bis Hilde Domin, erscheinen immerhin vier Frauen, zwei, die mit mir befreundet sind, und zwei Bekannte. Leider wird von den beiden Freundinnen beschlossen, in diesem Fall wäre Plaudern angebrachter als Lesen, worauf die dritte Bekannte zustimmt und die vierte Bekannte nach einigem höflichem Zögern zur lösungsorientierten Systemaufstellung verschwindet, wo auch der Rest der Frauentagsfrauen offenbar weilt, wenn er nicht im Frauencafé an rotem Traubensaft, Wasser, und Käsehappen sich labt.

Spätestens jetzt wird mir klar: das literarische Interesse der Frauentagsfrau endet bei »Gehe wohin dein Herz dich trägt« und »Brave Mädchen kommen in den Himmel, böse Mädchen überall hin«. Am meisten wurmt es mich, daß ich wie ein Opfertier an diesen Lyrikraum gebunden bin, anstatt mich frei bewegen zu können, zum klassischen Feng Shui, Trommeln, zur Klangreise,

Akupressur, vor allem zur lösungsorientierten Systemaufstellung. Das hätte mich schon interessiert, vor allem wegen des Namens.

Blaues Land

Auf der Garmischer Autobahn rauschen wir an einem braunen Schild vorbei mit der Aufschrift »Blaues Land«. Nun befinden wir uns also im Blauen Land. Was ist hier eigentlich blau? Das Licht? Es ist tatsächlich etwas bläulich. Das Wettersteinmassiv sieht aus, als wäre es aus blauem Glas. Da vorne die Zugspitze kommt immer näher, sie ist blau, aus blauem Glas.

Wir schweigen. Aus heiterem blauem Himmel fällt mir eine Geschichte ein, die sich in grauer Vorzeit zugetragen hat, in der Schule. Es ging um ein Objekt aus blauem Glas. Im Heimat- und Sachkundeunterricht präsentierte die Lehrerin dieses Objekt, Thema: Glasindustrie im Bayerischen Wald. Eine Vase aus Zwiesel, blaues Glas, griechisch geschwungen, zauberhaft schön. Wir erstarrten vor Ehrfurcht. Die Lehrerin stellte sie mit noch zwei anderen Glasvasen aus Zwiesel, die eine zylindrisch grün, die andere weinrot schlank, auf einen Tisch in der Ecke, auf dem sonst immer die Kunstwerke der Schüler aus dem Kunst-unterricht ausgestellt waren. Und ausgerechnet die Schönheit aus blauem Glas wurde in der Pause bei einem Gerangel zwischen Ingrid und Ramona von letzterer gestreift, sie kam ins Wanken und noch bevor jemand eingreifen konnte, stürzte sie zu Boden und zersprang in viele hübsche blaue Scherben.

Außer sich vor Wut stellte die Lehrerin die beiden Übel-täterinnen vor die Klasse an einen unsichtbaren Pranger. Ramona war trotz des malerischen Namens eine Asoziale mit leichtem Asozialengeruch, beheimatet in einer Randsiedlung der Stadt, vom Volksmund »Neu-Korea« genannt, weil sie zur Zeit des Korea-Krieges gebaut worden war, und weil dort immer Kleinkrieg herrscht, zwischen den Nachbarn oder innerhalb der Familien. Ständig war dort die Polizei zugange. Ich fürchtete um Ingrid, eine Freundin von mir, denn die Lehrerin hatte den Rohrstock aus dem Schrank geholt; in den Sechziger-, Siebzigerjahren des letzten Jahrhunderts an der Mädchenschule zwar ein sehr seltenes, aber immer noch verwendetes Erziehungsmittel.

Doch nur Ramona erhielt die gefürchtete »Tatze« auf den Handrücken, weil sie zusätzlich zur Missetat zum wiederholten Male ihre Hausaufgaben nicht gemacht und zudem schwarze Ränder unter den Fingernägeln hatte. Ramona war die einzige in der Klasse mit exotischem Namen. Man durfte froh sein, Renate, Ingrid oder Christiane zu heißen und vor allem nicht in Neu-Korea zu wohnen.

Du bist doch immer bei mir!

Religion gehörte in der Schule einmal zu meinen Lieblingsfächern, außer Sport, Musik, Handarbeit und Deutsch. Die einzigen Fächer, in denen ich immer eine Eins bekam. Und bei Religion kam noch hinzu, daß diese meine Vorliebe wahrscheinlich am jungen, lustigen Aushilfskaplan lag, bei allen Schülern beliebt, auch wegen seiner witzigen Sprüche. In einer Religionsstunde ging es um das Gleichnis vom »Verlorenen Sohn« im Lukasevangelium, und am Ende fragte er uns, die Mädchenklasse, nach unserer Meinung. Man muß wissen, daß Jugendliche damals, zumal weibliche Jugendliche, selten so unvermittelt nach ihrer persönlichen Meinung gefragt wurden, nicht einmal im Unterricht, und die Schülerinnen, sonst alles andere als auf den Mund gefallen, schwiegen leicht verstört. Der Kaplan erlaubte sich die Bemerkung, daß er nun öfter nach unserer Meinung fragen würde, nur so könne man die kleine Weiberschar zum Schweigen bringen. Dann klatschte er in die Hände und rief: Auf geht's! Jede mußte sich jetzt der Reihe nach äußern, und als ich dran war, ich saß in der vorletzten Reihe, hatte ich mir schon einen Überblick verschaffen können, wobei ein Umstand nicht zu übersehen war: Die Klasse teilte sich auf in zwei Koalitionen. Die eine hielt zum älteren Sohn, dem korrekten, zu Hause gebliebenen; die andere zum jüngeren Sohn, dem verlorenen, dem leichtsinnigen Pechvogel. Auch ich befand mich gefühlsmäßig auf der Seite des Hallodri und schimpfte: Wie gemein es doch sei vom älteren Sohn, dem braven, daß er nicht mitfeiern wollte, obwohl doch sein verloren geglaubter Bruder wieder glücklich zu Hause gelandet war; wie kleinlich und spießig, und dann auch noch sauer sein auf den Vater, weil der sich so freut! Aufgrund meines Gepolters entstand eine hitzige Debatte zwischen den beiden Koalitionen, und der Kaplan hatte Mühe, die erregte Mädchenschar zu bändigen.

Viele Jahre später betreute ich als junge Mutter eine Gruppe von Erstkommunikanten, und wieder begegnete mir dieses Gleichnis auf ähnliche Weise. Die Gruppe war geteilter Meinung, wiederum zwei Parteien, und wieder plädierte ich für den lebenshungrigen jüngeren Sohn und gegen den zwar korrekten aber hartherzigen älteren, wenn auch mit gesetzteren Worten. Diesmal wurde mir eine einfache Tatsache bewußt: Diejenigen Kinder, die jüngere Geschwister hatten und zu Hause die Rolle des »Älteren, Vernünftigen« spielen mußten, waren für den älteren Sohn, jüngere Geschwister dagegen neigten zum verlorenen Sohn, dem Gescheiterten.

Kürzlich hatte ich bei einem Literatur-Gesprächskreis noch einmal mit diesem Gleichnis zu tun, das mich offenbar verfolgt, wahrscheinlich weil es eines der zentralen ist im ganzen Evangelium. Eine der Teilnehmerinnen erzählte, schon als Kind habe ihr der ältere Sohn immer leid getan, weil der so ungerecht vom Vater behandelt worden sei und zurückgesetzt, noch dazu von einem Vater, der genaugenommen den lieben Gott darstellen soll. Mein vorsichtiger Verweis auf die geradezu zärtlichen Worte, die der Vater an diesen Sohn richtet, nützte nichts. Ich wußte zufällig: Diese Frau stand früher im Schatten einer quirligen jüngeren Schwester. Dieses Gleichnis scheint voll aus dem Leben gegriffen zu sein. Zwei vollkommen unterschiedliche Brüder, die für die Unterschiede in der Menschheit stehen, gegensätzliche Charakter, Lebenskonzepte, Denkweisen, Rassen, Religionen, Geschlechter. Und jeder der beiden so unterschiedlichen Söhne verhält sich auf seine Weise richtig und falsch zugleich. Doch der Vater verhält sich immer richtig, weil er einzig und allein von der Liebe gelenkt wird. Er liebt sie beide gleichermaßen. Der ältere Sohn steht für den Teil der Menschheit, der diese Vaterliebe zwar achtet und ehrt, ihr aber nicht vertraut. Deshalb der beinahe flehende Appell des Vaters an den »vernünftigen« älteren Sohn: Du bist doch immer bei mir! Und alles was mein ist, ist auch dein, aber jetzt müssen wir uns freuen und ein Fest feiern, denn dein Bruder lebt und ist zu uns zurückgekehrt.

Frösche

Jeder kennt die Geschichte vom Storch und dem Raben, die darüber streiten, was zuerst auf Erden war, das Huhn oder das Ei. Zwei Frösche mischen sich ein. Der eine hält zum Storch, der andere zum Raben. Da schnappt sich jeder seinen Frosch und sie gehen friedlich auseinander.

Als das Kind diese Geschichte in Versform zum erstenmal liest, muß es sich ausschütten vor Lachen, und die Familie blickt befremdet auf: der Vater von der Zeitung, die Mutter vom Nähzeug, der Bruder von seinem Buch.

Neulich, als das Kind von damals, nun eine erwachsene Frau und Mutter, nachts nicht schlafen konnte und hinunterschaute auf den vollmondgetränkten Garten, sah sie zwei Igel, vielmehr die Umrisse zweier Igel im Gemüsebeet; sie schnaubten und keiften sich an. Plötzlich waren sie still und schlichen friedlich auseinander. Der Ehemann, wach geworden, ebenfalls vollmondgetränkt, schlaftrunken, fragt, was es da unten zu sehen gäbe.

Ach nichts, nur ein Igelpaar, sagt die Frau, sie haben gestritten.

Worüber streiten denn Igel?

Der Igelmann behauptet, die Welt sei anfangs ein Chaos gewesen, das sich allmählich in eine Ordnung füge, die Igelfrau meint, die Welt sei pure Gesetzmäßigkeit, die sich allmählich in ein Chaos verwandle.

Aha.

Dann hat sich ein Schneckenpaar eingemischt.

In was?

In den Igelstreit.

Der Ehemann fängt zu schnarchen an, trotzdem fügt die Ehefrau noch hinzu:

Das haben die Schnecken nicht überlebt!

Am nächsten Tag, einem Samstag, wartet das Ehepaar bei

McDonalds auf ihre Kinder, die noch im Kino sind, da fängt am Nebentisch ein Teenager-Paar zu streiten an.

Ich sag dir doch, Bon Jovi hat das gesungen.

Nein, Robbie Williams!

Nie im Leben, daß man überhaupt darüber reden muß!

Du redest ja darüber, nicht ich.

Weil du nicht zugeben willst, daß du nicht Recht hast.

Ich habe aber Recht.

Und ich weiß, daß es Bon Jovi ist.

Nein.

Doch.

Ein kleiner Junge wendest sich lauthals an seine Mutter: Der Mann hat Recht!

Nein, die Frau!, tönt seine kleine Schwester.

Er hat aber Recht! Der Kleine knallt den Eislöffel auf den Tisch.

Stimmt aber nicht!, kräht das Mädchen.

Freilich stimmts!, plärrt der Junge.

Schon reißen sie sich an den Haaren; die Eltern müssen eingreifen. Befremdet verfolgen die Teenager das Gerangel der Kleinen. Schließlich wenden sie sich stumm ihren Tellern zu. Zögerlich nimmt die junge Frau ein Stück von ihren Pommes Frites und der junge Mann nimmt einen Schluck von seiner Cola.

Das große Fressen

Es begann im Wirtshaus mit abgebräunten Leberkäs, Spiegelei und Kartoffelsalat, dazu eine Halbe Bier. Zu Hause dann doppelten Espresso, Streuselkuchen, natürlich mit Sahne. Zwei Stunden später mediterran gewürztes Kräuterweißbrot vom Vortag mit Gourmetaufstrich und Rotwein und … ach was, keinen Gott und keine Sau interessiert das. Meinem treuen Schutzgeist befehle ich: Gieß Rotwein nach!, was er nicht befolgt, statt dessen flüstert er mir ein: Mach dir lieber einen Bananensplit mit roter Beerengrütze!

Ich suche, finde was mir der Geist befohlen hat und was die treue Küche hergibt: selbstgemachtes Bananeneis mit frischer Sahne und Eierlikör, die roten Früchte aus der Gefriertruhe mit Akazienhonig zusammengemantscht, kurz aufgewärmt, fertig, verziert mit Schokostreuseln und Pistazienkernen. Eigentlich ist kein Hunger da, nur Appetit, doch wie wohl ist mir in diesem süßen Milieu.

Und dazu noch in einem Modekatalog geblättert, der zusammen mit der maliziösen Post im Briefkasten lag. Woher die nur meine Adresse haben. Auf Seite Fünf das reizende Frühjahrskostüm, Schalkragenjacke, pfirsichfarben aus Wildleder, und der Trompetenrock, den es auch in Petrol gäbe. Kostenpunkt: Jacke neunhundert Euro, Rock zweihundertvierzig. Zu teuer für Trost und Entschädigung. Dichter haben wenig Geld. Dichterinnen noch weniger. Dann bleibt es beim Bananensplit.

Ja, ich bin tatsächlich eine Dichterin und auch rothaarig, lebe am Rand einer Siedlung, früher hätte man mich verbrannt, ich verfresse mein weniges Geld, mein größtes Unglück wäre, an Krebs oder Alzheimer zu krepieren, wenn meine Muse und der treue Schutzgeist mich verließen, nicht auszudenken, tausendmal schlimmer als der Tod. Die herrlichen Dinge die ich mir einverleibe, werden den zimperlichen Magen bald wieder verlassen, den alten Sack, noch vor der Zeit, noch bevor der eilfertige Verdauungstrakt zu seinem Recht kommen will.

Ich frage mich, wo ist mein freier Wille? Das schöne geistige Tier. Die Spaghetti im Kühlschrank von vorgestern, morgen sind sie matschig, ich habe Mitleid mit ihnen, also aufgewärmt und gegessen mit Rotwein. Spaghetti ohne Rotwein ist wie Skifahren im künstlichen Schnee, das halbe Vergnügen. Zum Dessert, das nicht enden will, kleine Salzbrezel mit Champignoncreme, dazu Rotwein, rot wie Abendrot mit einem Schuß aufgelösten Bernsteins. Geistiges Schwelgen darf nicht fehlen, deshalb nicht nur salzbrezeln und rotweinen, sondern auch lesen, im schlanken Büchlein »Paare, Passanten«; ein Text, bei dem, wie bei allen Texten, die ernsthaft man sich einverleiben möchte, es kaum ein Vorwärtskommen gibt, weil auf den Sätzen flaniert werden will, vor und zurück, und verharrt, und außerdem der ständige Aufbruch, um Rotwein zu holen; das Büchlein schnell auf seinen Bauch gelegt, inzwischen auch nach Kirschtomaten gegriffen.

Zudem langweilt die momentane Stelle im Text, seitenlanges Meditieren über einen alten japanischen Sexfilm, der mich im Kino als Teenie schon gelangweilt hat, weil es öde ist, wenn es immer nur um Sex geht. Quantität zerstört Qualität! Ein uraltes Gesetz.

Ich frage meinen Schutzgeist, ob mit dem Flanieren aufgehört werden sollte. Er flüstert: Weiterblättern! Ich frage weiter: Soll das Schüsselchen aufgebrezelt werden, die Flasche hier aufgeweint? Er raunt: Aufhören! Warum hast du mich nicht früher gefragt, dann wär dir jetzt nicht schlecht!

So viel hat er bisher noch nie gesagt, ich glaube, er ist wirklich sauer.

Der große Zeus

In der Antike kam der höchste aller Götter, Zeus, auch Jupi genannt, auf die Erde, um mit göttlichen Tricks die Liebe einer irdischen Frau zu erschleichen. Sie hieß Alkmene.

Im heutigen Deutschland nun sitzt er hoch über der Stadt in einem gläsernen Büro, den Kopf an der gepolsterten Lehne seines mächtigen Drehstuhls. Er verspürt einen seltsamen Schmerz in der linken Schulter und denkt an Hera, die Gattin, die sich von ihm scheiden lassen will, und an Lorene, die Schöne von nebenan im Nachbarbüro, umgeben von hellen Designer-Möbeln und dunkel gekleideten Managern. Er hat beschlossen zu sterben wie ein Mensch, sollte er sie nicht gewinnen. Niemand hat es bisher geschafft, ihr Porzellangesicht zu erweichen, auch nicht er, der Gott der Götter, weder sein göttlicher Charme noch sein ganzes Geld, seine göttliche Ausstrahlung und Macht. Keine Vorstandsmacht der Welt würde sie dazu bringen, dieses wundersame Luder. Zum Teufel mit ihr, schließlich ist er kein elender Menschen-Juppi, sondern Jupi höchstpersönlich, Jupiter, der große Zeus.

Es klopft an die schwere Mahagoni-Türe und herein kommt sein Rivale, ein hochgestyltes aufgeblasenes Exemplar der Gattung Mensch, ein Jungmanager, seit langem spekulierend auf den mächtigen Drehstuhl und natürlich auf Lorene. Die Konferenz beginne in einer Minute! Ob er vergessen habe … Nein, hätte er nicht!, fährt Mister Zeus dem Rivalen über den jungen entschlossenen Mund. Die Wühlmaus in der linken Schulter fängt an zu wühlen, wühlt sich nach unten in die Brust, in das Herz. Kennen Sie Alkmene?, fragt Mister Zeus den Rivalen und seine Lippen werden blau. Der Rivale ist verdutzt. Alkmene? Ein Japaner? Sollte ich den kennen? Zeus lacht noch einmal auf, spöttisch, wie dem Rivalen scheint. Der lachende Aufschrei des großen Zeus gerinnt zu einem erstarrten Lächeln. Langsam holt der Rivale sein Handy aus dem Jackett. Zum erstenmal in seinem jungen öden Leben läuft es ihm eiskalt über den Rücken, Schweißperlen treten auf seine Stirn.

Ein irrer Typ

Der junge Mensch läuft die Tartanbahn entlang im tobenden Stadion, zusammen mit den Siegern des gerade stattgefundenen Wettkampfes. Erst blickt man irritiert auf ihn, was will der hier? Man winkt und schreit: Verschwinde Mensch! Der Mensch fühlt sich nicht angesprochen, läuft mit dem Sieger die Ehrenrunde, einige Meter vor ihm sogar, genießt den Applaus, der nicht ihm gilt, es macht ihm nichts aus. Vorerst läßt man ihn gewähren. Niemand greift ein, selbst dann nicht, als er mit auf das Treppchen steigt, sich unter die Sieger zwängt. Der Ordnungsdienst hat gründlich versagt. Es gibt ein kurzes Gedränge, doch schon wird die Nationalhymne gespielt, dem wirklichen Sieger scheint dies gleichgültig zu sein. Er zeigt offen seine Toleranz. Der Sieg ist ihm ohnehin gewiß. Nach der Hymne sich steigernder Applaus, Jubel, Winken. Der junge Mensch, in den Hintergrund gedrängt, fuchtelt wild. Endlich erscheinen Ordnungshüter, doch er gibt nicht auf, gestikuliert, als hätte er Wichtiges zu sagen. Erfolgreich wehrt er alle ab, die ihm zu nahe kommen. Endlich erbarmt sich eine Kamera, schwenkt auf ihn ein, da er offenbar tatsächlich etwas zu sagen hat, eine Botschaft. Er reißt das Mikrophon an sich und ruft:

Seht her! Ich habe es geschafft! An alle zu Hause, ich habe es geschafft!

Offenbar eine Wette. Die Sportler werden ungeduldig, so etwas hat es noch nie gegeben. Gerade deshalb!, sagt der Kameramann. Einer, der es geschafft hat! Sieger, Applaus ist nichts Besonderes mehr, das gibt es alle Tage. Aber einen, der frech mit aufs Siegertreppchen steigt und sich freut, daß er's geschafft hat, das muß gewürdigt werden. Der junge Mensch wird interviewt. Die Sportler stehen da und würgen die Wut hinunter, bleiben cool, um es sich mit den Kameras nicht zu verderben.

Der Astronaut

Unterwegs zu einer fremden Galaxis stellt der Astronaut irgendwann fest, die Distanz zur Erde ist nun so groß, daß er an sie denken kann, ohne Kopfschmerzen zu bekommen. Bilder, Worte, Sprüche, die sein Erdenleben an- und ausgefüllt haben, lösen sich auf, er fühlt sich unbeschwert, befreit, als hätte er eine Grippe überwunden.

Diese Erde, so lacht und singt es in ihm, so weit! Erde, einsam und fern! Er schwebt zur Luke, betrachtet seinen Geburtsplaneten mit neu erwachtem Interesse. Dann tanzt er einen Saltotanz. Beim nächsten Salto gleitet etwas Graues, Helles, aus dem Raumanzug, etwas Nochniedagewesenes, und sofort weiß er: Es kann nur von der Erde sein! Etwas Heimtückisches, ein kleiner aufgeblasener Restgedanke vielleicht, ein längst vergessener Traum, ein Restgefühl schwebt wie eine Luftblase umher und läßt sich nicht greifen. Er balanciert es auf dem Zeigefinger, macht mit dem anderen eine kratzende Bewegung und bringt es zum Platzen. Sofort verbreitet sich ein sonderbarer Duft. Gebratene Äpfel? Blaßblauer Flieder? Der Fliederbaum neben der Einfahrt des Hauses, in dem er großgeworden ist. Blaßblauer Flieder duftet anders als der satt violette oder weiße Flieder. Das Lied vom weißen Flieder, das seine Großmutter so gerne gesungen hat, ein alter Schlager aus den fünfziger Jahren des zwanzigsten Jahrhunderts. Sie hat immer mitgesungen, wenn es bei nostalgischen Tele-Wunschkonzerten gesendet wurde, laut und falsch, so daß alle Anwesenden heimlich schmunzeln mußten. Vor den Augen des Astronauten schwebt das Gesicht seines Vaters, weißlich aquarellig, kaum älter, als er nun selbst ist. Das Gesicht lächelt. Er hat seinen Vater noch nie so lächeln sehen. Der Astronaut blickt hinaus in das Weltall, zur Erde hinüber. Er befindet sich auf einer Bahn, die immer weiter wegführen wird. Je weiter man sich von der Erde entfernt, desto schöner wird sie.

Er spürt etwas glitzrig Feuchtes im Gesicht, es kitzelt an der Nase, bevor es weiterspringt auf Mund und Kinn, dann sich auflöst am Hals.

Bernsteingeschichte

Die Bernsteindesignerin fragt sich, ob sie ihre Bernsteinge-schichten weiterhin den edelsteingepiercten Edelschweinchen zum Fraß vorwerfen soll und vor allem wozu.

Kann ein Edelschwein Bernstein von sonnengelbem Kie-selstein unterscheiden mit seinen Edelschweinsäuglein? Weshalb soll sie den rosigen Geschöpfen, die zu kostbar zum Schlachten sind, ihre Schätze zeigen müssen? Es geht nicht anders. Schierer Sachzwang. Immerhin sind sie clever. Die Schläue der edlen Schweine scheint verbürgt, wird allseits bewundert; nicht von ihr, doch sie ist nur eine arme Wandergesellin. Vor dreihundert Jahren wäre sie als Hexe verbrannt worden. Nur weil sie kein Edelschwein ist und in keinem Stall zu Hause. Manchmal weint sie eisige Tränen, die langsam zu rohem Bernstein erstarren.

Eigentlich ist die Gewinnung und Veredelung von Bernstein-geschichten ein langwieriger, schwieriger Prozeß. Er wurde der Wandergesellin von einer Zwergin gelehrt, auf einer ihrer Wanderungen über die sandige und auch felsige Küste. Sie hatte die zappelnde Zwergin aus einer Felsspalte befreit und zum Dank spie diese ihr ins Gesicht, worauf sie dem kleinen Zappelmonster eine schallende Ohrfeige gab. Aus Überraschung, ja Angst, zeigte das Geschöpf ihr, wie man aus Tränen der Wut Bernstein herstellt. Ein häßliches kleines Zwergenweib im Vollbesitz des Wunderrezeptes!

Die Wandergesellin kann also Bernstein gewinnen, wenn sie das Weinen aus Wut nicht verlernt.

Nachts schreibt sie mit mondbeschienenem Zeigefinger an schlaftrunkene Türen: Gute Nacht ihr lieben Mädchen und Jungen, der Mond scheint heute so rosig rund und ist kein Edelschwein.

Eine kleine Angstgeschichte

Trauer und Angst – diese beiden jungen Witwen besuchen mich auch heute wieder, obwohl ich ihnen vor einiger Zeit endgültig die Tür gewiesen zu haben meinte. Unbemerkt traten sie in den Raum. Sie sind sich ihrer Macht bewußt, vor allem die schlanke Angst, die unverschämtere der beiden. Sie ist auch diejenige, die ständig »Zukunft, Zukunft« murmelt, um zu zermürben. Diesmal holt sie den Serotonin-Spiegel aus ihrer Westentasche, den sie mir stahl, weil er angeblich in einem Kämmerchen meines Kopfes verdächtig nach unten gerutscht sei und auf dem Boden zu zerspringen drohte. Sie winkt mit ihm und raunt: Ich meins doch nur gut!

Noch bin ich im Voll- und Teilbesitz meiner Waffen. Was wird aber sein, wenn die junge alte Vettel zunimmt, feister, dreister wird mit fortschreitendem Alter, wenn sie auch, wie sie beteuert hat, nicht alt werden kann. Ich glaube ihr nicht.

Die Trauer freilich macht mir größere Sorgen. Sie ist die klügere von beiden, schwerer zu bekämpfen als die einfältige Angst. Sie weiß umzugehen mit dem Internet im Kopf, versteht das Handwerk der Recherche, klickt die richtigen Stellen an, kramt Bilder hervor, steht mit mir am Fenster, kumpelhaft, lenkt meinen Blick in ein himmlisches Blau, durch das ein fernes, silbernes Flugzeug sich wie ein Mauersegler bohrt; und weiß doch, daß das Bild mich heute nicht erfreuen kann wegen ihrer Anwesenheit.

Während ich nun die Zeitung lese und mit Stift und Schere zugange bin, spüre ich die beiden hinter mir. Ich achte nicht auf sie, lese, schneide, schnipsle, unterstreiche, streiche an, notiere den Satz einer Sängerin: Das weiße Reh kann doch nichts dafür, daß es ein Albino ist – also bitte nicht abknallen, sondern in den Zoo bringen, ich bezahle die Unkosten gerne. Daß eine Sängerin so etwas sagt, eine Schlagersängerin. Die Witwen lesen meine

Gedanken und amüsieren sich; kümmere mich nicht um sie, sollen sie denken, was sie wollen. Noch einmal streiche ich an: »Nur Atomkraft kann den Klimawandel stoppen!« Daß so ein Unsinn überhaupt gedruckt wird. Ha ha ha, ich höre sie lachen. Schön, daß wir einer Meinung sind, sie haben das Lachen mir abgenommen, ihr Zicken, euch wird das Lachen noch vergehen, ich will keine Harmonie mit euch. Einen weiteren Satz streiche ich an: »Das Mißbrauchsopfer muß in der Öffentlichkeit die an ihm begangenen Verbrechen schildern, um zu verhindern, daß der Täter zwecks Geständnis massiven Strafnachlaß erhält.« Die Witwen sind still, doch unbeeindruckt. Ich höre gar, wie die Angst verhalten gähnt. Schon besser. Sie müssen sich langweilen, dann verschwinden sie. Weiter streiche ich an: »In Afghanistan bringen sich scharenweise junge Frauen um, so entgehen sie einer Zwangsheirat.« Keine Reaktion. Sie werden immer stiller. Doch sie sind noch da. Ich höre, wie die Trauer leise sich räuspert. Na warte, zwei Sätze jetzt, ein langer, ein kurzer: »In Indien bringen sich scharenweise Bauern um, weil ihnen genmanipuliertes Saatgut angedreht wurde und ihre Felder verdarben.« »Wer später stirbt ist länger arm.« Sie stehen an der Tür und wollen mich noch immer nicht verlassen. »Seit Ausbruch des Konfliktes in Darfur werden tagtäglich aus reinem politischem Kalkül unbewaffnete Zivilisten ermordet, zum Teil auf grausamste Art, darunter viele Kinder.«

Das wirkt. Die beiden Grazien sind verschwunden. Doch ihr Geruch hängt noch überall, ihr unverkennbares Parfüm. Ich stelle Duftlampen in jeden Raum, Zimt, Sandelholz, Lemongras.

Einladung ins Herrenhaus

Nach einigem Zögern folgt sie nun doch der Einladung in das Hohe Haus der Zunft. Schon am großen Torbogen kramt sie ihre Karte hervor, nennt auf den Eingangsstufen das Password und wird eingelassen. Im pompösen Foyer nimmt ihr eine mehrsprachige Hostess Mantel und Hut ab und verlangt nach dem zweiten Password für die Gesellschaft im ersten Stock. Doch niemand hat je dieses zweite Password ihr gegenüber erwähnt, erst recht steht es nicht auf ihrer Einladungskarte. Hatte sie etwas versäumt, übersehen?

Ratlos rezitiert sie einen ihrer heiteren Vierzeiler, dann ein Shakespeare Sonett, doch die Hostess bleibt unbestechlich; ebenso der hinzugekommene, stirnrunzelnd gutaussehende Butler. Von ihm läßt sie sich willig in eine Art Dienstbotenküche führen, wo ihr sofort eine einfache schmackhafte Mahlzeit serviert wird. Hier herrscht eine fröhliche Atmosphäre und lustige Reden werden hin- und hergeschwungen, denen sie ausweicht, indem sie sich in eine lauschige Ecke zurückzieht; bald wird ihr langweilig.

Sie hat sich gut vorbereitet auf ihre Einführung im ersten Stock, nun muß sie die launigen Sprüche von Unbekannten hören. Sie schleicht sich in den Nebenraum, dem sogenannten Katzenzimmer, in dem die Gäste ihre kostbaren Haustiere unterbringen: Rassehunde und alle Arten von Katzen, von Siam bis Angora. Das Zimmer ist eher ein Saal, größer als das Foyer, die Tiere haben Auslauf und vertragen sich wie im Paradies. Sie zieht den Gürtel von ihrer edlen Jeans, ein mit rosa Näglein bestickter weißer Ledergürtel, ergötzt sich an mehreren jungen Katzen, die am Gürtel hochspringen. Eine jede will noch höher springen als die andere. Sie bringen es zu außerordentlich athletischen Leistungen. Mindestens eine halbe Stunde treibt sie dieses Gürtelspiel.

Im Gegensatz zu den Katzen langweilt sie sich schließlich und beschließt, die breite Feudaltreppe so majestätisch wie möglich zu nehmen, unverfroren und wie selbstverständlich. Schon spürt sie den Schatten der Hostess hinter sich, doch es ist der hübsche Butler, der sie in Windeseile überholt, drei Stufen über ihr neckisch den Zeigefinger bewegt, ein wenig den Kopf neigt und zarte Geräusche von sich gibt, die besagen: No, no, no! Hätte er sie am Ärmel festgehalten, wie sie es eigentlich erwartet hat, sie würde sich heftig losgerissen haben und einfach skrupellos weitergeeilt sein. So aber ist sie machtlos. Er lächelt sie an mit dunkeltürkisenen Augen. Sie hofft auf irgendein Mitglied der oberen Gesellschaft, das sich im weitläufigen Treppenhaus oder auf der oberen Empore zeigen möge, um sie zu retten. Diese Gesellschaft jedoch scheint nur akustisch anwesend zu sein. Ein köchelnder Stimmeneinheitsbrei in einem verschlossenen Topf. Sie macht kehrt. Die Hostess überreicht ihr freundlich Mantel und Hut. Die beiden Edeldienstboten winken ihr gar zu, als sie sich noch einmal umdreht am Ausgang.

Auf dem riesig weiten bunten Parkplatz findet sie ihr treu wartendes Auto, fährt mit ihm über regennasse Landstraßen. Eine sehr schräge Abendsonne kehrt noch einmal kurz zurück und färbt ein paar Regenwolken in ein überirdisch süßes Rot. Saatkrähen sitzen gelassen auf den Begrenzungspfosten, schauen zu, wie sie passiert und wie Regenwasser aufspritzt. Im Rückspiegel kann sie sehen, daß den Krähen das Regenwasser doch zu unangenehm ist. Sie fliegen auf. Es wirkt wie ein Befreiungsakt. Sich einfach so in die Lüfte schwingen zu können. In diesem Augenblick möchte sie eine Krähe sein.

Die Schlucht

Ein Mann stürzt in eine Schlucht bis hinunter zum Grund, einer Art Talsohle, die nichts anderes ist als eine Straße, schön gepflastert, doch was hilft es, er liegt mit gebrochenem Rücken da, spürt aber keinen Schmerz. Er denkt: Wie traurig, daß ich auf diesem Pflaster nicht mehr gehen kann, daß ich jetzt sterben muß. Doch er stirbt nicht. Ewig liegt er auf der Straße da, irgendwie hingebettet und eigentlich nicht sonderlich unglücklich.

Wanderer oder Pilger mit Stöcken und Stäben gehen scharenweise an ihm vorbei, sie lachen ihm zu und sagen unter sich: Da schaut her! Ein Abgestürzter, wir können ihm nicht helfen, geht es ihm wieder besser, wird er doch wieder hochklettern. Er bleibt nicht hier so wie wir. Der Mann denkt: Hierbleiben wie die Pilger? Niemals! Wo gehen sie hin? Sie wissen es nicht, sie geben sich mit der Straße zufrieden, doch ist sie die richtige?

Etwa jeder hundertste Wanderer ist ein Alien. Man merkt es daran, daß sie ungeniert auf ihn zutreten, ihn berühren mit ihren Wanderstäben dünn wie Wasser- oder Eisstrahlen und leicht wie Spinnwebfäden. Auch ihre Gesichter sind anders; sie tragen sie wie Masken, weil sie diese, wie sie unbekümmert erzählen, gestorbenen Menschen entleihen. Er fürchtet sie, als seien sie Dämonen, doch sie sind harmlos. Einmal tritt einer dieser Alien auf ihn zu, berührt ihn mit seinem überirdischen Stab und sagt: Steh auf und geh mit uns oder steig wieder hinauf ans Licht. Der Mann fragt: Ans Licht? Wir sind hier doch nicht auf dem Meeresgrund oder mitten in der Erde! Doch, sind wir schon, etwas Ähnlichem, sagt der Alien. Der Mann wird zornig. Was das heißen solle, warum drücken sich Aliens immer so vage aus, eine klare Auskunft wäre wohl nicht zu viel verlangt.

Holla, nicht so heftig! Der Alien stupst den Mann mit seinem edlen Stab an die linke Brustseite, wo das Herz ist.

Wollen Sie mich verzaubern?, fragt der Mann.

Der Alien lacht; das täte er gern, wenn er könnte.

In was würden Sie mich denn verzaubern, wenn Sie könnten?

Der Alien deutet mit seinem Stab nach oben, berührt zum Abschied wie ein Soldat seinen breitkrempigen Hut.

Der Mann ist wieder allein; sein Rücken heil. Er macht sich auf den Weg nach oben.

Zum Erfrieren

Dieser Mensch, ein Kinderschänder und wahrer Übeltäter, biblischer Frevler, Plage für Gott und die Welt, dieser Mensch ist endlich durch Kommissar Zufall überführt.

Nach Tagen gelingt ihm die Flucht im Justizgebäude. Auf spektakuläre Art, so daß auch das Fernsehen aufmerksam wird. Er schafft es nämlich nicht auf die Straße der Großstadt, sondern auf das Dach des Gebäudes. Dort oben steht er nun breitbeinig und genießt die öffentliche Aufmerksamkeit. Niemand wagt sich vorerst zu ihm auf das Dach, da Kämpfe Mann gegen Mann in gefährlich luftiger Lage, in denen der Gute siegt, leider immer nur in Krimis und Wildwestfilmen stattfinden.

Die Nacht bricht allmählich herein. Es wird empfindlich kalt. Noch immer steht, vielmehr sitzt der Mensch da oben, also nicht mehr ganz so breitbeinig und selbstbewußt, doch angriffslustig, wagt es aber trotzdem nicht, hinunterzuklettern oder zu springen. Psychologen sind im Anmarsch. Man will ihn überreden aufzugeben, man appelliert an das bißchen Vernunft, das er haben mag; zwecklos. Inzwischen ist es stockfinster und winterlich kalt, zum Erfrieren. Nun darf in einem Rechtsstaat auch eine Menschheitsplage nicht so einfach erfrieren, wenn sie Menschengestalt hat. Ein tapferer Psychologe klettert auf das Dach, überreicht dem Übeltäter eine Decke und einen Becher heißen Tee. Das Fernsehen ist mittlerweile life dabei.

Fehlt nur noch Taschenlampe und ein belegtes Brot!, sagt ein Dichter auf seiner Couch vor dem Fernseher und holt sich ein Bier. Dann bittet er seine Muse, die in solch außergewöhnlichen Situationen immer sehr hilfreich ist, ein kleines Loch in den Bildschirm zu bohren.

Du weißt schon!, sagt er laut, wie du es auch manchmal bei den Spiegeln machst, so ein metaphysisches Schlupfloch, durch das ich verschwinden kann an jeden Ort, den ich mir einbilde.

Mit Hilfe der Muse zieht er sich selbst in die Länge bis er dünn wird wie eine Schnur, schlängelt sich durch das Fernsehloch, schwebt kurz in einem zeit- und ortlosen Raum und landet schließlich auf dem Dach des Justizgebäudes, von dem der Psychologe sich längst zurückgezogen hat. Der Dichter nutzt den Überraschungseffekt, bewegt sich zielsicher auf diesen Menschen zu, reißt ihm die Decke weg, schlägt ihm den Becher aus der Hand und sagt autoritär, mit der tiefsten Stimme, die er zustande bringt:

Es gibt für dich nur drei Möglichkeiten! Drei! Kapiert? Die erste: Du verschwindest durch dieses Fenster hier, wo du herausgekommen bist und wo dich die Justiz wieder in Empfang nehmen wird. Die zweite: Du bleibst hier oben bis zum Jüngsten Gericht oder erfrierst vorher. Die dritte: Du hast endlich den Mumm und springst!

Für welche der drei Möglichkeiten sich der Übeltäter entscheidet, egal, den Dichter interessiert es nicht. Er hat sich zurückgeschlängelt, sitzt wieder auf der Couch, trinkt sein Bier. Ex.

Der alte Mann

Als es ans Sterben geht, ruft der alte Mann seine drei Lebensziele vor das geistige Auge und spricht mit ihnen. Zum ersten sagt er: Du bist mein ältestes. Du hast die Hoffnungen, die ich in dich setzte, mehr oder weniger erfüllt, doch es ist dir in den Schoß gefallen, du hattest Glück. Niemand kennt Fortunas Projekte, sie ist keine Künstlerin, sondern eine Theatermanagerin, und hat dir eine zufriedenstellende Rolle zugewiesen. Zum zweiten sagte er: du bist immer mein Liebling gewesen und hast dich bis zum heutigen Tag abgemüht, um es mir recht zu machen. Doch Fortuna liebt dich weniger als ich. Unverschuldet bist du ins Unglück gestoßen worden und die wunderbaren Produkte, auf deren Herstellung du dich gut verstehst, liegen in Trümmern. Du bist untröstlich, auch wenn ich dir sage, daß sich nichts zwischen uns geändert hat. Zum dritten sagt er: Du hast alle Chancen gehabt, deine Abenteuerlust kannte keine Grenzen, doch immer ging dir bei den letzten Schritten zur Erklimmung der höchsten Gipfel die Puste aus oder der Mut verließ dich. Nun, was fange ich mit euch dreien an. Ich bin versöhnt mit euch. Doch ihr seid es nicht mit mir. Ich sehe es euch an. So kann ich nicht von euch scheiden.

Er gibt dem Todesengel, der als Silhouette an seinem Fußende Platz genommen hat, einen Wink und der tödliche Schatten verblaßt. Die drei Lebensziele verneigen sich unmerklich, höflich, verlassen den Raum, indem sie als Lichtreflexe aus dem Fenster gleiten. Der alte Mann kann sich nicht erinnern, wann er das letztemal geweint hat. Vielleicht als seine Großmutter starb. Er ist ratlos und allein, wünscht sich die Gestalten der Kindheit zurück. Doch niemand erscheint. Nur die Krankenschwester platzt herein, zerreißt die zarten Bande zum Jenseits.

Herzkirschen

Heute findet die Show statt, zu der ich am Ende doch nicht eingeladen wurde, für die ich aber mühsam und langwierig meine Kollektion erstellte. Auf einmal soll diese nicht mehr passend sein, nicht mehr nach dem Geschmack der Mode-Gurus. Merkwürdig, daß ich nicht zorniger bin. Eine unheimliche Gleichgültigkeit beschleicht mich. Ich denke, dies ist mein Schicksal. Wer kommt schon gegen Frau Fortuna an? Soll die Zicke doch Käse aus meinen schönen Sachen machen und selber fressen. Schon immer hat sie mir zugesetzt mit ihrem Käse. Auch früher wurde ich nicht eingeladen auf angesagten Geburtstagsfeten, und im Spiel »Die Reise nach Jerusalem« setzte sich immer jemand vor mir auf den Stuhl, der eigentlich mir zugedacht war. In einer Schulpause wurde einmal eine begrenzte Zahl Tüten abgepackter Herzkirschen angeboten. Wer zuerst kommt, mahlt zuerst!, hieß es, und alles stürzte nach vorne. Wie verachtete ich doch die zuvorderst nach vorne Gestürzten, doch dann ärgerte ich mich über mein Nichtnachvornegestürztsein, hätte eben auch gerne Kirschen gehabt, und so auch heute. Noch stehe ich darüber, großmütig, doch wie lange noch. Morgen werde ich wahrscheinlich schon Rache üben und hämisch verkünden, die Mode-Muftis seien alle schwul, weshalb nur Größe Vierunddreißig in Frage komme für knabenhafte junge Frauen, nicht Größe Vierzig für die Durchschnittsfrau wie ich eine bin. Für die Muftis gibt es keine Frauen mit Busen und Hüften, die nehmen sie nicht wahr, sie haben eine Antibusenhüftenuniform verordnet und alles hält sich daran, außer mir. Ich kaufe ein Pfund schwarze Herzkirschen, ziehe mich in meinen Rapunzelturm zurück, den ich im Laufe der Zeit gebaut und aufgestockt habe. Er wird immer höher, ein Lug-ins-Land.

Gnadenbrot

Schon mehrere Sommer lang beobachte ich ihn. Irgendwann ist er mir aufgefallen, der dritte Stern von oben auf der linken unteren Kurve, obwohl er nur ein ganz klein wenig heller zwinkert als die anderen in diesem Bild, dessen Namen ich nicht kenne, weil ich mich eigentlich nicht für Astronomie interessiere. Kaum merklich fängt der Stern manchmal an zu blinken. Ein Windlicht in einer unerreichbaren Nacht. Und dieses kaum Merkliche, diese Zartheit ist es, die mich rührt. Von Zeit zu Zeit bilde ich mir gar ein, dieses Windlicht sei ein Auge, das mir zuzwinkert.

Doch dieses Jahr im August, ich machte Urlaub auf Sylt, war der Stern verschwunden. Für einen Augenblick schoß mir die absurde Idee durch den Kopf, es könnte an diesem Ortswechsel liegen, vom tiefsten Süden in den höchsten Norden. Doch die Veränderung meiner Position wird wohl kaum Einfluß auf das Universum ausüben. Wieder zu Hause stellte ich fest, der Stern bleibt verschwunden! Es mag einen einfachen Grund haben, doch auch diese schlichte Vermutung bringt ihn nicht zurück. Wurde ihm der Strom abgeschaltet? Hat er die Rechnung nicht bezahlt? Ist er auf die andere Seite der Milchstraße gezogen? Wurde er versetzt? Ist er verreist, gestorben? Wurde er vielleicht ermordet? Falls er gewaltsam aus dem Universum gerissen wurde, falls man auch dort draußen mit dieser Möglichkeit rechnen muß, wird irgendwann die entsprechende Nachrichtenwelle meinen Kopf erreichen. Das ist der Stern mir schuldig. Dann Gnade Gott! Dann werde ich alle Zeiger ausschlagen lassen, alle meine Geräte abschalten. Dann verschütte ich den Treibstoff, den man für die Reise ins Jenseits braucht. Dann vampire ich durch die Ewigkeit. So lange, bis mein Stern mir das Gnadenbrot gibt.

Der Verrückte

Obwohl nicht gemeingefährlich, wurde er im Auftrag seiner reichen Familie in einen Garten gesperrt, umgeben von hohen Mauern. Dort sitzt er nun Tag für Tag auf seiner Bank.

Manchmal läßt er Träume aus einem anderen Leben aufsteigen. Und wenn er will, sinken sie auch wieder und streichen über weite Wiesenhänge und Wege, die noch nie ein Mensch betreten hat. Jeder Tag zeigt ihm neue Wolken. Zärtlich schweigt der Mond jede Nacht, die Sonne ist seine Freundin, wenn er sie auch nicht berühren und nicht einmal anschauen kann. Doch sie macht ihm kleine Geschenke. Zum Beispiel an Ostern die lustigen Vögel, die über seine Schuhe hüpfen oder neben ihn auf die Bank, und die wundersamen Krokusse und Narzissen. An Weihnachten schenkte sie ihm dieses Jahr funkelnagelneue Eiskristalle. Zum Geburtstag rollt sie ihm jedesmal einen ahornroten Teppich aus.

Er unterhält sich gerne mit seiner stummen doch hellhörigen Freundin und stellt ihr Fragen wie diese: Was, glaubst du, empfindet so ein Ahornblatt am Boden, wenn es langsam verglüht? Auch wenn die Ärmste überfragt ist und keine Antwort gibt, es macht ihm nichts aus. Er sitzt gerne auf seiner Bank und wartet auf das nächste Geschenk.

A – Z Geschichten

Alpha-Tier

Kürzlich war ich eingeladen bei einer Frau, die den altmodischen Namen »Afra« tragen muß. Es gab exotisch zimtgewürzten Entenbraten und gleich zu Anfang wurde uns ihr neuer Hund vorgestellt, ein stattlicher Jagdhund mit glänzend braunem Fell wie ein Pferd, ein sogenanntes Alpha-Tier. Und sie nannte ihn, man höre und staune, sie nannte ihn: »Adolf«.

Betretenes Schweigen. Alle dachten dasselbe. Wie kann man ein Haustier so nennen! War sie eine Neo-Nazi? Nein, dazu kannte ich sie zu gut. Außerdem würde selbst eine Neo-Nazibraut nicht so plump und unvorsichtig sein. Jemand aus der Runde wies darauf hin, daß dieser Name unangenehme Gefühle hervorriefe und der Hund dies nicht verdiene, worauf die Gastgeberin erwiderte, auch dieser Name verdiene es nicht, einzig und allein und auf ewig mit dem größten Massenmörder aller Zeiten in Verbindung gebracht zu werden; sie liebe diesen Namen, ihr Großvater selig hätte so geheißen, und er sei kein Nazi gewesen, zwar nannten seine Freunde ihn »Adi«, doch der Großmama wäre es nie eingefallen, aus ihrem Adolf einen Adi zu machen, nur weil dies politisch korrekt sei.

Jemand rief ein Hoch auf unsere Afra und ihre Kochkunst. Wir stießen mit unseren Rotweingläsern an und Adolf blickte kurz auf, weil er den Namen seiner Herrin hörte. Als ich auf die Toilette mußte und auf den weitläufigen Flur hinausging, folgte mir der Hund, blieb an der Wohnzimmertür stehen und schaute mir nach. Er wartete, bis ich zurückkam, was mir ein wenig schmeichelte, und ich tätschelte seinen Nacken, worauf er mich verächtlich anblickte und sofort in seine Ecke trottete, so als hätte ich ihn beleidigt. Dieses Alpha-Tier wüßte, so wurde ich aufgeklärt, daß ich keine Hundebesitzerin sei, auch möge er

151

Frauen nicht so wie Männer. Er ist mir nur gefolgt, weil er darauf trainiert wurde, eine Herde zusammenzuhalten und zu kontrollieren.

Nach dem Dessert kam die Rede noch einmal auf ihn zurück, wobei mein Tischnachbar seinen Namen aussprach und Adolf stand sofort auf, trottete zu ihm und legte sich ihm zu Füßen. Alles lachte. Ich ärgerte mich, vor allem, daß ich mich überhaupt ärgerte. So ist er!, sagte Afra, er mag Männer mehr als Frauen, weil er ein Hirtenhund ist und weil er von einem Mann erzogen wurde. Wir tranken auf meinen Nachbarn und auf den ihn verehrenden Hund, dessen Namen wir nicht mehr aussprechen wollten.

Bronzezeit

Gestern flegelte ich mich abends auf die Couch und wurde fernsehseidank über ein paar wichtige Geheimnisse der Welt aufgeklärt.

Der besterhaltene Europäer der Bronzezeit, Ötzi der Gletschermann, hatte eine indogermanische Sprache, wie die achtjährige Forschung ergab (daß so etwas überhaupt erforscht werden kann, ist schon ein Geheimnis für sich); Ötzi also sei nicht, wie bisher angenommen, ein Hirte gewesen und schwerkrank und von Räubern attackiert, von einem Schneesturm überrascht, an Entkräftung gestorben. Er sei auch kein Kupferschmied gewesen, eine Art indogermanischer Schamane, der mit Feuer umzugehen wußte, und Erde, also Metall, verwandeln konnte. Das nun auch nicht. Leider. Obwohl er eine bronzene Axt bei sich trug. Damals ein höchstmoderner Gegenstand, ähnlich dem teuersten Laptop heute. Er soll so etwas wie ein Bürgermeister gewesen sein, oder Dorfvorstand, der einige Zeit, bevor er starb, einen Kampf auf Leben und Tod durchzustehen hatte, denn die Bronzezeit, so schön der Name auch klingt, war eine gewalttätige Zeit mit wilden Horden und Kleinkriegen. Und Ötzi muß mit seiner Gemeinde auf der Flucht gewesen sein in die Berge oder über die Berge, über den Todespaß wie im Western, oder wie die Gemeinden heute in Darfur, Nigeria, Liberia und so weiter. Also eine Art indogermanisches Darfur.

Computer

Der Computer, mein Freund und Helfer, nimmt mir konsequent wie ein sturer Lehrmeister, meinen Lieblingsbuchstaben, das scharfe Eß, die große Besonderheit der deutschen und auch bayerischen Sprache. Natürlich trickse ich ihn aus, wo ich kann, doch es nervt, er macht mich zum trotzigen Kind. Er hat letztlich doch wieder Recht. Niemand schreibt mehr ein scharfes Eß, alles richtet sich danach, nur du nicht!, faucht er, du willst deine Extrawurst, deine kindische Rührseligkeit.

Solange der Herr Computer mir diese Option noch bietet auf seiner Tastatur, das Zeichen des scharfen Eß, solange werde ich diese Chance zu nutzen wissen. Sicher wird über kurz oder lang auch sie mir genommen werden, deshalb widerstehe ich noch, widersage, kämpfe für ein klitzekleines Reststück von, ich weiß nicht was; es ist schließlich nur ein Buchstabe, ein romantischer Kindheitsbuchstabe. Das von meinem Gebieter verordnete Doppel-SS erinnert mich, man verzeihe es mir, großgeschrieben an die Waffen-SS. Außerdem ist dieser Doppelpack einfach unschön, geradezu unerotisch. Die Kulturbeamten juckt das nicht; sie sind es, die mir das scharfe Eß gestrichen haben, geraubt, der Computer ist nur ausführendes Organ. Nicht nur, daß mein geliebtes Bayerisch ausstirbt, nun muß auch noch das Hochdeutsche auf sein scharfes Eß verzichten. Ich bin ein kleiner peinlicher David mit meinem scharfen Eß, gebe es zu, doch der Goliath ist ebenso peinlich mit seinem Doppel-SS.

Deutschland

Für den Deutschen des neuen Jahrtausends ist das Fernreisenrecht ein Menschenrecht, die Magersucht betrifft nur den Nachbarn und Lohnabbau und Entlassungsproduktivität sind ein Übel, vor dem nur das »Vater Unser« retten kann, falls man daran glaubt, was bei den wenigsten noch der Fall ist. Zur philosophischen Korrektheit des heutigen Europäers, vor allem des Deutschen, paßt kein Wille eines fiktiven Herrn in einem fiktiven Reich; man kennt ja nicht einmal den eigenen Willen so genau, und ein ganzer Zweig in der wissenschaftlichen Psychologie behauptet ohnehin, auch der eigene Wille sei fiktiv. Man hält sich lieber an das, was vorgegeben ist: Autobahn, Fernsehen, Internet.

Der Deutsche der ersten Hälfte des siebzehnten Jahrhunderts hatte ganze Schwedenhorden zu ertragen, wie der Deutsche der ersten Hälfte des zwanzigsten Jahrhunderts den Naziwahn und der Deutsche des neuen Jahrtausends Talk-Shows, Alzheimer; und als Kind nach wie vor »Die Reise nach Jerusalem«, ein Kindergeburtstagsspiel, das nicht auszurotten ist, von dem niemand weiß, warum es so heißt, und durch das beizeiten gelernt wird, wie blöde man aussieht, wenn man zwischen den Stühlen steht und daß es vom sogenannten Zufall abhängt, ob ein Stuhl für dich frei ist oder nicht. Wie spaßig dagegen die modisch beliebten Superstar- und Model-Casting-Shows, die sich die Jugend reinzieht. Jugend liebt es, wenn ihr auf pädagogisch wertlose Art gezeigt wird, wie man sein muß, um wirklich Spaß zu haben.

In diesen Zeiten europäischer Viren-Gemüsen und außereuropäischer Menschenrechtsverletzungen aller Art hat ein Bra-Talk hübscher Mädchen beruhigende Wirkung. Vor allem der Bra-Talk der Verliererinnen, die ausscheiden, weil es zu wenig Stühle gibt und ihr Po-Umfang um einen Zentimeter zu weit ist. Trotz Tränen, verschmiertem Augen-Makeup, trotz Rivalität also: Hübschemädchensolidarität, Umarmung, Dabeigewesensein,

Glücklichsein im Traurigsein! Vorbildlich nicht nur für die Jugend. Fernsehen nun doch pädagogisch wertvoll?, als immerhin größte Macht im Staat, gleich nach den Industriekonzernen, Bank- und Wirtschaftslobbys.

Noch im neunzehnten Jahrhundert hatte diese Macht die Kirche inne. Nur daß man in deren Häuser sich noch flüchten konnte, wenn es brenzlig wurde. Heute wird es nicht mehr brenzlig, wenn ja, merkt es kaum einer. Es sei denn, man sieht es im Fernsehen, das Brenzlige, dort scheint es ganz gut aufgehoben.

Entenbraten

Wenn ich mir gebratene Entenbrust mit Blaukraut und Kartoffelkroketten zu Gemüte führe, denke ich beiläufig an das bürzeldrüsige Tier, das für das Wasser geschaffen ist, ein wenig für die Luft, am wenigsten aber für die Erde. Da kommt es schwerfällig watschelnd daher und wird gefangen, das Breitschnabelwesen.

Mitunter baut es ein Heim in verlassenen Nestmulden auf Kopfweiden. Und wenn es männlich ist und Erpel heißt, darf es von Winter bis Frühling balzen in blaugrün schillerndem Kopfputz mit weißem Halsring. Sein Schnabel besitzt am Rande Hornlamellen, die seine Nahrung schön sieben. Was für mich Entenbrust, Blaukraut, Kroketten, ist für die Ente Wurm, Krebs, Wasserpflanze. Vom Flügelsystem der Tauch-Ente gar nicht zu reden, das ähnlich dem Fluggestell bei Flugzeugen beim Tauchen im Gefieder eingebettet ist. So braucht die Ente es beim Auffliegen nicht einmal auszuschütteln. Und auch nicht zu reden von den kostbaren Daunen der Eider-Ente, die freilich nur die nordischen Küsten bewohnt.

Wenn ich das Fleisch dieses preziösen Wesens zwischen den Zähnen spüre, komme ich mir vor wie ein Vampir, der auf feste Nahrung umgestiegen ist.

Forschung

Heute erfuhr ich, daß der Beutelteufel, das australische Tier das aussieht wie eine Mischung aus Ratte und Kuala-Bär, eine aussterbende Art sei. Dezimiert durch eine ständige Seuche, dem Gesichtskrebs, was sich bisher niemand erklären konnte. Jetzt haben Forscher herausgefunden, daß es zwei Gründe gibt, durch die der Beutelteufel sich selbst zerstört, zwei typisch beutelteuflische Fehlverhaltungsmerkmale: Futterneid und Inzucht.

Immer wenn der Beutelteufel ein Beutetier erlegt und plötzlich Nahrung da ist, spricht sich dies im beutelteuflischen Milieu in Windeseile herum, und schon streiten Horden der kleinen Teufel mit Gekreische und Gekeife um das Fressen, kämpfen und beißen sich ins Gesicht, und wenn ein einzelnes Tier krank ist, einen Bazillus in sich hat, wird dieser durch die Bißwunden auf große Gruppen übertragen, wobei durch Inzucht, also dem Fehlen biologischer Vielfalt, ihr Immunsystem derart geschwächt, vielmehr uniformiert ist, daß Fremdkörper an den Zellen als solche nicht erkannt und deshalb auch nicht bekämpft werden von der Blutpolizei.

Es wäre also selbst beim Beutelteufel ein Quentchen Ethik und Moral nicht nur vonnöten, sondern arterhaltend.

Goethe

Goethe konnte kein Hundegebell vertragen, und würde er heute leben, auch keine Motorrasenmäher. Er hatte vom angesehenen Vater sein Äußeres und von der gutgelaunten Mutter die Frohnatur, fing in Leipzig an zu studieren und näherte sich Frauen in Gedichten; kam ihm eine zu nahe, floh er leidend wie ein verwundeter Hund zu Pferde durch die damals überaus malerische deutsche Landschaft. Er hatte das unglaubliche Glück, von einem jungen infantilen Fürsten vergöttert zu werden, den er somit erziehen konnte, weil der im Grunde ein rechter Trampel war, was niemand sagen durfte, auch Goethe nicht, der von ihm ein schönes Haus mit Garten mitten in Weimar geschenkt bekam. Er vergötterte seinerseits eine Hofdame, die jedoch verheiratet war, Familie hatte und ihn zappeln ließ, so daß er sich leidend nach Italien flüchtete, wo er mit achtunddreißig Jahren zum erstenmal eine wirkliche Affäre hatte mit einer Italienerin namens Faustina. Goethe war und ist unser Mega-Superstar; obwohl er dann doch nicht so weise und hellseherisch war, die Deutsche Demokratische Republik vorauszuahnen oder, viel einfacher noch, Hölderlins Größe. Wir lieben an ihm auch die Beherztheit. Er warf sogar die »leidige Bremse« Bettina Brentano hinaus, weil die seine so wenig gebildete Unterschichtsfrau beleidigt hatte und in ganz Weimar erzählte, sie, Bettinchen, sei von einer dicken Blutwurst angegriffen worden. Pfiffig gesagt, wenn auch ziemlich unanständig. Eigentlich war er wirklich cool, unser Goethe. Seine hochbegabte Schwester freilich ging in einer freudlosen Ehe zugrunde, worunter er eine zeitlang litt.

Noch in hohem Alter verliebte er sich in ein junges Mädchen und glaubte im Ernst, der Teenager würde ihn heiraten; gerade so, als lebte er nicht in Europa, sondern in Persien. Seit er tot ist, nun schon zirka hundertachtzig Jahre lang, hat er schlechtere Karten als der windigste Gauner heute, dem gegenüber er am kürzeren Hebel sitzt. Gegen die Lebenden kommt auch ein Goethe nicht an.

Höflichkeit

Im Postamt lege ich dem Schalterbeamten versehentlich ein Zwei-Cent-Stück statt eines Fünf-Cent-Stückes hin, worauf der allen Ernstes glaubt, ich wolle ihn um drei Cents betrügen, denn er wirft mir das restliche Wechselgeld wie einem Hund in die Schale vor mir, erwidert auch meinen Gruß nicht, so daß ich im Hinausgehen »Blödmann« murmle in der Hoffnung, es möge jemand hören, was aber nicht der Fall ist.

Als ich draußen ausparke, steht ein wartend blinkendes Auto so nahebei, daß ich nicht in der Richtung fahren kann, in der ich gewollt hätte; nur mit Mühe komme ich vorbei. Der Typ im Auto denkt nicht daran, auch nur einen Meter zurückzusetzen, obwohl er die ganze Straße hinter sich frei hat. »Verdammter Wichser«, sage ich halblaut in der Hoffnung, er möge es hören, was der Fall scheint, denn er sieht mich sehr böse an.

Irgendwo in Bayern

Diese strahlende Laune des heutigen Sonntags! Seine Sonne lacht eisig herab, sein Wind gebärdet sich frühlingsfrohgemut bis winterhaltig. Mein armes Fahrrad, heute liebe ich es nicht, es wird mir zugeschoben, Silikongriffe aufdringlich weich gepolstert. Und dieses Himmels unverschämtes Blau! Schweigend zugeknöpfte Blütenknospen überall. Der Autostrom hinten, vorne, seitlich, ein metalliges Wellengetöse; und dann der Ackerweg, bucklig, das Feldkreuz geduldig wie immer, Jesus aus dunklem Holz, extra häßlich gemachte Gesichtszüge, als wäre es Ötzi der Mumienmann.

Wie ich diese am Wegrand liegende leere Plastikflasche hasse! Und den Bauernhof links mit seinem Verhau. Abgepackte Silagen, prall, Plastik, weiß und grün. Überall verstreut, dazu noch jede Menge alter Autoreifen. Die grußlose Siedlungsfrau in unpassendem Sommer-Outfit hantiert und scheppert mit Blumentöpfen. Das schwache Babygeschrei versöhnt ein wenig, auch das erdbeereisrosane neue schicke Haus und auch das vanillegelbe steht der Neubausiedlung gut. Die armen zusammengedrängten Rehe weit hinten auf dem Acker wissen nicht mehr so recht wohin. Sie warten auf den Jüngsten Tag, wenn ihnen die Wälder zurückgegeben werden. Das glatte Gebäude hier macht mich rasend, diese Häuser ohne Dach mit Papiercontainern im Eingangsbereich und Schildern wie »Bürosysteme GmbH«. Die in den Straßenrand eingelassenen Stiefmütterchenbeete, überhaupt diese Stiefmütterchen!

Oh du schlechte Laune, wie kriege ich dich los. Ich schimpfe auf das Rad, das sich heute so schwer macht, doch für die steife Nordseebrise mitten im lieblichen Bayern kann es nichts, auch nicht für den Ärger über die entgegenkommende Radfahrkollegin, ihr Geradeausblick, ihr Rückenwind, vor allem der tintenblau glänzende Sturzhelm; sie hat den Wind gestohlen. Diese immer noch zurückhaltend stummen Biergärten und der Kerl, der jetzt schon seinen Rasen berieselt mit einem schreiend gelben Gartenschlauch. Übertrieben große voreilig blühende Magnolien, müssen immer als erste an den Bäumen prangen.

Jugend

Ob nun die Jugend wirklich so schön ist, bleibt fraglich, daß sie nicht mehr kommt, immerhin gewiß.

Ich war in meiner Jugend ständig unglücklich verliebt, aß körbeweise Salami-Semmeln, trank literweise Cola und Sinalco, hatte die falsche Frisur, ging auf die falsche Schule, erlernte den falschen Beruf, und schaute ich in den Spiegel, sah ich die falsche Person und hatte Angst vor der falschen Zukunft.

Als die Zukunft dann erreicht war, merkte ich es nicht einmal zu meinem Glück, ob nun falsch oder nicht.

Kindheit

Wenn ich auch sonst nichts habe, meine Kindheit gehört mir voll und ganz. Die bunten warmen Bilder ebenso wie die wüstenhaften.

In den Ferien verbrachten wir die ganzen Tage im Freien, in den Wäldern am See, durchstreiften als Räuber oder Schandi Straße und Gärten, lasen stundenlang Mickey Mouse, Ivanhoe und Bravo hinter Häusermauern versteckt im Schatten hoher Ligusterhecken, pflückten im Frühling körbeweise Schneeglöckchen in den Flußauen für Mütter und Lehrerinnen. Zur Weihnachtszeit spielte die Banknachbarin in der Schule die heilige Maria wegen der langen blonden Haare und die in der letzten Reihe den heiligen Joseph wegen der langen Figur und ich, im alten Kleppermantel meines Vaters, den Nordwind wegen der Sturmfrisur.

Dann drehte sich die Welt um einen Ruck vorwärts und wir stolperten alle in ein neues Leben.

Liebe zu meiner Zeitung

Die tägliche Zeitung, mein Morgengold, Morgenwonne, Morgenaufschwung. Ich liebe sie, wie man seine Heimatstadt liebt, nämlich mit einer kräftigen Brise Haß. Wenn sie unter ihren Machern jene gewähren läßt, denen Handwerk und Ethos fremd sind wie die Berge auf dem Mond, und Recherche mit virtuos aufbereiteter Fiktion vermengen und Fakten nichts anderes für sie sind als Sahneschnittchen, extra für sie zubereitet zum Hinunterschlingen, und nicht merken, wie ihr Geist immer dicker und behäbiger wird.

Sie machen mir meine Liebe nicht madig, solange sie nur Blindgänger sind. Sollten sie überhand nehmen, was Gott Hermes verhindern möge, werde ich meiner Morgenliebe den Laufpaß geben müssen.

Mond

Romantiker halten ihn für den Gedankenfreund, Realisten für einen harten Brocken, Melancholiker für ein einsames bedauernswertes Objekt. Konservative sagen, er bleibe sich ewig treu, die Progressiven, er verändere sich immerhin vier Mal im Monat.

Für Religiöse ist er Gottes Kreation wie alles, für bayerische Poeten nichts als eine nackerte Kugel, und die Idealisten finden, er wäre zwar schon eine nackte Kugel, doch kleide Phantasie ihn mit allem, was sie nur wolle.

Alle dürften sich jedoch einig sein, daß er eines wirklich ist: beneidenswert. Zwar kann der Mensch ihn mittlerweile betreten, doch herumtrampeln kann er nicht auf ihm, ohne eine lächerliche Figur abzugeben.

Nationalcharakter

Der deutsche Nationalcharakter ist einer der rätselhaftesten der Welt. Er kommt den Deutschen selber rätselhaft vor. Nur sie schütteln den Kopf und murmeln »typisch deutsch«. Nirgendwo sonst wird dermaßen lustvoll zwischen Hoch und Tief auf- und abgerudert, zwischen Trübsinn und Euphorie, Infantilität und Gewieftheit, Karrierewahn und Betulichkeit. Wer sonst außer deutschen Medienleuten brächte es fertig, nachdem die deutsche Fußballmannschaft bei der Weltmeisterschaft Zweitausendsechs gegen Italien aus dem Halbfinale flog, sofort darauf hinzuweisen, daß Italien eben doch besser gewesen sei.

Kaum ein deutscher Dichter wird dermaßen geliebt wie Heinrich Heine, der zu Lebzeiten durch die deutsche Obrigkeit, wie auch sehr viel später ein Wolf Biermann, aus dem Land bugsiert wurde, nicht weil er jüdisch war, sondern seine Gedanken angeblich absolut undeutsch waren. Man fühlte sich verarscht, was immer gefährlich ist für den Verarschenden. Ebenso verarscht fühlte sich später der österreichische Möchtegernkünstler Schicklgruber, alias Hitler, von der Münchner Bohème.

Oskar Maria Graf, der größte Schicklgruberverarscher damals und der zu Recht an heutigen bayerischen Gymnasien Hochverehrte, würde heute freilich ein Gymnasium kaum überstehen; schon vor der zehnten Klasse ausgesiebt, nicht unbedingt von einer bornierten Schulobrigkeit, sondern von einem wohlmeinenden Disziplinarausschuß, oder einfacher noch durch zu schlechte Notengebung hinausgemobbt. Dieses Wort existierte weder zu Grafs noch zu Heines Zeiten.

Obst

Was haben Obst, Angst und Papst gemeinsam? Nichts. Es verbindet sie nicht einmal ein sauberer Reim, immerhin jedoch eine Assonanz, was nicht für ein stabiles Dreieck reicht, höchstens noch für ein DerDieDas, ein MännlichWeiblich-Sächlich.

Was die drei gemeinsam haben, ist, daß sie nichts gemeinsam haben, außer Einsilbigkeit. Dennoch: Als ich heute voller Angst gewesen bin, übrigens grundlos und deshalb besonders ärgerlich, Angst in mir hockte wie ein verdammter Alien, holte ich einen großen Teller Obst, schön hergerichtet, rot und blau, und schnitt zur Beruhigung aus der Zeitung einen erfreulichen Artikel über den Papst und sein unerfreuliches Treffen mit einem alten Widersacher, ein sogenanntes Versöhnungstreffen, was mich dermaßen angenehm verblüffte, daß ich zur Schere griff. Vor einer Dekade wurde dieser Widersacher zu Recht gefeuert, wegen eines Vergehens, für das er vor vierhundert Jahren eingesperrt worden wäre, verfeuert womöglich von irgendeiner Obrigkeit. Welches Glück, nicht vor vierhundert Jahren gelebt haben zu müssen und diesen rotblauen Obstteller genießen zu dürfen.

Der Alien in mir verhielt sich plötzlich ruhig und verödete, es ist ihm langweilig geworden. Er war nicht mehr da. Wegen der päpstlichen Aktion? Wegen des schmackhaften Obstes? Sicher nicht. Weswegen dann? Ein Geheimnis. Ich schob die letzte blaue Traube in den Mund, die letzte Himbeere gleich hinterher und lochte den Artikel für mein persönliches Archiv, über das jemand sich neulich mokierte und fragte, wozu ich dies eigentlich machte, wozu so viel Mühe? Ich wußte keine Antwort. Doch dies hat nichts zu tun mit Obst, Angst und Papst.

Psychologie

Hitler mochte kein Fleisch! Psychologen sagen dazu: Reaktionsbildung! Man bildet sich eine gegenteilige kaschierende Reaktion auf allgemein verpönte Triebe, Gedanken, Emotionen.

Ähnliche Phänomene sind: Übertragung, Projektion, Verdrängung. Hätte Hitler jeden seiner Morde selber verüben müssen, mit eigenen Händen, kein einziger wäre geschehen.

Sowohl für den Indianer als auch für Jesus Christus ist das, was im Traum oder im Geiste geschieht, schon blanke Realität. Der durchschnittliche Europäer empfindet dies als stimmig, aber doch reichlich übertrieben. Hitler konnte kein Blut sehen und hatte freundlichen, beinahe väterlichen Umgang mit seinen Sekretärinnen. Er konnte das Morden getrost seinen großen und kleinen Experten überlassen. Jedes einnasige Lebewesen ist Experte für irgend etwas, und wenn es nur das Morden ist.

Qualitätsverbesserung

Dieser Riß durch die Welt, durch alle Welten große und kleine, ganz große und ganz kleine, und nur Schwerkraft hält alles zusammen.

Während die einen ihr ganzes Hirnschmalz verwenden um zu kitten, was zu kitten ist, kratzen und stechen die andern den Kitt wieder weg, auf daß die einen wiederum ihr Hirnschmalz bemühen zur Qualitätsverbesserung des Kitts, was die anderen erst recht reizt und die einen, schon halb wahnsinnig, mitunter zu Höchstleistungen treibt, während die anderen keine Höchstleistung kennen, jedoch ganz leidlich den Wahnsinn.

Rosen und Menschen

Geht man davon aus, daß selbst die schönste rüschigste Rose am achten Tag ihres Daseins in der Vase etwa so aussieht wie selbst der vitalste Mensch mit achtzig Jahren oder achtundzwanzigtausendachthundert Tagen, ließe sich folgende Formel aufstellen: Lebensspanne der Vasenrose verhält sich zur Lebensspanne des Menschen wie die Zahl Acht zur Zahl Achtundzwanzigtausendachthundert, oder einfacher gesagt: Eins zu Dreitausendsechshundert.

Eine Umwandlung der Zahl in Tage ergäbe somit dreitausendsechshundert Tage oder zehn Jahre.

Demnach hätte der Mensch, rein statistisch gesehen, gegenüber der Rose einen Vorsprung von genau einer Dekade.

Sehnsucht

Jeden Tag wartet man auf Briefe, Karten, oder auch nur wirklich wichtige E-Mails, und es trudeln immer nur Rechnungen und Werbebroschüren und Kataloge ein, E-Mail-Tips und Empfehlungen zu Heizölpreisen, Lufthansa Informationen und Stiftung Warentest, Vision-Pakete und Highspeed-Surfen und doppelt sparen mit Kfz-Versicherungen!

So schlängelt sich die E-Mail-Schlange dahin, immer weiter, und irgendwo dahinter müssen doch die wirklich spannenden Welten sein, nach denen sich zu sehnen man nie aufhören wird, solange man lebt und E-Mails empfängt.

Thalita

Daß Frauenversteher keine Warmduscher sein müssen, zeigte erstmalig Jesus von Nazareth, der vieles erstmalig gezeigt hat, was als Beweis seiner wirklichen Existenz genügen sollte, eventuell auch als Beweis einer Göttlichkeit, denn wer außer Gott höchstpersönlich wäre imstande, sich dermaßen locker über die Einrichtungen der Welt hinwegzusetzen und über die Blindheit des Homo Sapiens, den er selbst aus Lehm erschuf und der das Leben nur seinem Mundkuß verdankte.

Thalita kum! Mädchen steh auf!, sagte er und faßte die kleine Tote bei der Hand, und das Mädchen stand auf und ging umher.

Das schöne aramäische Wort »Thalita« könnte einen dazu verleiten, diese Sprache erlernen zu wollen, und jenes »wahrlich, ich sage euch« kann wohl richtig nur heißen »wirklich, ich sage euch« oder »hört mal, ich sage euch«. Was müßte das für ein Mensch sein, der seinem Kind einen Stein gibt, wenn es um Brot bittet! Also hört mal, wenn schon ihr, die ihr fies und gemein sein könnt, euren Kindern Gutes gebt, um wie viel mehr wird Gott denen Gutes tun, die ihn darum bitten!

Irritiert sind selbst seine Freunde gewesen, als beim Festessen Maria Magdalena das Alabastergefäß mit kostbarem Öl aufbricht und über ihn gießt und ihn mit ihren langen Haaren trocknet, eine der erotischsten Szenen der ganzen Schrift. Wie humorlose Sozialisten und Moralisten schimpften sie, was das kostet! Wie viel armen Leuten hätte man damit helfen können!

Also-wirklich-laßt-euch-gesagt-sein, die Armen habt ihr immer unter euch, mich aber nicht mehr lange. Maria hat mir einen Liebesdienst erwiesen, ihr nicht! Und wie er sie weiterhin verteidigt gegen ihre fleißige Schwester Martha, weil sie ihr zu wenig im Haushalt hilft. Kaum zu glauben in der damaligen Zeit, die schließlich eine antike war, wenn auch jüdisch humanistisch geprägt. Zwar ist die jüdische Kultur wie alle antiken Kulturen grausam und kriegerisch gewesen, doch war sie es am wenigsten von allen, am meisten dagegen die römische, die Weltmacht, vielmehr Weltgewalt. Man sagt dies aber nicht, weil es so merkwürdig klingt, dieses Wort.

Urlaub

Die Pinienbäume irgendwie drollig, wie Kulissen im Kinder-
theater, durch Sandpfade voneinander getrennt, durch Stein-
brocken, Felsen, bis hinunter zum Strand. Das Meer glänzt im
seidigen Sommergrau, fast weiß, vom Himmel kaum zu unterscheiden. Zeternd begrüßen die Möwen einander, wenn sie
sich nicht gegenseitig verscheuchen. Die Felsen gehören ihnen
allein. Motorboote scheinen Sinnlosigkeiten hinterher zu jagen.
Die Cessna zieht ein Werbebanner hinter sich her. Niemand sieht
hin. Trotzdem von allen gesehen.

Hinterlassene Spuren technischer Objekte in Wasser und Luft
verschwinden schneller im Wasser als in der Luft. Sie scheint
verletzbarer zu sein. Das Meer verfärbt sich steingrau mit einem
Schuß Violett. Abend macht sich schon überall breit. Noch
leuchten neckisch zerzupfte Wolken in sicherer Entfernung. Ein
schattenrissiger Frachter spurt langsam den Horizont nach. Es
könnte auch ein Zerstörer sein.

Volksweisheit

Was Treffsicherheit betrifft, kann die Weisheit des Volkes der Bibel das Wasser reichen, ebenso Goethes Faust und Rilkes Gedichten.

Wer A sagt muß auch B sagen, ein echter Treffer. Du kannst den Kuchen nicht gleichzeitig essen und haben wollen, you can't have the cake and eat it, sagt die englische Volksweisheit. Alles hat seinen Preis und offene Rechnungen gibt es nicht im Universum. Selbst das paradiesischste Mahl wird dich nicht davor bewahren, mit seinen verstoffwechselten Überresten konfrontiert zu werden. Und daß der weibliche Teil der Menschheit noch nie aktiv in einen Krieg gezwungen oder gelockt wurde, bezahlt dieser mit dem hohen Preis, für Beseitigung von Dreck und Staub der Welt mehr oder weniger zuständig zu sein. Nun ist Dreck und Staub dieser Welt keine bösartige Macht, aber doch eine ziemlich fiese.

Wut

Bei Aldi habe ich einige Schnäppchen erhascht und stehe am Laufband der Kasse, der Einkaufswagen voll. Hinter mir ein junger Vater mit Kind. Sie werfen bunte Sachen auf das Band, das mich überholt. Das Fräulein Kassiererin schaut zu. Die beiden schaufeln fleißig weiter. Ich suche nach den Begrenzungsklötzchen, keine mehr da. Ich sage: Schieben Sie Ihre Sachen bitte zurück, Sie sehen doch, mein Wagen ist noch halb voll.

Der Kerl tut, als hätte ich nichts gesagt, blickt nur kurz auf, das Kind wirft weiter, die Kassiererin wartet. Ich staple meine Sachen übereinander, schiebe die fremden zurück, so gut es geht, doch es geht nicht besonders gut, und ich merke wie mir gleich der Wutkragen platzt. Der Typ schaut gelangweilt, er hat den Okay-Blick, der mit allem einverstanden ist, das Kind hat ungerührt sein letztes gegeben, eine Saftflasche.

Während ich nach dem Geldbeutel taste, flüstere ich das meditative Mantra für Notfälle dieser Art in mein Inneres hinein: verfickterriesenstinktiereverfickte, kratze den letzten Cent zusammen, wie kann man auch die Kreditkarte vergessen, kratze die geforderte Summe mit Müh und Not zusammen, dreiundsechzig Euro achtundsiebzig Cent.

Xanthippes Brief

Du antwortest mir nicht, du Pflaume.

Könntest ein Wörtchen verlieren wenigstens elektronisch, ziehst dir doch sonst alles rein, was elektronisch ist, du Hamster, kleines weißes Blutkörperchen du. Soll ich dir sagen, was du wirklich bist? Nur ein Gerinnsel in meinem Universum, du Weltraumschrott. Bist mir so was von sternschnuppe egal, kannst mir als Kohlenmonoxydbläschen die Adern runterrutschen. Surf doch in deine Hirnanhangsdrüse! Scheißgrüne Absinthflasche du, Schatten einer Zwergpappel.

Ich weiß nicht, was ich tu, wenn du, ach was, nichts werd ich tun, alter Dampfer. Für so einen Schwefelholzkopf werde ich auch nicht ein Flimmerhärchen opfern. Was soll's. Du hast eben keine Lust, keine deppengeile verdammte Lust. Steck dir doch deine Antwort in die Bürzeldrüse des Vogels in deinem Hirnkäfig.

Das war's, schönen Gruß noch,

Deine Xanthippe

Yeti

Von den meisten Wesen der Mythen- und Geistesgeschichte gibt es ein mehr oder weniger überzeugendes Bild, von Erzengel Gabriel bis Wolpertinger, aber nicht vom Yeti, nicht wirklich. Der Schneemensch aus Nepal wird manchmal gezeigt als Mischung aus Neandertaler und Eisbär, was uninspiriert und ausgedacht wirkt, alles andere als überzeugend.

Nessie, das Monster von Loch Ness, soll eine Riesenschlange sein, wahrscheinlich aber ein entsprungener Elefant von einem Zirkus, der im Loch Ness badete, wobei nur die Spitze des Rüssels und der obere Teil des Rückens sowie das hintere Schwanzstück aus dem Wasser ragte, als er angeblich gesehen wurde von weitem.

Der bayerische Wolpertinger hingegen, der in den Untiefen des Walchensees haust, kann als Plüschwesen auf dem Münchner Oktoberfest erstanden werden. Den christlichen Schöpfergott verkörperte, leider nicht zufriedenstellend, wenn auch originell, in einem Hollywoodfilm die Sängerin Alanis Morissette, und auch noch stumm.

Das Christkind ist ein ärmlich gekleidetes Kleinkind in einer Krippe, das immer schon merkwürdig erwachsen wirkte, und aus dem Weihnachtsmann wurde in letzter Zeit eine Weihnachtsfrau im purpurnen Bikini mit weißem Pelzbesatz.

Der Untergang der Titanic kann nahezu eins zu eins miterlebt werden und der historisch verbürgte junge Passagier und Held, der Leben rettet, bevor er selbst untergeht, hat das Gesicht des engelhaft androgynen Leonardo DiCaprio, obwohl es in Wahrheit ein junger Priester aus Ebersberg war, auf seiner ersten und zugleich letzten Reise nach Amerika, die dienstlich gewesen sein soll und auf die er sich sehr gefreut haben soll.

Nichts gibt es, wovon nicht ein mehr oder weniger gelungenes Bild entstanden wäre, nur nicht vom Yeti, nicht wirklich. Ein Rätsel. Ein weiteres Rätsel.

Zwetschgendatschi

Hätte ich nur nicht solchen Appetit auf Zwetschgendatschi, dann würde ich auch nicht, statt am Schreibtisch zu sitzen, im Konditorladen hinter einer zierlichen Asiatin, wahrscheinlich Philippinin, stehen, die Plateau-Schuhe trägt und immer noch kleiner ist als ich und sich mit klarer kräftiger Stimme durch sämtliche Kuchensorten fragt.

Mit Schrecken sehe ich das letzte Stück Zwetschgendatschi zwischen bunten Torten thronen. Die kleine Asiatin wird ihn mir doch nicht wegschnappen? Nein. Es gefällt ihr nicht, das platt gedätschte Zwetschgending, dunkelviolett und glitschig glänzend, mickrig im Vergleich zu den großen Tortenschwestern, den Königinnen im Reich der Kuchen. Sie entscheidet sich für die unscheinbare Apfeltasche, die ich noch gar nicht gesehen habe, und als sie erfährt, in dieser Tasche befänden sich außer Äpfeln auch Rosinen und Quark, sagt sie entschlossen: Ich nehme lieber Zwetzendatzi!

Es war wirklich der letzte. Auch im nächsten Laden gibt es keinen mehr und im übernächsten auch nicht. Mein Heißhunger auf Zwetschgendatschi wächst ins Unerklärliche. Im vierten Laden erfahre ich, die Zwetschgendatschi-Zeit sei eigentlich schon vorbei, nein, auch mit eingefrorenen Produkten könne man leider nicht dienen. Ich denke an die Philippinin, wie sie vor mir auf der Straße in ihren Plateau-Schuhen zum Auto schritt, in der rechten Hand den Autoschlüssel, in der linken ihren Zwetzendatzi, von dem sie hektisch flüchtig, aber doch recht herzhaft biß.

Ich kann es nicht ausstehen, wenn Leute auf der Straße hektisch essen, im Gehen, und jammere vor mich hin. Von mir hätte der Zwetschgendatschi viel mehr Liebe erfahren.

3. Peters Mondfahrt

(Weihnachtsnovelle)

Der Nachmittag des Heiligen Abend war gerade angebrochen und ich langweilte mich ein wenig. Alle Welt wartete nur noch auf das Christkind. So streunte ich draußen umher, zum Schneemannbauen war der Schnee zu pulvrig, zum Schlittenfahren gab es keine Gefährten, die mußten alle zu Hause bleiben und sich auf das Christkind vorbereiten. Manche wurden sogar dazu angehalten, sich ins Bett zu legen und zu schlafen, denn damals fingen die Christmetten erst um zwölf Uhr Mitternacht an.

Als ich die menschenleere Geschäftsstraße entlang schlenderte, lief mir plötzlich Peter über den Weg. Schultern und Kopf eingezogen, mürrisch und schlechtgelaunt, ganz gegen seine sonstige Gewohnheit. Peter war mein bester Freund. Ich mochte ihn sogar noch lieber als meine besten Freundinnen, denn er war mir niemals beleidigt oder böse wegen irgendeiner Sache, von der ich selber gar nichts wußte. Außerdem feuerte er mich beim Fünfzigmeter-Sprinten immer dermaßen lautstark an, daß ich einmal sogar eine Bestzeit lief, die ich nie wieder schaffte, und für die ich eine Ehrenurkunde bekam. Leider gingen wir nicht in dieselbe Klasse, obwohl wir gleich alt waren, denn damals wurden in unserer Stadt die Schüler fein sauber nach Geschlecht und Konfession getrennt. Wir bedauerten das sehr. Wir malten uns aus, welch Superzeugnisse wir bekämen, wenn wir Banknachbarn wären, denn er war ein As in Mathe und ich in Deutsch und Heimatkunde; wir hätten wunderbar abschauen können voneinander und damit ausgesorgt.

Meine Mutter sah es nicht gerne, daß ich mit ihm befreundet war, denn seine Mutter galt als Alkoholikerin und sein Vater als Choleriker, ebenfalls nicht nach dem Geschmack der gutbürgerlichen Nachbarschaft. Nachdem Peter eine zeitlang stumm neben mir hergelaufen war, sagte ich: Sei nicht so grantig, sonst kommt das Christkind heute nicht zu dir!

Das kommt sowieso nicht!, murrte er in den hochgestellten Kragen seines Anoraks.

Warum denn?

Komm nur mit, dann zeig ich dir was Schönes!

Bei ihm zu Hause angekommen, steuerte er sofort den Schuppen an, blieb in der hintersten Ecke neben einem Holzbock stehen und zeigte auf den Boden. Als sich meine Augen an das Dämmerlicht gewohnt hatten, sah ich es. Ein Baum lag vor uns auf dem Boden, eine Tanne oder Fichte, ein Christbaum also, aber vollkommen zerhackt. In genau vier Teile. Wahrscheinlich wurde damals im Geschichtsunterricht gerade das Mittelalter durchgenommen, und ich dachte sofort an gevierteilte Menschen. Jetzt aber lag ein gevierteilter Baum vor mir, und das erschreckte mich beinahe genauso. Vor allem in diesem dunklen Schuppen.

Was ist denn passiert?, fragte ich und wunderte mich über meine fremde Stimme, als gehörte sie gar nicht mir.

Ach, meine Alten!, sagte Peter und seine Stimme klang ebenfalls fremd und weit weggerückt. Sie haben sich wieder mal gestritten. Mein Vater hat vor ein paar Tagen einen Baum gekauft, über den meine Mutter sich ärgerte. Viel zu klein und mickrig, außerdem eine Fichte und keine Tanne. Heute Vormittag wurde gestritten wegen einer anderen Sache, aber meine Mutter fängt wieder an mit dem verdammten Baum und daß der Alte sich nie nach ihren Wünschen richte, die seien ihm vollkommen wurscht, und daß er es nicht einmal fertig bringt, einen anständigen Christbaum herzuschaffen, ob sie das denn auch noch selber machen soll. Da sprang er auf und lief in den Schuppen und, na ja, du siehst ja, was er gemacht hat. Jetzt kann sie ihn wenigstens verheizen, den Scheißbaum, hat er noch geplärrt und weg war er. Seine Mutter sperrte sich in die Toilette ein, und dort war sie noch, als Peter das Haus verließ. Es hatte zu schneien angefangen und wir gingen unschlüssig wieder den Weg in die Stadt zurück.

Eine schöne Bescherung!, sagte ich.

Im wahrsten Sinne des Wortes!, sagte Peter und wischte sich verstohlen mit dem Handrücken über das Gesicht.

Daß ein cooler Typ wie Peter, aufsässig und unerschrocken, so etwas wie Tränen produzieren konnte, auch wenn es nur zwei oder höchstens drei waren, irritierte, ja schockierte mich geradezu. Jetzt erst wurde mir der Ernst der Lage bewußt. Stumm und finster stapfte er neben mir her. Plötzlich hatte ich eine Idee.

Wie wär's, wenn wir uns einfach einen neuen Baum holen?

Einen neuen Baum?, jetzt um drei Uhr nachmittags?. Die Geschäfte sind schon alle zu.

Ich kenne eine Stelle im Wald, eine Lichtung, in der lauter junge Nadelbäume stehen, vor allem Tannen, da wird sich doch eine finden lassen!

Für mein trautes Heim! Peter grinste. Ein kurzes Funkeln in seinen Augen zeigte mir, daß er wieder ganz der alte war.

Wir müssen uns beeilen, in einer Stunde wird's finster.

Nun rannten wir den Weg zu Peters Haus. Er holte die Axt aus dem Schuppen und weiter ging es in Richtung Wald. Der begann am Rande unserer Wohnsiedlung und streckte sich bis hin zum Kanal und weiter. Besagte Lichtung befand sich jenseits des Kanals, in jenem Teil des Forstes, der damals noch fast unberührt war, oder so erschien es uns Kindern, ein richtiger Märchenwald, vor allem jetzt, da alles schneebedeckt war.

Diesseits und jenseits des Kanals befand sich ein hoher Zaun, zum Schutz für die Rehe, aber wir dachten damals, der Zaun sei nur deshalb aufgestellt, um Kinder davon abzuhalten, sich ihm zu nähern, denn von klein auf wurde uns eingebleut, wie tödlich gefährlich der Kanal sei, weshalb es unter den Kindern eine besonders große Mutprobe war, den Zaun zu überwinden und vorsichtig über die provisorische Holzbrücke zu gehen. Zwischen den Bohlen konnte man unter sich das schnell dahinströmende Wasser des Kanals sehen mit seiner bedrohlich dunkelgrünen Farbe. Wenn du da hineinfällst, so hieß es, kommst du nicht mehr heraus. Auch jetzt, als wir über die verschneiten Waldwege liefen, war mir nicht wohl bei dem Gedanken an die Holzbrücke.

Irgendwann hielten wir eine kurze Rast, um zu verschnaufen. Hier draußen war die Schneedecke viel höher und weicher, flaumweich, schade, daß wir sie mit unseren Stiefeln zerstörten.

Ich dachte an das Gedicht von Ludwig Thoma, das wir in der Schule lernen mußten, und daß es stimmte, das mit der Stille im verschneiten Wald. Ich stellte mir die Mutter Gottes vor, im letzten Vers des Gedichts, wie sie uns entgegenkommt im langen dunklen Mantel und langen schwarzen Haaren voller Schneekristalle, die auf dem schönen Haar nicht schmelzen wollten und zu lauter Diamanten wurden, und wie sie in einiger Entfernung stehen bleibt und uns den Weg weist zur Lichtung. Ich hatte plötzlich Angst, daß ich die Lichtung in dem Schneetreiben nicht finden könnte. Ich wußte nur, sie befand sich hinter einem sehr dichten Waldstück, das direkt an den Weg zum Kanal angrenzte. Beim Schwammerlsuchen mit meinem Vater waren wir einmal darauf gestoßen.

Meine Angst war unbegründet. Nachdem wir den zweiten Zaun überwunden hatten, erkannte ich nach ungefähr hundert Metern die Stelle sofort wieder. Mit einem Indianerschrei riß Peter die Axt hoch und schwang sie wie ein Tomahawk. Ich hatte nicht zu viel versprochen, herrlich gewachsene Tannenbäumchen überall. Wie im Supermarkt. Unsere Stimmung verbesserte sich schlagartig, als wäre in uns ein Knopf gedrückt worden. Wir spazierten zwischen den Bäumen umher, lachten, scherzten, begutachteten. Dieser hier!, sagte ich, das ist ein Baum de luxe, viel zu schade für dich, den kannst du nie bezahlen!

Der beste und teuerste ist gerade gut genug!, sagte Peter. Das starke Schneetreiben hielt uns davon ab, noch weiter herumzualbern. Er entschied sich für eine Tanne, genauso groß wie er.

Inzwischen war es schon dämmrig geworden und wir mußten schleunigst nach Hause. Der Schnee fiel immer dichter und auch der Wind wurde stärker und eisiger. Noch heute frage ich mich, wie es möglich war, den Weg vom Forst zur Siedlung in so kurzer Zeit zurückzulegen, noch dazu mit einem Baum, der für zwei Kinder gar nicht so leicht gewesen sein dürfte. Nur knapp zwei Stunden hatten wir gebraucht für die gesamte Aktion. Stockfinster war Peters Haus, als wir den Baum in die Wohnküche schleppten, denn ein Wohnzimmer gab es nicht. Als Peter das Licht anmachte, sahen wir, daß die Mutter zusammengesunken auf dem zerschlissenen Polsterstuhl neben dem Fernseher saß, schlafend, ein wenig schnarchend sogar, vom Vater keine Spur.

Geh nur gleich nach Hause!, sagte Peter ungerührt, sonst kriegst du auch noch Probleme mit deinen Alten!

Und die bekam ich tatsächlich. Nur weil Heiligabend war, blieb es bei einer kurzen Zurechtweisung. Im Grunde waren die Eltern froh, daß ich endlich da war. Den ganzen Abend lang, während der Bescherung, dem herrlichen Essen mit Schweinswürstel und Sauerkraut, dem Singen von Stille Nacht Heilige Nacht und der Beschäftigung mit den Geschenken, dachte ich immer wieder an Peter und seine Eltern. Wie reagierten sie? Ob sie sich wohl versöhnt hatten?

Kurz vor der Mette suchte ich einen Vorwand, um bei Peter vorbeischauen zu können, zusammen mit meinem Bruder, dem ich alles erzählte. Schon an der Haustüre sah ich, daß Peter und ich es geschafft hatten. Sein Vater, ungewöhnlich gutgelaunt, bot uns gar ein Schnäpschen an, und die Stimme der Mutter im Hintergrund klang geradezu fröhlich, als sie sagte: Du wirst doch den Kindern keinen Schnaps anbieten! Kommt herein und wärmt euch auf mit einem Glas Punsch. Durch die geöffnete Wohnküchentür sah ich unsere Tanne stehen, geschmückt mit Kugeln und Glitzerzeug und brennenden Kerzen. Sie erschien mir wie aus einer fernen wunderbaren Welt. Dabei stand sie gestern noch mitten im Wald, jenseits des Kanals und wartete auf uns, daß wir sie holten.

Zu der Zeit, als Weihnachten an bayerischen Schulen so richtig ernsthaft begangen und gefeiert wurde, war ich ein frühreifer Teenager mit Stupsnase und schwarzem Pferdeschwanz, hatte viele Freunde, und der Nachbarsjunge Peter war einer der besten davon. Merkwürdig, daß ausgerechnet immer an Weihnachten die

Freundschaft mit Peter bewiesen wurde, mehrmals, vom Zufall oder Schicksal, von was auch immer, insgesamt fünfmal, über einen Zeitraum von zirka vierzig Jahren; fünf Geschichten, die in der Weihnachtszeit spielen, eine Weihnachts-Quinte, könnte man sagen. Peter und Lilly feiern Weihnacht, Teil Eins, Zwei, Drei, Vier und Fünf. Nun also erst einmal Teil Zwei.

Wir waren drei Jahre älter als in Teil Eins und gingen beide auf das Gymnasium, leider wieder nicht in dieselbe Klasse. Ich hatte Latein als erste Fremdsprache und Peter Englisch, waren aber beide im Schulchor und in der Theatergruppe. Diese Gruppe wurde geleitet von einer engagierten, theaterbegeisterten Deutschlehrerin, zudem auch sehr religiös, weshalb in der Adventszeit ein großes, anspruchsvolles Weihnachtsmusical einstudiert wurde, mit Chor, Orchester, Solostücken, Dialogen und meditativen Texten. Im Gegensatz zu herkömmlichen Krippenspielen hatte die Hauptrolle der Maria viel Text, ebenso Joseph, der sonst immer als der große Schweigsame des Evangeliums gilt. Peter war wie geschaffen für diese Rolle, weil er nicht nur gut auswendig lernen konnte, sondern auch ziemlich hübsch und hochgewachsen war und die Lehrerin das Klischee vom alten graubärtigen Hirtentypen aufheben wollte, ebenso das Klischee von der puppenartigen blondgelockten Maria, so daß tatsächlich ich die Rolle der Maria aufgebürdet bekam, denn eigentlich wollte ich nicht, eigentlich war ich eher schüchtern und unsicher und hätte viel lieber den wortkargen Nordwind gespielt im alten Regenmantel meines Vaters mit der Kapuze, denn das wirkte richtig unheimlich. Ich hatte mir auch schon überlegt, wie ich mich als rauher Nordwind schminken würde. So aber mußte ich mir jetzt Gedanken darüber machen, wie und wo ich einen Heiligenschein für Maria herzaubern sollte, denn es gehörte auch zu den Aufgaben der Schauspieler, für ihre Kostüme und Requisiten zu sorgen. Peter versprach mir eine Kinokarte, wenn ich auch seinen Heiligenschein fabrizierte, denn so etwas könne er überhaupt nicht und noch weniger auf Hilfe seiner Eltern hoffen.

Mein Vater lieferte die Idee, wie dies technisch zu bewerkstelligen wäre, meine Mutter besorgte Golddrähte, Pappe und Goldpapier und schneiderte das Kleid, den Schleier sowie, ohne viel Aufhebens zu machen, den Umhang für Joseph, denn sie kannte Peters Mutter, eine zwar liebenswürdige aber total chaotische desorientierte Frau.

Die Proben erwiesen sich als äußerst amüsant und produktiv, die Lehrerin war begeistert von uns, ein großes Lob auch an eure Eltern!, sagte sie jedesmal beim Abschiedsgruß. Das Weihnachtsmusical machte schon bei den Proben so viel Spaß, auch dann bei der Generalprobe, daß die Aufführung gelingen mußte. Die beiden Heiligenscheine aus Goldpappe, befestigt an einem Golddraht, der sich über den Kopf stülpen ließ, wurden begutachtet und für stabil genug betrachtet. Bei Joseph war es etwas einfacher, weil er sich am breitkrempigen Hut befestigen ließ. Man bewunderte sie und scherzte gleichzeitig über sie als himmlische Diskusscheiben. Trotzdem wirkten sie edel und schön wie echtes Gold und doch auch zart und mystisch, so wie sie eben sein mußten, damit das ganze nicht zu einer Musical-Komödie verkomme. Ich war richtig stolz auf sie und auch dem spöttischen Peter gefielen sie.

Am Tag der Aufführung, dem Vorabend vor dem letzten Schultag, war ich weniger nervös als aufgekratzt. Die Mutter bügelte Kleid und Schleier und ich schlüpfte sofort in das warmgebügelte Gewand und fühlte mich sehr wohl darin. Vor Stunden schon hatte die Mutter meine inzwischen ansehnlich lang gewachsenen Haare in zwei Zöpfe geflochten und in einen Topf mit warmem Bier getaucht, der Vater hatte dafür zwei Flaschen Bier geopfert. Nun waren die Zöpfe trocken, ich löste sie auf und meine Haare waren wie mit einer Brennschere gelockt und gefestigt. Ich kam mir vor wie ein Engel und fühlte mich ein wenig erhaben und heilig. Wie eine Königin. Obwohl die echte Maria als Gebärende sich bestimmt nicht wie eine Königin gefühlt haben mag. Später vielleicht, als alles vorbei war und die

Leute herbeiströmten, um das neugeborene Kind zu besichtigen. Ich überlegte noch, ob ich die Mutter um ihren einzigen Lippenstift bitten sollte, was ich dann aber unterließ, es erschien mir dann doch etwas frivol.

Zwei Stunden vor der Aufführung, mitten am Nachmittag, machte ich mich auf den Weg zur Schule, mit Regenschirm, denn es hatte wie auf Bestellung zu schneien angefangen. Zum erstenmal in meinem Leben ging ich unter einem Regenschirm durch tanzende dichte Schneeflockenherden, nur um die kunstvolle Lockenfrisur nicht zu zerstören. Außerdem konnte ich mich gut verbergen, falls Bekannte mir entgegenkamen, denn ich fand mich ein wenig peinlich. Die Heiligenscheine hatten wir nach der Generalprobe in der Schule gelassen, damit ihnen nur ja nichts mehr passiert. Auf dem Weg traf ich Peter, und ebenfalls zum erstenmal sprachen wir fast nichts miteinander, wir stapften dahin und schauten konzentriert geradeaus wie ein zerstrittenes Ehepaar. Selbst Peter war das ganze nicht mehr geheuer. Plötzlich sagte er:

Ich glaub ich hab meinen Text vergessen!, und blieb abrupt stehen.

Ich blieb ebenfalls stehen, wir schauten uns erschrocken an, noch nie hatte ich Peter so erschrocken gesehen. Ich sagte:

Wir fangen jetzt noch einmal ganz von vorne an, ich hab meinen Spickzettel dabei!

Auch Peter holte seinen aus der Manteltasche und wir gingen laut rezitierend die Straße entlang und kümmerten uns nicht um die verwunderten Blicke der Entgegenkommenden. Wir beschlossen, die Zettel in die Ärmel zu stecken und notfalls einfach nachzuschauen oder uns gegenseitig einzuflüstern, was uns vollkommen beruhigte. Bevor wir die Schule betraten, umarmte mich Peter und küßte mich verstohlen aber schnell und sicher mitten auf den Mund. Anschließend ging ich hinter Peter durch die große Türe und war froh darum, denn so konnte er nicht sehen, daß ich rot geworden war; und ich glaube, das war auch bei ihm der Fall.

Der große Theatersaal der Schule war noch vollkommen leer, nur die stark erhöhte Bühne bevölkert mit aufgeregten Haupt- und Nebendarstellern und einer ebenfalls leicht nervösen Regisseurin.

Das Orchester stimmte bereits die Instrumente, was nicht zur Beruhigung der aufgeladenen Atmosphäre beitrug. Was für ein Unterschied zur lässig lustigen Generalprobe. Durch die allgemeine Hektik fiel mir der Heiligenschein aus der Hand, gerade als ich ihn aufsetzen wollte, doch die geschickten Hände der Regisseurin rückten alles wieder gerade, sie blies noch schnell etwas Staub von der Goldscheibe und setzte sie mir vorsichtig auf. Dann trieb sie uns alle hinter die Pappkulissen, weil schon immer mehr Leute hereintröpfelten.

In der nächsten halben Stunde füllte sich der Saal vollkommen; fast die gesamte Schüler- und Lehrerschaft, Eltern, Geschwister, der Rektor mit Familie, Stadträte, der Bürgermeister mit Familie gleich in der ersten Reihe. Am Anfang, noch bei voller Beleuchtung, wurden Begrüßungen und Grußworte ausgesprochen und kurze Ansprachen gehalten, vom Bürgermeister, dem Stadtpfarrer, und der erbsenzählerische Rektor schaffte es nicht, seine Rede etwas zu straffen, so zögerte sich die Aufführung um eine Viertelstunde hinaus, was aber den überraschenden Vorteil hatte, daß nun alle Schauspieler und Musiker erleichtert waren, als die Lichter ausgingen und es endlich losging mit einer Art Ouvertüre und dem mühseligen Gang der hochschwangeren Maria mit ihrem Beschützer Joseph durch angedeutetes biblisches Gelände.

Meine Mutter hatte in das Kleid vorne nur ein flaches Kissen eingenäht, ein ebenfalls nur angedeuteter Bauch; es sollte laut Regieanweisung nicht zu aufdringlich sein. Mit unseren Texten klappte es ganz gut; ich hatte statt dessen Angst, daß mir der Spickzettel aus dem Ärmel rutschen und zu Boden fallen könnte, was aber nicht geschah, wahrscheinlich hätte dies auch nur die erste Reihe gesehen, wenn überhaupt.

Doch dann geschah etwas gänzlich Überraschendes. Gerade als wir vor dem aufgerissenen Pappfenster der Hausfassade standen und der Wirt herauspulverte, sein Haus sei voll, wir sollten endlich verschwinden, drehte ich mich zu Joseph und trat dabei auf mein langes Kleid, so daß meine Seitwärtsbewegung etwas ruckartig ausfiel, Peter packte meinen Ellbogen und bremste die unpassende Bewegung und genau in diesem Augenblick muß sich mein Heiligenschein nun doch von der feinen Drahtverankerung gelöst haben, fiel zu Boden und rollte kunstvoll und glänzend erhoben wie eine himmlische Diskusscheibe mit einer leichten weit ausholenden Kurve quer über die Bühne zur Rampe hin und verschwand im Dunkel des Abgrundes zwischen Bühnenende und erster Reihe des Zuschauerraumes.

Die ganze Szene mit dem rollenden Heiligenschein sah artistisch aus, anmutig beinahe, und hatte doch etwas Lächerliches an sich, wie alles unfreiwillig Komische. Ich war vor Schreck erstarrt und hörte auf zu atmen. Die schöne festliche charmant anrührende Aufführung, nun zerstört, der Lächerlichkeit preisgegeben, durch mich, meine Ungeschicklichkeit. Ich wünschte, der Schlag sollte mich treffen, auf der Stelle. Nach einer höllischen Ewigkeit von zirka fünf Sekunden ließ Joseph meinen Ellbogen los, ging mit seinem intakten Heiligenschein zur Bühnenrampe, schaute weitere fünf Sekunden hinunter in den dämmrigen Abgrund vor der ersten Reihe und sagte schließlich ins Dunkel hinein:

Herr Bürgermeister, geben Sie mir bitte den Heiligenschein meiner Frau, er liegt zu Ihren Füßen!

Es entstand Unruhe in der ersten Reihe, Rektor und Bürgermeister schienen suchend herumzutasten und der Bürgermeister rief:

Hier ist er nicht!

Doch!, sagte Joseph ein wenig bekümmert. Ich sehe ihn! Wenn ich ihn sehe, müßten Sie ihn doch erst recht sehen!

Alles lachte. Schließlich wurde der Heiligenschein von irgendeiner Person der ersten Reihe heraufgereicht, Joseph nahm ihn in

Empfang, dankte, der ganze Saal lachte und klatschte, als er die Scheibe unter den Arm klemmte, schnurstracks auf mich zuging, dem neugierig herausschauenden Wirt verächtlich zuwinkte, mich am Arm faßte und wir hinter den Kulissen verschwanden, obwohl der Wirt mit seinen Ausführungen noch nicht zu Ende war, dem Paar unschlüssig nachschaute und schweigend von innen die Fensterläden zumachte, was wiederum lachendes Geraune auslöste, das aber von der einsetzenden Musik überdeckt wurde.

Von der heiteren Stimmung im Saal angesteckt, empfingen uns die anderen Darsteller und die Regisseurin ebenfalls lachend und scherzend, und der Rest der Aufführung verlief ebenso gelöst, entspannt wie bei der Generalprobe. Später meinten viele Leute, die Panne und die anschließenden Szenen wären eingeplant gewesen, als Gag, als moderner Verfremdungseffekt. Ich hingegen betrachtete es als Rettung. Peter hatte mein Weihnachten gerettet, denn die Schmach dieser von mir verursachten Panne wäre mit Sicherheit schwer wie Blei auf den kommenden Festtagen gelegen, weil man als blutjunger Mensch diese Dinge viel zu ernst nimmt. Vor drei Jahren hatte ich ihm sein Weihnachtsfest gerettet, diesmal er das meine. Nun waren wir quitt.

Inzwischen waren die schönen festlichen und ernsthaften Kindheitsweihnachten in Schule und Familie mehr oder weniger vorbei. Ich stand kurz vor dem Abitur. Meine Eltern waren beide Agnostiker, im Grunde Atheisten, eigentlich schon immer, und wie sich in den letzten Jahren herausstellte, feierten sie von jeher Weihnachten mit mir und meinen beiden Geschwistern nur aus Tradition, uns zuliebe, und selbst in die Christmette seien sie nur wegen uns gegangen, auch um nicht unangenehm aufzufallen in der katholisch geprägten Kleinstadt und als Außenseiter dazustehen. Sie spielten dieses Spiel der Anpassung so perfekt, daß wir Kinder nicht das geringste merkten und dieses Spiel für Realität hielten.

An diesem letzten Weihnachten meiner Schulzeit machten die Eltern Urlaub in der Karibik, um dem Weihnachtsrummel zu entfliehen, wie sie behaupteten. Meine beiden älteren Geschwister hatten die elterliche Weltanschauung längst übernommen und hielten sich ebenfalls nicht zu Hause auf, der Bruder mit seiner Freundin in Thailand, die Schwester wegen eines Auslandssemesters in Dublin. Ich war also ganz allein im Vaterhaus, was mich nicht weiter störte oder bedrückte, im Gegenteil, ich schrieb gerade an meiner Abiturarbeit, die ich Anfang Februar abgeben mußte, und konnte als nach wie vor absoluter Weihnachtsfan tun und lassen, was ich wollte.

An Heiligabend mittags hatte ich noch schnell zum halben Preis eine richtige Nordmanntanne gekauft, im Hofladen um die Ecke, es war wirklich die letzte, nicht besonders gut gewachsen, mit viel zu dichten Zweigen, so daß man sie kaum behängen konnte, und eilte mit Mutters Auto kurz vor Geschäftsschluß zum Baumarkt, um noch Baumkerzen zu besorgen, es gab sie nur noch in honiggelb, offenbar keine besonders beliebte Baumkerzenfarbe. Gott sei Dank hatte die Mutter unseren Baumschmuck von früher noch nicht entsorgt, ich fand ihn in einer Schachtel auf dem Speicher.

Den Heiligabend machte ich mir richtig gemütlich, räumte meinen Schreibtisch auf und alle Arbeiten in den Schubladen, schmückte den Baum und hörte dabei das Weihnachtsoratorium von Bach, das ich ganz laut stellte und auch so laut wie möglich mitsang. Bereite dich Zion mit zärtlichen Trieben, den Schönsten, den Liebsten, bald bei dir zu sehn. Nachmittags machte ich mir Kaffee und kaute dazu langsam und genüßlich die herrlichen Elisenlebkuchen vom Bäcker am Ort. Ein paarmal stiegen mir dabei Tränen in die Augen, denn das Gebäck erinnerte mich an unsere Oma, die vor einem Jahr gestorben war, sie machte dieselben wunderbaren Lebkuchen und Plätzchen. Meine Stimmung wurde zusätzlich gehoben wenn ich aus dem Fenster schaute und sehen durfte, wie der nervige Regen der letzten Tage allmählich in Schnee überging; es wurde merklich kälter, und schon am frühen Abend, als ich einen kleinen Spaziergang machte, um Heiligabendstimmung einzuatmen, waren die Temperaturen weit ins Minus gerutscht. Ich hielt es draußen nicht lange aus und machte bald kehrt. Niemand, nicht einmal Kinder, waren auf der Straße anzutreffen, die Fenster der Siedlungshäuser mit ihren Lichterketten und leuchtenden Sternen strahlten um die Wette; in den Gärten und Höfen mit Lichterketten verzierte Tannen und Fichten. Das Anwesen, auf dem mein bester Schulfreund Peter mit seiner Familie gelebt hatte, ein kleines Bauernhäuschen mit Schuppen und großen verwildertem Garten, lag dunkel und verlassen da, frei für den Abriß; ein Bauunternehmen würde im nächsten Jahr auf dieses Grundstück ein Doppelhaus oder einen Drei- vielleicht sogar Vierspänner setzen. Peters Familie war zerrüttet, die Mutter gestorben, der Vater mit einer neuen Frau irgendwohin; Peter hatte ich vollständig aus den Augen verloren, seit er nach der zehnten Klasse von der Schule ging und eine Automechanikerlehre machte. So viel ich wußte, lebte er in der Familie seiner Tante im Nachbarort.

Als ich nach Hause kam, nahm ich ein heißes Bad, weil ich durchgefroren war, hielt es aber nicht lange aus im Bad, wusch und fönte mir den Kopf und zog mein neues Outfit an, eine lange schwarze Samthose und den bunten selbstgestrickten Pullover meiner künstlerischen Freundin, ein Weihnachtsgeschenk. Schon vor Tagen tauschten wir unsere hübsch verpackten Geschenke aus, die wir erst an Heiligabend zur Bescherung öffnen sollten, ich hielt mich aber nicht daran, was mich jetzt ärgerte, denn es hätte so gut zu meinem selbstinszenierten Weihnachtsritual gepaßt. Nach dem Weihnachtsmahl, bestehend aus Weißwürsten mit Brezen, Hausmachersenf und einer Halben Bier, die Kerzen am Christbaum anzünden, zur Gitarre greifen, »Stille Nacht« singen und dann, zu feierlichen CD-Klängen, das einzige wunderhübsch verpackte, große, weiche Geschenk unter dem hellen Baum nehmen und auspacken: Welche Freude wäre das gewesen, dieser schöne Pullover, extra für mich gestrickt, von einer Freundin, die jetzt schon eine richtige Künstlerin war und wahrscheinlich berühmt werden würde. So gab es nun überhaupt kein Geschenk, höchstens den Anruf der Eltern aus Übersee und vielleicht noch von der Schwester aus Dublin. Egal, dachte ich, nur nicht sentimental werden, das wichtigste ist schließlich der Pulli selbst, den ich halt schon trage, der leuchtende Baum und die Weißwürste, auf die ich mich jetzt richtig freue. Und natürlich der Punsch, den hätte ich beinahe vergessen. Schnell machte ich Tee, schüttete ihn in einen Topf zusammen mit Orangensaft und Vaters besten Rotwein, dazu Zimtstangen und Nelken. An alles hatte ich gedacht, gut eingekauft, nichts vergessen. Bald erfüllte nicht nur Kerzen-, sondern auch Zimt- und Rotweinduft das Wohnzimmer.

In der Zeitung schaute ich nach, wann in der Pfarrkirche die Christmette anginge; ich freute mich schon darauf, vielleicht würde ich dort auch ein paar Bekannte oder sogar Freunde vom Dorf treffen, denn als mein Weihnachtsmahl vorüber und alles aufgeräumt war, fühlte ich mich doch ein wenig einsam. Ich legte eine CD mit den Regensburger Domspatzen auf und las meine Lieblingsweihnachtsgeschichte von Selma Lagerlöf, in der ein schwedischer Bauer an Heiligabend durch einen schweren Schneesturm sich in seinem eigenen Forst verirrt, im Bau eines Bären landet, der ihn aber in Ruhe läßt, und so die Nacht übersteht, am nächsten Tag jedoch seine Mannen holt, denn ein Bär muß eben gejagt werden, und als die Bärenhöhle umstellt ist, stürzt das Tier heraus, direkt auf den Bauern zu, tötet ihn mit der Pranke und verschwindet in den Tiefen des Waldes. Meine eigentliche Lieblingsweihnachtsgeschichte »Der Bergkristall« von Adalbert Stifter war mir zu lang.

Ich las eine weitere Weihnachtsgeschichte von Selma Lagerlöf, klappte dann das Buch zu und stellte es zurück in das Regal. Auch die Domspatzen CD war nun zu Ende. Die plötzliche Ruhe im kerzenhell duftenden Raum empfand ich wie eine ganz andere Art von Musik, eine, die im Kopf und im Herzen gespielt wird. Von der Wohnzimmercouch aus blickte ich durch das große Fenster in den vom Schnee erhellten Garten. Wenn der starke Wind nicht gewesen wäre, hätte ich die ganze Nacht dem Garten zuschauen können beim geruhsamen Eingeschneitwerden. Durch die gänzliche Stille konnte ich nun auch gedämpft die Kirchenglocken hören, ich schaute auf die Uhr, ging in den Flur, zog den Mantel an, setzte den Filzhut meiner Mutter auf und machte mich auf den Weg. Als ich im Schneetreiben auf die Straße trat und die Richtung zur Kirche einschlug, sah ich in der Gegenrichtung zwei Gestalten daherkommen, zwei merkwürdig ungewohnte Gestalten; ich drehte mich noch einmal kurz um, sie blieben unschlüssig vor unserer Einfahrt stehen. Da hörte ich auch schon meinen Namen rufen.

Lilly, bist du es?

Im ersten Augenblick erkannte ich die Stimme nicht, doch dann wußte ich es. Verwundert ging ich auf die beiden jungen Männer zu und blickte im Schein der Straßenlaterne direkt in Peters Gesicht. Ohne Begrüßung, ohne Umschweife, wie es schon immer seine Art war, sagte er:

Ich hab gesehn, daß bei euch Licht ist und daß du allein zu Hause bist, könnten wir kurz hereinkommen und uns ein wenig aufwärmen, es geht nicht um mich, sondern um Lydi, sie ist ganz durchgefroren, das ist nicht gut für sie.

Das ist wohl für niemanden gut, dachte ich und wandte mich jetzt erst dem zweiten Gesicht zu. Es war Lydia, die ich vom Sehen kannte, zwei Klassen unter mir, sie trug einen breitkrempigen Hut wie ich und einen Poncho, um ein paar Nummern zu groß, weshalb ich sie erst für ein männliches Wesen hielt. Auch sie begrüßte mich nicht, blieb stumm und blickte mich finster melancholisch abwartend an. Ich spürte, daß es überflüssig und lächerlich gewesen wäre, Fragen zu stellen ob dieser merkwürdigen Situation, in der sich die beiden befanden. Es mußte seine

Bewandtnis haben, die beiden strahlten eine bittere Ernsthaftigkeit aus, als ginge es um Leben und Tod.

In den folgenden Minuten fühlte ich mich wie in einem Film, wo zwei Verfolgte um Unterschlupf bitten und gerettet werden sollen. Erst im hell erleuchteten Flur sah ich die schäbige Winterbekleidung der beiden, wie aus einem Sammelcontainer. Peter trug einen bulligen Anorak mit Kapuze, Lydia diesen groben Poncho und den Hirtenhut, den ich auf die Hutablage legte. Es kamen ihre kinnlangen, schwarzglänzenden Haare zum Vorschein. Sie hatte etwas Indianisches an sich oder Mongolisches, wegen der leichten Schlitzaugen, doch ihre Eltern kamen als Flüchtlinge aus Ostdeutschland, die sich in Bayern eine Existenz aufbauten; sie besaßen mehrere Kneipen in München und Umgebung. Von Lydia wußte ich nur noch, daß sie der Star des Schultheaters war, ständig wechselnde Freunde hatte, frühreif und bildhübsch und daß ich sie schon längere Zeit nicht mehr gesehen hatte, was mir jetzt erst bewußt wurde.

Als sie ihren Poncho ablegte schwante mir einiges. Sie trug über einer dicken Flanellhose eine weite Tunika, doch selbst diese konnte kaum verbergen, zumindest nicht vor mir, daß sie schwanger war, vielleicht sogar hochschwanger und kurz vor der Geburt stehend. Als wir im Wohnzimmer waren, zündete ich wieder alle Kerzen an, die sich im Raum befanden, damit es zusätzlich warm werden würde, sie nahmen Platz auf der Couch, Peter legte sofort einen Arm um Lydia, und die lehnte sich an ihn, eine Haltung, die nicht zu dieser Indianerin paßte und nur ihrer momentanen Schwäche zuzuschreiben war. Die beiden hatten keine Augen für den rührend innig hell erleuchteten Christbaum, der tat mir fast leid, er brannte nur für mich, den ganzen Abend schon, und bald würde es vorbei sein.

Während Peter erzählte, schloß Lydia immer wieder kurz die Augen, sie war wirklich fertig. Nur wegen Lydia sei er zu unserem Haus gekommen heute, sagte Peter, er selber hätte es ausgehalten im Schuppen seines früheren Zuhauses. Er wußte, es befanden sich dort alte Autodecken, man hätte schon ein paar Stunden überstehen können. Leider hätte sich die Beschaffung der Papiere in die Länge gezogen, es lief alles über ihn, denn Lydias Eltern durften nichts merken, vor allem nicht der despotische Vater; ausgerechnet schon morgen frühnachmittags müßten sie am Grenzübergang Ostberlin sein, denn sie wollten in die DDR flüchten, auswandern, zu Lydias Tante, einer Oberärztin in einer Ostberliner Klinik, die sich um sie kümmern würde, sie und ihr Mann, ein Parteibonze, sie könnten dort heiraten, in Ruhe ihr Kind bekommen.

Und hier nicht?, fragte ich vorsichtig.

Du kennst meinen Vater nicht!, sagte Lydia tonlos und Peter fügte hinzu: Bis jetzt konnte sie die Schwangerschaft einigermaßen verheimlichen, sie ist sechzehn und total von ihnen abhängig, der ist imstande und erschießt uns beide mit einem seiner verdammten Jagdgewehre!

Peter wirkte merkwürdig erwachsen, neunzehn wie ich redete er wie ein Vierzigjähriger. Er sah älter aus, etwas fülliger geworden; fehlte nur noch der Bart wie beim heiligen Joseph, den er vor fünf Jahren bei dem Weihnachtsmusical darstellte. Er war sehr angespannt, aber dennoch selbstsicher, wie einer, der genau weiß, was er will, im Gegensatz zur finster bwesenden Lydia. Wie konnte sich eine wie sie, von solchem Format, in diese Lage bringen? Wollte sie das Kind wirklich? Sie erschien mir wie die Darstellerin ihrer selbst, eine Rolle, die sie nun auch einmal spielen wollte. Peter tat mir leid, weil ich das Gefühl hatte, daß er sich in eine Falle begibt. Die DDR! Jeder, der kann, flüchtet aus diesem Land, und er geht freiwillig hinein, nur aus Liebe zu einem frühreifen Mädchen, das ihn höchstwahrscheinlich in ein paar Jahren verlassen wird mitsamt Kind. Wie konnte er sich darauf einlassen. Andererseits gefiel es mir, daß er die Sache ernstnahm, daß er Mutter und Kind nicht im Stich ließ. Er würde seinen Weg schon machen, hoffte ich, und sagte zu Lydia: Wo sind eigentlich deine Eltern? Es war ähnlich wie bei mir. Lydias Eltern hielten nicht viel von Weihnachten, trotzdem feierten sie traditionell in ihrem Hauptrestaurant mit Familienmitgliedern, Personal und Bekannten eine Weihnachtsparty, Fünf-Gänge-Menü, Champagner, doch diesmal konnte Lydia es durchsetzen zu Hause zu bleiben mit der Ausrede, sie müsse selbst heute noch lernen für eine wichtige Schulaufgabe gleich nach den Ferien. Krankheit vorschützen funktionierte schon in früheren Jahren nicht. Erfahrungsgemäß kam die Familie um elf Uhr abends nach Hause. Lydia schrieb einen Zettel, daß sie bei der Freundin, mit der sie immer lerne, übernachten wolle, die hätte sie spontan eingeladen, sie sei morgen mittag wieder zurück. Morgen mittag aber wären sie schon hinter der Grenze, wenn der Zug hoffentlich keine Verspätung hätte, was sie nicht glaubten, denn so stark schneie es nicht. Ihr Plan war, im Schuppen ein paar Stunden zu schlafen, sich dann zu Fuß auf den Weg zur S-Bahn zu machen, um die erste nach München zu erreichen; der Intercity nach Berlin fährt ab Hauptbahnhof um sieben Uhr fünfzehn, den könnten sie locker erreichen. Knapp wird's aber schon!, sagte ich. So viel ich weiß, gehen die S-Bahnen an Feiertagen nicht so früh. Dann wär es vielleicht doch besser, überlegte Peter, wenn wir heute noch die letzte nehmen und im Hauptbahnhof übernachten. Auf keinen Fall, sagte ich, nicht an Weihnachten! Ich fahre euch morgen früh zum Hauptbahnhof mit dem Auto meiner Mutter, hab ja schon den Führerschein, fügte ich stolz hinzu. Die beiden waren sichtlich erleichtert. Inzwischen tat mir auch Lydia leid. Ich wußte nicht, daß sie so fürchterliche Eltern hatte.

Habt ihr eigentlich schon gegessen?, fragte ich. Die beiden schüttelten den Kopf. Die Weißwürste hatte ich leider alle gefuttert, aber in der Gefriertruhe fanden sich noch Fertiggerichte, Rinderroulade, Bratenstücke, Blaukraut, Wirsing, Kartoffelbrei. Immer hatte ich mich lustig gemacht, wenn meine Mutter mit diesen Tiefkühlsachen daherkam, wenn sie zu faul zum Kochen war; noch nie bisher gaben sie Anlaß zur Freude so wie jetzt. War doch besser als Spiegeleier. Alles fügte sich heute so wunderbar. Zum Nachtisch gab es die restlichen weihnachtlichen Süßigkeiten, und für Lydia machte ich noch Kinderpunsch, während Peter und ich den ganzen Pott Rotweinpunsch tranken. Dann stellte ich den Wecker und wir gingen zu Bett. Peter und Lydia ließ ich im Ehebett meiner Eltern schlafen. Das bereitete mir besonderes Vergnügen.

Jahrelang hörte ich nichts mehr von Peter. Er wollte in der Heimat der Vorfahren seiner schwangeren Freundin Lydia, in der Deutschen Demokratischen Republik, ein neues Leben beginnen. Die beiden brachen offenbar alle Brücken hinter sich ab, so wie Peter, mein alter Schulfreund, mir auch angekündigt hatte, als wir uns am Münchner Hauptbahnhof verabschiedeten an jenem ersten Weihnachtsfeiertag in den siebziger Jahren des letzten Jahrhunderts. Sie flüchteten. Er vor der westdeutschen Einsamkeit, die ihn befallen hatte, sie vor der eiskalten despotischen Familie. Und ich war zur Fluchthelferin geworden, durch einen merkwürdigen Zufall, was bis heute niemand wußte außer mir und den beiden, die verschollen waren.

Anfangs versuchte ich etwas über Peters Tante herauszubekommen, bei der er zuletzt gewohnt hatte. Sie war Heilpraktikerin im Nachbarort und gut bekannt mit meiner Mutter und außerdem auch noch Chiropraktikerin und Masseuse, die alle möglichen Wohlfühlkurse anbot, in die Sterne blickte und wahrscheinlich auch in den Himmel und mich an eine Jüngerin von Johannes dem Täufer denken ließ in ihren groben sackähnlichen Gewändern, dem nach innen oder in die Ferne gewandten Blick und den prophetischen Reden. In gewisser Weise war sie ihrer Zeit voraus, beruflich und privat, das Schicksal ihres Neffen aber ließ sie merkwürdig kalt, sie begnügte sich mit einem Abschiedsbrief, den er hinterlassen hatte. Meine Mutter zeigte Verständnis für das Desinteresse ihrer Freundin und ich fragte verärgert:

Würdest du bei mir auch so wenig nachforschen, wenn ich auf Nimmerwiedersehen in der DDR verschwinden würde?

Sie sagte: Erstens ist es unmöglich, in diesem Land jemanden aufzuspüren, der nicht aufgespürt werden will, zweitens ist sie nicht seine Mutter.

Und sein Vater?, fragte ich, wo ist der eigentlich? In Kanada, so viel ich weiß. Es gibt noch eine Oma in einem Münchner Altersstift, zu der er die engste Beziehung hatte nach dem Tod seiner Mutter, aber die ist schon sehr alt und hinfällig und hat auch nur einen Abschiedsbrief bekommen, sonst nichts.

Dann begann mein Studium in München, das Leben in einer Wohngemeinschaft, neue Freunde, erste Liebschaft, ich hatte den Kopf wahrlich woanders als bei einem Jugendfreund, der an Weihnachten über den eisernen Vorhang geflohen ist in die falsche Richtung und den ich in aller Herrgottsfrühe des ersten Feiertages mitsamt schwangerer Freundin zum Münchner Hauptbahnhof gefahren hatte, mit dem Auto meiner in der Karibik weilenden Mutter. Eine komische Geschichte, für die sich niemand interessieren würde und von der meine Eltern bis heute keine Ahnung haben.

Am nächsten Weihnachtsfest jedoch, als ich die Ferien bei den Eltern verbrachte, die diesmal zu Hause blieben, und in meinem alten Zimmer wohnte, kam plötzlich die Erinnerung hoch. Ich hätte gerne Weihnachten gefeiert. Keine Chance bei meinen Eltern, nur in Ansätzen, nur ein kleines dekoratives Bäumchen mit Lichterkette, das reichte für ihren Geschmack. Meine Mutter dachte besonders radikal, für sie war Weihnachten Rummel und Kitsch, und wenn ich als einzige in der Familie dagegenhielt, daß ihre esoterischen Versuche wie etwa pränatale Hypnosesitzungen ein noch viel größerer Kitsch wären, hatte dies nur stundenlange Diskussionen zur Folge, die zu nichts führten, mir höchstens ihre verbale Überlegenheit zeigten. So stellte ich mich darauf ein, machte das Beste daraus und freute mich auf das üppige Weihnachtsmahl und die Christmette, die ich zum Trotz besuchte, vor allem auch weil ich sie letztes Jahr wegen Peter und seiner Lydia versäumte.

Immerhin zeigte die Mutter Verständnis dafür, daß ich wieder mit dem Thema Peter anfing, ob denn seine Tante, die Sterne-guckerin, inzwischen etwas in Erfahrung gebracht hätte. Nein, hätte sie nicht. Der eiserne Vorhang blieb undurchdringlich wie die Grenze zum Jenseits. Ich überlegte laut, ob ich mich nicht an die Ständige Vertretung der DDR in Bonn wenden sollte. Wenn du dir das antun willst und die Zeit dafür aufbringen kannst! Außerdem tust du deinem Peter damit bestimmt keinen Gefallen, es schadet ihm womöglich. Vielleicht hatte sie recht. Warum ließ mich das ganze einfach nicht in Ruhe. Warum versuchte Peter nicht, mir eine Botschaft zukommen zu lassen, wie es abgemacht war zwischen uns; wir umarmten uns hektisch in der Bahnhofshalle, weil nicht mehr viel Zeit blieb, er drehte sich noch einmal um und rief mir zu, daß ich Nachricht bekäme. Ich kannte Peter. Was abgemacht war, hielt er ein. Leere Verspre-chungen paßten nicht zu ihm.

Vielleicht war es nicht möglich, oder seine Zieheltern er-laubten es nicht, die Parteibonzen, doch dann hätte er es heimlich gemacht. Bestimmt. Im Grunde wußte ich nicht einmal, ob die beiden es überhaupt in das neue gelobte Land geschafft hatten. Im schlimmsten Fall wurden sie vorher umgebracht. Und niemand hätte je davon erfahren, weil sie nirgendwo mehr vermißt wurden. In der alten Heimat nicht, weil man sie in der neuen vermutete, und in der neuen Heimat nicht, weil man annehmen konnte, sie hätten es sich doch anders überlegt und gar nicht gekommen. Sie wären für immer verschollen und niemandem fiele es auf. Keine Vermißtenanzeige, keine Polizei, keine Aufklärung. Mir wurde ganz übel bei dem Gedanken. Vielleicht erwies sich Peters übertriebene Darstellung von Lydias brutalem Vater als Vorahnung. Der ist imstande, so sagte er, und erschieße sie noch alle beide mit einem seiner Jagdgewehre. Vielleicht hat er doch Wind bekommen von Lydias Flucht nach

Ostberlin, ist ihnen nachgeeilt, kein Problem mit seinem Sportflitzer, nicht nur Waffennarr, auch Autonarr, hat sie abgepaßt, entführt, erschossen und irgendwo verscharrt oder anderweitig entsorgt. Kein allzu großes Problem für einen cleveren Radikalinski wie dem. Zu Hause dann brauchte er dann nur erzählen, er hätte sie nicht erreicht. Ja, so muß es gewesen sein, oder könnte zumindest. Lydias Vater ein verkappter Verbrecher und Killer, im Gewand eines erfolgreichen Geschäftsmannes; in Krimis gang und gäbe, im wirklichen Leben auch mitunter möglich.

Meine Mutter hätte diese Theorie als völlig absurd abgetan. Sie kannte Lydias Eltern besser als ich, wenn auch nicht allzu gut. Eine zwar angesehene, aber abgeschottete Familie in einer leicht heruntergekommenen Villa am Rande der Stadt. Keine Außenseiter, aber auch nicht integriert. Nicht sonderlich sympathisch, aber auch nicht zum Fürchten. Wohlhabend, aber nicht reich. Der Herr des Hauses war nicht nur erfolgreicher Gastronom, sondern auch Jäger irgendwo im Ausland, wahrscheinlich Österreich oder Ungarn, seine Vorfahren reiche Gutsbesitzer im Osten, die als Flüchtlinge in den Westen alles verloren. Ich kannte ihn nur vom Sehen, so wie ich auch Lydia nur vom Sehen kannte, die Schüler der unteren Klassen waren ohnehin uninteressant, mehr oder weniger unbekannte Wesen, nicht nur die Jungen, auch die Mädchen.

Die Weihnachtsfeiertage in meiner Familie waren, wie gesagt, eher langweilig, ich las viel, konnte mich aber öfters nicht recht konzentrieren, dauernd dachte ich an das Weihnachten im letzten Jahr, an Peter und Lydia und die DDR, malte mir schon beinahe zwanghaft alle möglichen schrecklichen Geschichten aus, bis ich beschloß, Lydias Eltern aufzusuchen, in der alten Villa, um mir ein Bild machen zu können. Mehrmals spazierte ich an dem leicht verwilderten Grundstück vorbei. Einmal war niemand zu Hause, was mich erleichterte, ein andermal war ich nicht in Stimmung, endlich ging ich kurz entschlossen durch das offene Tor, die

Einfahrt entlang über die Eingangsstufen, steuerte zielbewußt das unbeschriftete Klingelbrett an und läutete. Zwei oder drei Mal. Es öffnete sich die Tür, eine schwarzhaarige Frau mittleren Alters stand vor mir und schaute mich unfreundlich abwartend an. Auf den ersten Blick sah ich, daß es Lydias Mutter war. Dieselben Gesichtszüge, dieselben glatten schwarzen Haare, wenn auch einfallslos langweilig straff nach hinten gebunden.

Ich spielte nun die Rolle einer alten Schulfreundin ihrer Tochter, die sich nach ihr erkundigen und ganz gerne Kontakt mit ihr aufnehmen wollte. Es sei schade, daß man so gar nichts mehr voneinander hörte, würde mich auch zufrieden geben, wenn ich erführe, wie es ihr ginge und was sie so treibe. Ausdruckslos hörte die Frau mein Anliegen an; sie hatte überhaupt nichts Mütterliches an sich, wirkte auf mich wie eine Karrieristin oder Edelnutte. Sie blickte mich an, als spiele ich ihr einen albernen Streich und sagte:

Eine Schulfreundin!, aha, gibt es so etwas überhaupt, glaube nicht, daß sie ein Interesse an Schulfreundinnen hat, aber bitte, Sie können nichts dafür! Danke für Ihr Interesse, schönen Tag noch!

Halt!, sagte ich schnell, als sie die Tür wieder schließen wollte. Sagen Sie mir doch wenigstens, wo sie lebt und wie es ihr geht!

Sie lebt in Ostberlin, sagte sie nach einer kurzen Pause, und es geht ihr gut, so viel ich weiß.

Mindestens eine Minute lang stand ich vor der verschlossenen Tür, überlegte, hoffte, daß dieser weibliche Zerberus ein Einsehen hätte und mir doch noch ein wenig mehr Einblick gewähren würde. Auch störte mich sehr, daß ich den Vater nicht zu Gesicht bekam, obwohl ich im Hintergrund kurz eine männliche Stimme gehört hatte. Dieses Erlebnis bestätigte meine schlimmsten Befürchtungen.

Ich ging nach Hause und erzählte meiner Mutter alles, völlig aufgelöst, in der Hoffnung, die Vielbelesene würde mir eine befriedigende Erklärung für alles bieten. Doch sie schüttelte nur den Kopf und meinte, ich mache mir Sorgen wegen nichts, diese Leute seien eben so, unnahbar, berechnend, ablehnend. Ich hätte mir den Weg sparen können, ich sollte mich besser um wirklich wichtige Dinge kümmern, vor allem nicht Kraft vergeuden wegen Sachen, die eh nicht zu ändern sind. Würde sich Peter auch so um dich sorgen, wenn du verschollen wärst?, fragte sie spitz.

Ja!, das würde er!, sagte ich heftig, wenn er noch am Leben wär, aber er ist nicht mehr am Leben, ich weiß es genau!, jammerte ich.

Aber Lilly, jetzt hör doch auf!, sagte die Mutter fast mitleidig. Das ist doch kindisch. Seine Tochter umbringen mitsamt Freund, nur weil sie schwanger ist und abhauen will von zu Hause! Das machen bei uns höchstens noch rückständige Türken aus dem wilden Kurdistan. Das ist einfach zu abwegig.

Die Mutter sagte das so bestimmt und überzeugt, daß ich auch zu zweifeln anfing. Wahrscheinlich hatte sie recht. Ich wollte es mir noch nicht eingestehen, daß Peter mich womöglich einfach vergessen hat. Ich kam mir jetzt albern vor. Vielleicht lag es auch nur an der Langeweile, Ödnis und inneren Leere, die mich an diesen Weihnachtstagen befallen hatte. Weder Bücher noch Christmette konnten mir helfen, ich fühlte mich allein, niemand der mich verstand oder meine Ansichten teilte. Mein Liebster hatte Anfang Dezember mit mir Schluß gemacht ohne Angabe von Gründen, die Freunde in alle Himmelsrichtungen verstreut, die Geschwister nicht gekommen, gründeten schon ihre eigenen Familien. Weihnachten wurde wie üblich nicht richtig gefeiert, zum erstenmal spürte ich, daß die Eltern alt wurden, irgendwie matt, lasen nur noch Zeitung oder saßen vor dem Fernseher, mein Studium gefiel mir nicht recht, hatte aber noch nicht die Kraft, etwas zu ändern, meine Eltern um Unterstützung zu bitten, es hätte wieder stundenlange Diskussionen hervorgerufen, ich fühlte mich gerade so, als sei ich von einer schweren Grippe genesen, aber noch lange nicht über dem Berg.

Die Ferien gingen zu Ende, ich war froh darum, jetzt ging das Leben wieder weiter, ich mußte mich um meine Angelegenheiten kümmern. Allmählich vergaß ich Peter und sein neues Leben in einem Land, das mir vollkommen fremd, unbekannt und unangenehm war, in dem ein merkwürdig steifes Behördendeutsch gesprochen wurde, selbst die Sportler bei den Interviews während Olympischen Spielen und Weltmeisterschaften. Lydia, und mit ihr Peter, war von einer Despotie in eine andere geflohen, einer noch viel größeren, das konnte nicht gutgehen. Vielleicht doch. Ich hoffte es für Peter, und die Erinnerung an ihn verdämmerte.

Im Jahrzehnt, das nun folgte, hatte ich genug mit mir selbst zu tun. Studium, neue Freunde, Berufsanfang. Dann lernte ich Valentin kennen, meinen zukünftigen Mann, eine schwierige Sache von Anfang an, doch man wählt nicht selbst wen man liebt. Keine Ahnung wer dies für einen tut, wer oder was. Wir bekamen zwei Töchter, Andi und Luzi, kauften ein Haus und zogen nach Regensburg, weil Valentin dort in einem Geschäft einsteigen konnte. Er verdiente so gut, daß ich mich um Kinder, Haus und Garten kümmern wollte, eine Entscheidung, die in den neunziger Jahren den jungen Müttern noch leicht gemacht wurde und die leicht fiel, weil es für viele in meiner Situation eine Option war, finanziell möglich und gesellschaftlich akzeptiert, im Gegensatz zu heute, im neuen Jahrhundert, das gleichzeitig auch ein neues Jahrtausend ist. Außerdem war ich blauäugig genug zu glauben, daß ich mit dem Mann meines Lebens und Vater meiner Kinder zusammenbleiben würde bis der Tod uns scheidet. Irgendwann in grauer Zukunft würden wir alt sein und im Kreise unserer Enkel und Urenkel nacheinander das Zeitliche segnen. Doch vorerst gingen die Kinder in den Kindergarten, ich gehörte zum Elternbeirat, organisierte mit befreundeten Eltern Feste und verschiedenes mehr, engagierte mich in Vereinen, gewann viele neue Freunde, und wollte, wenn die Kinder erst einmal eingeschult sind, wieder in den Beruf einsteigen. Währenddessen stieg Valentin immer weiter die Karriereleiter hoch, kam immer öfter spät abends nach Hause, wenn die Kinder schon im Bett waren, führte ein eigenes Parallel-Leben neben dem unseren, führte sich aber trotzdem mitunter auf wie der Herr des Hauses, wahrscheinlich aus reiner Unsicherheit. Das Übliche eben. Mittelschichtsehe, wie bei meinen Eltern.

Dann kam die politische Wende, die Berliner Mauer fiel, die erste friedliche Revolution in Deutschland seit Menschengedenken, man saß vor dem Fernseher und konnte nicht glauben was da geschah, ähnlich wie beim Einsturz der Twin Towers in New York zwölf Jahre später, nur nicht voll Schreck und Entsetzen sondern voll Freude und Euphorie. Andi, die ältere, die schon in die Schule ging, spürte die Größe dieses Ereignisses und verfolgte gebannt wie ich die Fernsehbilder. Was ist ein Jahrhundertereignis?, fragte sie und ich sagte: Das, was du gerade siehst! So etwas passiert höchstens einmal in hundert Jahren. Luzi dagegen legte konzentriert wie eine Kartenlegerin ihre neuen Memorykärtchen auf den Wohnzimmertisch und sagte etwas dazu, was in der allgemeinen Euphorie, die aus dem Fernseher schwappte, unterging. Die Menschen strömten über die Grenze, und ein Trabi fuhr nach dem anderen, die Fahrer lachten und winkten heraus, eine Fußgängerin jauchzte in die Kamera im Ostberliner Slang, das Gefühl sei unbeschreiblich! Einfach hier rüberzumachen, hab nicht vor zu bleiben, aber die Schritte hier rüber, daß ick datt noch erlebn darf! Ich war selber so aufgeregt, daß ich unbedingt mit Valentin sprechen wollte, doch er war nicht zu erreichen, würde erst morgen zurückkommen von Spanien.

Als die Wogen einigermaßen geglättet waren und die Kinder im Bett, dachte ich plötzlich an Peter. Sofort schaltete ich den Fernsehapparat wieder ein, in der momentanen absurden Annahme, ich könnte ihn vielleicht irgendwo in der Menge entdecken, die immer noch aus allen möglichen Perspektiven gefilmt wurde. Ohne noch irgend etwas zu sehen, starrte ich auf die laut bewegten Bilder und malte mir aus, wie er mit Lydia und ein paar Kindern plötzlich daherkommt und fröhlich in die Kamera winkt: Hi Lilly, das hätten wir uns nicht träumen lassen, was?

Schön wär's gewesen, ein Traum.

Als die unvermeidlichen Diskussionen begannen, schaltete ich aus. Die plötzliche Stille tat gut. Die Kinder schliefen längst, Valentin hatte nicht angerufen, was mich beunruhigte. Kann doch nicht sein, daß er nichts mitbekam, die allgemeine freudige Überraschung nicht mit mir teilen wollte. Die vollkommene Ruhe im Haus und draußen auf der Siedlungsstraße störte mich allmählich. Ich schenkte mir ein tulpiges Rotweinglas ein, beruhigte mich indem ich in Erinnerungen schwelgte. Was ich schon alles erlebte und was ich vielleicht und hoffentlich noch alles erleben würde; es war einer unserer besten Rotweine und ich trank ihn genüßlich. Noch besser hätte er mir zusammen mit Valentin geschmeckt, und noch freudiger wäre ich in Erinnerungen geschwelgt, wenn er die seinen hinzugefügt hätte. Aber er rief nicht einmal an. Hoffentlich war nichts passiert. Ach was. Immer machte ich mir Sorgen wegen nichts.

Am nächsten Tag kam er zurück, der Fall der Berliner Mauer war für ihn eine interessante Neuigkeit, weiter nichts. So verschieden waren wir. Oder er tat nur so, und in Wahrheit betrog er mich und hatte deshalb keine Gelegenheit mich anzurufen. Immer machte ich mir Sorgen wegen nichts. Wie kam ich überhaupt auf diese Idee. Kurz vor Weihnachten mußte er überraschend geschäftlich nach Südamerika.

Ausgerechnet jetzt!, maulte ich. Und die Kinder?

Es geht dieses Jahr einfach nicht anders, am ersten Feiertag flieg ich ja wieder zurück, dann ist die Bescherung eben einen Tag später, dafür gibt es Geschenke aus Amerika.

Heiligabend feierte ich nun allein mit den Kindern, ganz traditionell, wie ich es liebte, mit reich geschmücktem Christbaum, Plätzchen, schön verpackten Geschenken, Liedersingen mit Gitarre, Christmette, am nächsten Tag dann Entenbraten mit Blaukraut und der Anruf von Valentin, er müsse über Sylvester in Brasilien bleiben, es hätten sich Schwierigkeiten ergeben. Welche?, fragte ich. Das könne er mir am Telefon jetzt nicht sagen, zu kompliziert. Wohl für mich zu kompliziert!, sagte ich bissig, und er wirkte beleidigt, doch es war unechtes Beleidigtsein. Früher hätte er mir auf eine bissige Bemerkung eine ebenso bissige Erwiderung entgegengeschleudert. Wir schonten uns noch nie, warfen uns immer alles Mögliche an den Kopf und meinten es meist nicht so, wie sich am Ende immer herausstellte. Jetzt auf einmal diese Empfindlichkeiten. Ich sollte etwas mehr Verständnis zeigen, hieß es nach einer halben Schweigeminute, es sei sehr wichtig, ginge um unsere Existenz. Auch dies wirkte reichlich unecht. Da ich vor den Kindern und noch dazu an Weihnachten nicht streiten wollte, schon gar nicht telefonisch, sagte ich nicht was ich auf der Zunge hatte, denn Valentins falsches Pathos ärgerte mich. Die Kinder wirkten nicht so enttäuscht, wie ich befürchtete, eher gelassen, vielleicht spielten sie dies auch nur um meine Stimmung nicht zu verderben, sie waren sehr schlau, wie fast alle Kinder.

Ich dachte an Peter und mich als Kinder, wie wir eine Tanne klauten mitten im Wald um das Weihnachtsfest seiner Familie zu retten; und es ist uns sogar gelungen. Valentin wollte nun am Neujahrstag nach Europa zurückfliegen, aber ich befürchtete fast, er würde wohl überhaupt nicht mehr zurückkommen. Es hätte mich nicht gewundert. Ich packte zwei Koffer und fuhr mit den Kindern zu meinen Eltern, die würden sich freuen uns zu sehen, Sylvester mit uns zu feiern. Die Altersmilde hatte bei ihnen eingesetzt, sie waren ein gemütliches Großelternpaar geworden, auch die Kinder mochten sie gerne. Immer noch gab es die drei Kinderzimmer, eingerichtet wie zur Jugendzeit. Da die Geschwister oder andere Enkel nicht hier waren, bekamen die Kinder ein eigenes Zimmer, und ich konnte mich, wenn ich wollte, in mein altes Kinderzimmer zurückziehen.

Bald nach der Begrüßung erzählte mir meine nun grauhaarige Mutter die große Neuigkeit. Vor ein paar Tagen, genauer gesagt direkt an Heiligabend, sei bei der Rosalie, ihrer Heilpraktiker-Bekannten, der lang verschollene Neffe aufgetaucht.

Dein Peter!, lachte sie.

Das ist nicht mein Peter!, knurrte ich, um meine Aufregung zu verbergen. Und, weiter?, sagte ich, muß man dir immer alles aus der Nase ziehen! Sie hat doch sicher mehr erzählt.

Er wohnt seit zwei Jahren in München, hat eine Arbeitsstelle bei Siemens als Ingenieur und ist liiert mit einer Fernsehjournalistin.

Wie, was? Er ist vor der Wende schon rübergekommen? Das gibt es überhaupt nicht!

Doch bei dem schon. Er ist in der DDR ziemlich abgestürzt, vor allem nach der Trennung von seiner Frau und der Familie, Alkohol, Depression, und so weiter, sein Adoptivvater, ein ziemlich hohes Tier drüben, hat offenbar nachgeholfen ihn abzuschieben, man ermöglichte ihm gnädig, in seine Heimat zurückzukehren.

Ein Parteibonze!, sagte ich. Mit dem ist es jetzt auch vorbei.

Ich war ein wenig enttäuscht von diesem Ablauf, es paßte nicht in das freudenreiche Bild der Wende. Warum kam er nicht früher in seine Heimatstadt? Warum erst jetzt, an Weihnachten?

Er mußte sich erst fangen, hatte lange nicht die Kraft dazu, und außerdem, dieses Weihnachten! Da werden immer alle sentimental.

Du mit deiner Weihnachtsphobie!, schimpfte ich. Man kann es ja auch als Chance sehen, immerhin hat er es Weihnachten geschafft, seine alte Tante zu besuchen.

Seine Oma lebt übrigens auch noch, die ist schon über hundert Jahre alt. Rosalie hat sie in das Pflegeheim bei uns im Seniorenzentrum verlegen lassen und zum hundertsten Geburtstag ein großes Fest organisiert, vor fünf oder sechs Jahren, ich war auch da, der Enkel aber noch nicht.

Du bist auf dem hundertsten Geburtstag von Peters Oma gewesen?

Ja, damit mehr Gäste da sind hat mich Rosalie eingeladen.

Und Peters Kind, oder Kinder?

Der Moritz, so ein Halbwüchsiger. Seit der Wende konnte er wieder Kontakt aufnehmen zu seinem Sohn, er war übrigens dabei, soll ein wohlerzogener Junge sein.

Ich schimpfte, warum sie mir das nicht gleich gesagt hätte. Was denn? Daß sein Sohn dabei war. Warum hätte sie mir das gleich sagen sollen? Ja, warum. Irgendwie ärgerte mich dieses scheibchenweise Erzählen. Also hatte die Wende auch in diesem Fall etwas Segensreiches. Er konnte seinen Sohn wieder erreichen und umgekehrt. Ich wagte nicht zu fragen, ob er nicht auch versucht hätte, zu unserem Haus Kontakt aufzunehmen. Also zu mir, über die Eltern. Ein negativer Bescheid wäre wie ein Nadelstich gewesen. Die Mutter erriet meine Gedanken und sagte:

Übrigens war er auch bei uns, die Nachbarin hat ihn gesehen, aber wir waren leider nicht zu Hause, waren noch beim Einkaufen, er hat auch nichts hinterlassen.

An Heiligabend noch beim Einkaufen!, ich weinte fast, müßt ihr immer alles am letzten Drücker machen!

Du kannst ihn ja mal besuchen, sagte die Mutter besänftigend, Rosalie hat seine Adresse.

Am Sylvesterabend waren die Eltern bei einem befreundeten Ehepaar eingeladen, weshalb ich eigentlich nach Regensburg zurückfahren wollte, doch die Kinder bettelten darum hierzubleiben, hier durften sie fernsehen so viel sie wollten und wurden auch kulinarisch verwöhnt nach Strich und Faden. Luzi hatte von den Großeltern zu Weihnachten eine ganze Kassette mit Filmen der Augsburger Puppenkiste bekommen, die aber auch die ältere Andi gern mochte. Nachdem wir an Sylvester allein waren versprach ich den Kindern Pizza und Fernsehen bis zwölf, dann Feuerwerk-Ansehen auf einer Anhöhe am Rande der Stadt, wo ich hoffte, ein paar alte Bekannte oder sogar Freunde zu treffen.

Kurz nach acht Uhr abends, gerade als die Eltern gegangen und schon erste Böller zu hören waren, läutete es. Ich dachte, die Mutter hätte etwas vergessen, lief zur Tür, öffnete und wollte gleich wieder zurück zur Küche, weil wir gerade Punsch machten. Noch im Flur merkte ich, daß es ein Fremder war, ein Kriminalkommissar in Trenchcoat und Hut, ich konnte sein Gesicht nicht richtig erkennen, es lag halb im Schatten. Ich machte das Hoflicht an und erkannte ihn sofort, es war Peter. Wir umarmten uns wie ein lang getrenntes Liebespaar, obwohl wir keines waren. Valentin hätte uns nicht so sehen dürfen. Peter aß die Reste der Pizza, die die Kinder übrig ließen, von der meinen bekam er die Hälfte, ich mag Pizza gar nicht so gerne, sagte ich, worauf er sie zögerlich in Empfang nahm. Die Kinder tranken den Punsch ohne Rotwein, den tranken Peter und ich. Wie damals an Heiligabend vor vierzehn Jahren, als er mit der schwangeren Lydia auf der Flucht in diesem Haus gelandet war und wir genau an dieser Stelle Punsch tranken, Lydia Kinderpunsch und wir beide Rotweinpunsch.

Ich versuchte in seinem Gesicht zu lesen, ob auch er daran dachte, aber es war unergründlich, das Gegenteil von früher, introvertiert, beinahe melancholisch, dennoch vollkommen entspannt. Das zumindest hatte er noch von früher. Man sah auf den ersten Blick, daß er gerne hier war, vor allem auch deswegen, weil ich keine Fragen stellte. Nicht nach Lydia, dem Sohn Moritz, seinem Leben in der früheren DDR, seinem jetzigen Beruf, seiner neuen Lebensgefährtin. Er stellte auch an mich keine Fragen, von meinem jetzigen Leben kannte er nur die Kinder, sonst nichts. Vielleicht wußte er alles über mich von seiner Tante Rosalie, so wie ich das wenige über ihn von meiner Mutter wußte.

Im Laufe des Abends freilich sollte sich herausstellen, daß diese Lebensdaten etwas verzerrt und verschoben wiedergegeben wurden von seiner offenbar leicht verwirrten Tante Rosalie. Seine Ex-Lebensgefährtin war nicht Fernsehjournalistin, was sie mit Lydia verwechselte, die beim Ost-Fernsehen Drehbücher schrieb für

Kinderfilme. Er selbst arbeitete in der früheren DDR als Ingenieur im Maschinenbau und hatte die Stelle in Aussicht bei Siemens in München, bekam sie aber nicht. Seitdem arbeitete er als Kellner in einer Münchner Bar, um nicht arbeitslos zu sein, was er haßte. Den Sohn Moritz hatte er vormittags zur Bahn gebracht, der Sylvester zurück wollte nach Leipzig zu seinen Freunden. Peter wußte nicht, wann er ihn wiedersehen würde. Auch Lydia lebe jetzt in Leipzig. Verheiratet mit dem Chefarzt des dortigen Krankenhauses.

Als Peter sich verabschieden wollte, um seine Großmutter im Seniorenzentrum noch zu besuchen, entschied ich mich spontan, ihn zu begleiten, die Kinder konnten auch mal eine Stunde alleine bleiben. In Peters Auto fuhren wir in den Nachbarort. Das Haus, in dem sich die Pflegeabteilung befand, war hell erleuchtet, weihnachtlich, mit Lichterketten, Sternen und liebevoll drapierter Weihnachtsdekoration an Wänden und auf den Tischen. Wir gingen vorbei am vollen Aufenthaltsraum, überall saßen dort alte Leute in Rollstühlen oder eng an den Tischen, gedeckt mit laternenartigen Lampen, Tee- oder Punschgeschirr, Lebkuchen und Plätzchen. Nur wenig Angehörige waren da, also jüngere Leute, und wenig Personal, zwei Frauen, ein Mann, in enganliegenden weinroten Kitteln mit Namensschild. Peters Großmutter war schon nicht mehr fähig, sich im Gesellschaftsraum aufhalten zu können, nicht einmal mehr mit Angehörigen oder sonstigen Helfern. Zusammen mit zwei weiteren Frauen im Rollstuhl befand sie sich in ihrem Zimmer, neben ihrem sehr hohen Bett und schmalen Beistelltisch, auf dem nur eine Schnabeltasse stand, keine Blumen, kein Geschenk. Blumen sind hier nicht mehr gerne gesehen, sagte Peter. Großmutter kann sich nicht mehr um sie kümmern und kann sie auch gar nicht mehr richtig wahrnehmen, nicht einmal ihre geliebten Pralinen, trinken geht nur noch mit Strohhalm. Dennoch erkannte sie Peter, ihre Augen lachten ein wenig und sie nickte mit dem Kopf, als er mich vorstellte und ich sie an der Hand faßte, die sie nicht bewegen konnte. Die nächste halbe Stunde, die wir in diesem Zimmer verbrachten, redeten nur Peter und ich, über ganz allgemeine Sachen. Manchmal wandten wir uns an die alte halbblinde Frau, die uns sofort anschaute, direkt in die Augen, aber keine Antwort geben konnte. Ich fragte mich, wieviel sie von dem verstand, was wir sagten. Fast alles!, meinte Peter. Die beiden anderen Frauen waren schon dement, sie nahmen uns nicht wahr und dämmerten vor sich hin. Als wir uns verabschiedeten, winkten wir an der Tür noch einmal zu ihr zurück, sie nickte kaum merklich, schaute uns unentwegt an, nicht traurig, eher neugierig.

Merkwürdig, sagte ich, als wir in die schon leicht bewegte Sylvesternacht hinaustraten, in diesem Zimmer sitzt neben deiner Großmutter die ganze Zeit der Tod, aber er rührt sie nicht an, obwohl sie schon hundertfünf Jahre alt ist.

Ja, sagte Peter, wahrscheinlich will sie sich einfach nicht berühren lassen, aus Trotz oder Protest, weil ihre eigene Mutter zu früh sterben mußte, im Kindbett, mit nur zwanzig Jahren.

Peter fuhr mich nach Hause, und noch im Auto bat ich ihn, den restlichen Abend mit uns zu verbringen, wenigstens bis zum Feuerwerk. Nach kurzem Zögern gab er nach. Während die Kinder vor dem Fernseher saßen und sich bei »Dinner for One« halbtot lachten, tranken wir in der Küche von Vaters besten Rotwein und redeten fast ununterbrochen bis kurz vor zwölf. Wir hatten so viel zu erzählen, wir erzählten uns alles wie ein Liebespaar, und doch waren wir keines. Ich weiß bis heute nicht warum.

Zwanzig vor zwölf machten wir uns alle vier auf den Weg zur Anhöhe, ich hatte einen Korb dabei mit Sekt, Orangensaft und vier hohen schlanken Sektgläsern, und es war mir jetzt ganz recht, daß sich um die große Kastanie auf der Anhöhe lauter mir unbekannte Leute vom Ort, meist junge, versammelten, kein einziges näher bekanntes Gesicht dabei. Um ein Uhr, als wir wieder im Haus waren, kam der Anruf aus Brasilien, von Valentin. Er redete kurz mit mir, dann mit Andi, dann mit Luzi. Ich ging mit Peter hinaus auf die Straße. Er drehte sich noch einmal um und winkte bevor er in das Auto stieg. Auch ich winkte, ging in das Haus zurück. Tränen stiegen mir in die Augen und ich wußte nicht warum. Es macht mich einfach melancholisch, wenn jemand sich noch einmal umdreht und winkt.

Im nächsten Jahrzehnt das folgte, bis zur Jahrtausendwende, sah ich Peter nur noch ein einziges Mal, diesmal nicht an Weihnachten. Es war kurz nach der Scheidung von Valentin. Unsere Ehe hatte sich noch ein paar Jahre hingezogen wegen der Kinder, dann kam seine spanische Zweitfrau, von der ich nichts wußte oder nichts wissen wollte, und führte die Entscheidung herbei. Sie war fünfzehn Jahre jünger als wir beide und hatte einen Jungen bei sich, Antonio, angeblich ihr kleiner Bruder, den sie nach Deutschland importieren wollte und der aussah wie ein feuriges Zigeunerkind, wenn auch sehr wohlerzogen, irgendwie großbürgerlich, mit großen schwarzen selbstbewußten Augen. Wie konnte Valentin sich gegen mich und seine beiden halbwüchsigen Töchter entscheiden wegen dieser extravaganten exotischen Erscheinung, die ihn womöglich nur ausnützen würde. Angeblich stammte sie aus einer reichen angesehenen Familie und beherrschte fünf Sprachen, darunter Deutsch. Ich wollte nicht mehr um unsere Ehe kämpfen, keine Kraft mehr, doch als es wirklich ernst wurde, bäumte ich mich doch noch einmal auf, brachte alle möglichen Vorschläge für ein neues Zusammenleben. Ja, ich hätte mich sogar mit der Rolle der Nebenfrau begnügt wie bei den Moslems, nur um keine Scheidungswitwe zu werden. Alle diese geschiedenen Frauen mit ihren vaterlosen Kindern, wie ich das haßte, und jetzt war ich eine von ihnen.

Als die Kinder mit Freunden zum Campen an die Nordsee fuhren, versuchte ich mich im Haus meiner Eltern zu erholen, genauer gesagt, am Baggersee des Heimatortes. Schon vormittags lag ich auf der Picknickdecke immer an derselben Stelle unter der großen Ulme direkt am Ufer und las theologische Bücher, wenn ich nicht den See durchschwamm. Die Bücher beruhigten mich, ich konnte mich in ihnen versenken. Manchmal traf ich dort alte Bekannte, dann trank ich mit ihnen Cappuccino am Kiosk oder an besonders heißen Tagen ein kühles Bier.

An einem Sonntagnachmittag trat jemand von hinten auf mich zu, und bevor ich mich umdrehen konnte, hörte ich auch schon die Stimme von Peter. Er hatte abgenommen und sah aus wie ein männliches Model, schlank und braun, als ginge er jeden Tag in ein Fitness-Center. Zwei Schritte hinter ihm stand eine ebenfalls schlanke braune Frau im edlen weißen Bikini, schulterlanges kräftig blondes Haar, lässig abgeklärter Blick, sie hatte etwas Königliches an sich. Ich stand auf, und wir unterhielten uns etwa eine Viertelstunde in unseren Badeanzügen unter der schattigen Ulme. Ich wagte nicht zu fragen, ob wir am Kiosk etwas trinken sollten, ich fürchtete eine Ablehnung; die Frau mit ihrer freundlich bestimmten Art schüchterte mich ein, ich spürte sofort, daß Peter vollkommen in ihrem Bann stand. So war das auch schon mit Lydia. Er suchte sich immer Königinnen, denen er regelrecht verfallen war. Dieser weißen Bikini-Schönheit gegenüber fühlte ich mich wie eine höflich behandelte Domestikin. Und auch Peter wirkte wie ein hochstehender Domestik, ein privilegierter Sklave, einer, der auch in ihr Bett durfte oder sollte. Unwillkürlich dachte ich an Katharina die Große und ihre Liebhaber in der Dienerschaft. Ich stellte mir vor, wie Peter sie auf seinen Armen über die Wiese trägt, damit ihre zarten Sohlen nicht das harte grobe Gras berühren mußten. Die beiden waren so aufeinander fixiert, daß auch keine Verabredung für später erfolgte. Beim Abschied umarmte mich Peter nicht wie bisher, sondern gab mir die Hand und berührte mit der linken kurz meinen Oberarm. Auch die Königin gab mir die Hand mit einem kurzen Druck und schaute mich höflich herablassend an.

Ich stand noch eine zeitlang unter der Ulme, blickte ihnen nach, Peter drehte sich nicht mehr um, er war schon längst wieder ins Gespräch vertieft mit seiner neuen Liebe. Dieses Erlebnis war nicht dazu angetan, mich aufzuheitern, im Gegenteil, es zog mich hinab für den Rest des Tages. Früher als sonst packte ich meine Sachen und radelte nach Hause, früher als sonst machte ich Abendessen für meine Eltern und mich, früher als sonst schaltete ich den Fernseher ein und trank nicht wie sonst meine Halbe Bier, sondern Rotwein, was der Mutter sofort auffiel.

Du bist so still heute!, sagte sie nur, was so viel bedeutet wie: Wenn du nicht erzählen willst, was passiert ist, bitte!Diese Phase meines Lebens war keine besonders gute. Alles verlor ich. Valentin, Peter, die Kinder führten schon ihre eigenen Leben, unsicher zwar und aufsässig manchmal, mein Wiedereinstieg in den Beruf verunglückte mehrmals. Auch meine Figur verlor ich allmählich, ich war nicht mehr so schlank wie früher, zwar nicht dick, aber im Vergleich zu dieser Spanierin schon, und der blonden Bikinikönigin. Zum erstenmal in meinem Leben spürte ich so etwas wie einen Minderwertigkeitskomplex, und es frustrierte mich, daß ich dieses dumme Gefühl nicht abwehren konnte, als sei ich in eine Falle getappt. Schon ein Jahr später war das Regensburger Haus verkauft, von meinem Anteil kaufte ich eine Eigentumswohnung in der Nähe des Heimatortes, zog also mit Andi und Luzi wieder in heimatliche Gefilde. Ich bewarb mich bei der Stadt München und erhielt prompt die Assistentenstelle bei der Fachbereichsleitung Kultur und Sport. Dieses Glück gab mir so viel Auftrieb, daß alle Depressionen der letzten Jahre sich in Nichts auflösten. Dennoch blieb ein fader Nachgeschmack davon zurück.

Es entwickelte sich automatisch, daß ich mich wieder öfter in Elternhaus und Heimatort aufhielt. Peter hatte ich nun ganz aus den Augen verloren. Von Mutters Freundin Rosalie erfuhr ich zwischendurch Häppchen aus seinem Leben, wenn auch magere. Auch bei ihr, Rosalie, sei er schon lange nicht mehr gewesen, seit er mit dieser Schickse zusammen sei, wahrscheinlich verkehre er jetzt in Adelskreisen, eine von und zu, Patrizia von und zu weiß Gott was, eine Fernsehmoderatorin. Ach so, schon wieder eine vom Fernsehen!, sagte ich ungläubig. Er hätte sich auch nicht mehr um eine Stelle als Ingenieur bemüht, Kellner sei er nach wie vor, Kellner! Bei seinen Fähigkeiten! Womöglich auch noch Hausmeister in ihrer Villa! Doch Gott sei Dank hätte er noch sein Appartement, das wolle er nicht aufgeben, sagte Rosalie. Wie konnte einer wie Peter, egal ob Ingenieur bei Siemens oder Kellner in einer Münchner Bar, zu dieser Moderatorin gekommen sein? Wo lernten sie sich kennen? Rosalie meinte, sie sei Stammgast in seinem Lokal gewesen, er hätte sie immer bedient. Angeblich hätte sie ihn im Sturm erobert. Normalerweise sei es doch umgekehrt, aber bei der ist ja nichts normal. Rosalie, die fortschrittliche Heilpraktikerin und Johannesjüngerin, in Liebesdingen ist sie offensichtlich altmodisch.

Allmählich fanden wir in unsere neue Umgebung. Wir mußten viel zurücklassen, hatten viel verloren, Freunde, Bekannte, Einrichtungen, in denen wir uns wohlfühlten. Vor allem Luzi hatte anfangs an ihrer neuen Schule große Schwierigkeiten, die Regensburger Atmosphäre war familiärer, freundlicher, humaner irgendwie. Diese Sache hatte mich zusätzlich gequält, Luzis Unglück, und auch Andi war nicht sehr angetan von ihrer neuen Heimat, stand zudem kurz vor dem Abitur. Wenn die Kinder scheiterten, wäre das unsere Schuld. Doch auch dies wandte sich letztendlich zum Guten. Ich war also wieder ein relativ glücklicher Mensch, als kurz nach der Jahrtausendwende meine Mutter an Krebs erkrankte und mitten in der Adventszeit operiert werden mußte, in einer angesehenen Münchner Klinik, die ihr von Rosalie empfohlen worden war. Die Operation verlief erfolgreich, der Krebs hatte nicht gestreut, er war vorerst besiegt, die Mutter auf dem Weg der Besserung, mußte jedoch über die Feiertage im Krankenhaus bleiben. Obwohl sie im Gegensatz zu mir noch nie besonders viel von Weihnachten hielt, wollte sie dann doch, daß sich die Familie an Heiligabend um ihr Krankenbett versammle. Schon Tage vorher war sie wieder so gut hergestellt und guter

Laune, daß sie mir eine Tratsch-Geschichte auftischte, die man trivial hätte nennen können, für mich aber war sie gleichzeitig tragisch und banal. Eine gemeine Laune des Schicksals. Schicksal! Ein theatralisches Wort, irgendwie unecht in seiner banal alltäglichen Dramatik, doch dann läßt es einen wieder denken an das Meer, dessen Oberfläche keinen Rückschluß zuläßt auf seine Tiefen. Ich weiß nicht ob die Geschichte, die Mutter mir im Krankenzimmer erzählte, als wir allein waren, bei Kerzenglanz, Tee und Christstollen wirklich schicksalhaft war; ich jedenfalls empfand es so, denn wieder einmal ging es um meinen Freund Peter, und Weihnachten war wieder einmal der Zeitrahmen der Geschichte. Ich konnte es kaum fassen. Wie merkwürdig unglaubwürdig das Ganze und doch wahr. Mutter erfuhr es über Rosalie mit der Auflage strengster Geheimhaltung, nur bei mir machte sie eine Ausnahme. So erfuhr ich innerhalb einer Minute, daß in einem der angrenzenden Zimmer Patrizia liege, erster Klasse, betreut vom Chefarzt persönlich, dessen Bruder ihr heimlicher neuer Liebhaber sei.

Liebhaber?, sagte ich, von Patrizia? Die Mutter winkte ungeduldig ab.

Du weißt doch! Peters Lebensgefährtin, die Fernsehjournalistin.

Fernsehjournalistin? Schon wieder!, sagte ich. Du hast mir doch mal erzählt, sie ist bei einem dieser Privatsender Moderatorin irgendeiner billigen Talkshow.

Ohne auf mich zu achten, erzählte die Mutter weiter, sie wisse es nur über Rosalies Tochter, die eine Bekannte der Ex dieses Chefarzt-Bruders sei. Eine Bekannte der Ex des Chefarzt-Bruders, wiederholte ich sinnierend, als handle es sich um ein großes philosophisches Problem.

Diese Patrizia hat also einen Neuen?, fragte ich rhetorisch, denn ich wußte es ja schon.

Ja!, sagte Mutter. Aber jetzt kommt es! Sie sagte noch leiser: Patrizia erwartete ein Kind von Peter!

Von Peter?, sagte ich ratlos. Ist das so sicher?

Ja!, weil sie genau aus diesem Grund hier ist! In einem Zimmer weiter vorne.

Das verstehe ich nicht!, sagte ich, ahnte es aber schon.

Mutter flüsterte nun, die sei nicht wegen der Unterleibssache hier, wie sie allen weismachte, auch Peter, sondern weil sie das Kind abtreiben ließ, Peters Kind, der diese Schickse abartig liebt und gerne eine Familie mit ihr hätte.

Aber das geht doch gar nicht so einfach!, sagte ich hilflos und fühlte mich wie in einem schlechten Film, als spielte ich eine Gastrolle in einer dieser Krankenhausserien.

Hör mir auf mit denen!, sagte die Mutter, immer noch sehr leise wie eine Verschwörerin. Die deichseln alles so hin, kein Problem für die, geht alles heimlich. Und Peter wisse nichts, behauptete die Mutter, weder vom Neuen, noch von der Abtreibung. Erst gestern sei er hier gewesen, mindestens zwei Stunden, man hörte sie manchmal lachen, und als er ging, hätte er auch bei ihr vorbeigeschaut, höflich, gutgelaunt wie immer.

Vielleicht ist es auch ganz anders!, sagte ich, vielleicht sind sie glücklich geschieden und er mit allem einverstanden.

Das glaubst du doch selber nicht!

Ich glaubte es eigentlich auch nicht. Zumindest die Abtreibung hätte der kinderliebe Peter nicht so leicht weggesteckt. War nun Patrizia eine hilflos verwirrte, aber konsequent Liebende, die sich von ihrem alten Partner sachte trennen wollte, oder eine eiskalte Lebensplanerin, die die Zeit für sich arbeiten läßt? Ich tendierte mehr zu letzterem. Immerhin schien sie wegen Weihnachten Rücksicht zu nehmen und wollte ihn deshalb noch nicht aufklären, oder sie verschwieg es bewußt und machte kurzerhand aus Lüge Wahrheit. Die sicher für ihn noch schmerzlichere Wahrheit der Abtreibung seines Kindes würde er eben nie erfahren. Dabei kannte sie außer ihr und dem Arztbruder und ihrem neuen Liebhaber, was aber nicht so sicher war, mindestens vier weitere unbeteiligte Personen, darunter ich. Peter verlor also nicht nur die Frau, auch sein Kind. Was für ein teuflisches Weihnachtsgeschenk, das auf ihn wartete. Wie sollte ich morgen, an Heiligabend, reagieren, wenn wir uns vielleicht hier trafen, was ziemlich wahrscheinlich war. Warum hatte man für eine Abtreibung keinen anderen Termin übrig gehabt als so kurz vor Weihnachten! Ging es nicht anders, oder war es ihnen egal. Dieses Fest, für mich wichtig nach wie vor, das wichtigste Fest im Jahr, verkam immer mehr zu einer reinen Angelegenheit von Wellness, Streßabbau und Freizeitoptimierung, einer gemütlichen Verschnaufpause von knapp einer Woche. Und gegen ein paar Rest-Sentimentalitäten hatte man nichts einzuwenden, im Gegenteil, sie erhöhten nur zusätzlich den Wohlfühl-Modus.

Ich hatte plötzlich eine furchtbare Wut, auf diese Patrizia, diesen Chefarzt, das Krankenhaus, die ganze fremde anonyme Welt da draußen, ihr Treiben, ihre Sinnlosigkeiten, ihre Zwänge, die sie leidenden Menschen auferlegt und es nicht einmal merkt. Am liebsten hätte ich mit der Faust auf den Beistelltisch geschlagen, daß der kleine Adventskranz mit seinen vier brennenden Kerzen vor Schreck hochgesprungen wäre, wenigstens der hätte dann angemessen reagiert, der Ton der Mutter zwar ernst und kritisch, aber auch unverbindlich gleichgültig. Und für die abgebrühte Rosalie war diese Geschichte wohl nur schauerlich wohlige Neuigkeit, weiter nichts. Bisher hätte es Patrizia ganz clever geschafft, ihre beiden Männer zu verschiedenen Zeiten zu empfangen, sie kämen sich nicht in die Quere.

Heiligabend feierte unsere Familie im Krankenzimmer, die Eltern, Andi, Luzi und ich. Wir verteilten Geschenke auf dem Bett der Genesenden bei Kerzenschein; es gab Tee und Punsch, Christstollen, Plätzchen, Knabbersachen, wir sangen Weihnachtslieder, Andi hatte die Gitarre dabei, begleitete uns und spielte ein paar klassische Stücke aus ihrem Repertoire. In den Nebenzimmern war es ungewöhnlich ruhig. Auch vorne bei Patrizia. Mutter sagte, Peter sei schon nachmittags hier gewesen, was mich gleichermaßen enttäuschte und erleichterte. Unser Zusammentreffen würde mich diesmal befangen und unsicher machen durch das, was ich wußte und er offenbar nicht. Patrizia schien sich mit Freunden im Aufenthaltsraum des Stockwerkes aufzuhalten, ebenso Mutters Bettnachbarin mit ihrem Mann. Wir hatten das ganze Zimmer für uns und nachten es uns gemütlich. Irgendwann kamen Bläser in den Flur unseres Stockwerkes. Wir öffneten die Tür, um sie besser zu hören, und lauschten alle stumm den feierlichen Klängen. Gegen Ende des kleinen Konzertes sah ich, wie jemand schnell an unserem Zimmer vorbeiwischte, kurz vorher das Geräusch einer sich schließenden Tür, gleichzeitig Stimmengemurmel in der kurzen Zeitspanne des Türeöffnens und -schließens. Es könnte Peter gewesen sein, war mir aber nicht sicher. Ich bin ohnehin die einzige im Raum gewesen, die diese vorbeiwischende Silhouette überhaupt wahrgenommen hat. Befand sich Patrizia nun doch in ihrem Zimmer? Wir gingen hinaus auf den Flur, um die Bläser mit Applaus und Winken zu verabschieden. Als letzte schloß ich langsam die Tür und horchte dabei in Richtung von Patrizias Zimmer. Keine Stimmen mehr, keine Musik, kein Geräusch, nichts.

Nach einer halben Stunde erreichten wir alle einen toten Punkt, der Vater blätterte und las in einer Zeitschrift die jemand liegen ließ, die Kinder führten mit ihrer Oma ein artiges Gespräch über Schule, Noten, Leistungsfächer, Nachprüfungen, Klassenkameraden, und ich verabschiedete mich nach draußen, ich wollte nur ein wenig »rumschauen«, sagte ich, man quittierte es mit flüchtigem Kopfnicken. Im Aufenthaltsraum saßen vier bis fünf unbekannte Personen in Feierstimmung, ich ging weiter, über die breite Treppe hinunter in die Eingangshalle, wo in der Mitte eine weihnachtliche Szene aufgebaut war. Musiker, drei Sängerinnen im Trachtengewand mit edlen Schultertüchern und gezopften Frisuren. An einem Holztischchen mit Adventskranz und vier brennenden roten Kerzen saß ebenfalls eine Frau im Dirndl mit einem großen grauschwarzen Haarknoten im Nacken, die mir bekannt vorkam, ich hatte sie schon einmal gesehen. Um sie herum gruppierten sich Stühle, Bänke, alle Sitzmöbel offenbar, die das Krankenhaus zu bieten hatte. Man mußte sich den Weg zum Hauptausgang bahnen. Niemand jedoch schien diese festliche Szenerie verlassen zu wollen. Ein buntes Gemisch von Zuschauern, Zuhörern, Kranke im Morgenmantel und Rollstühlen, Besucher in Wintermänteln, Kinder, alte Leute mit Rollatoren neben sich.

Ich fand einen noch freien Stuhl gegenüber der Dame am Holztisch, die lebhaft und mit geschulter Stimme die »Heilige Nacht« von Ludwig Thoma las. Dann machte sie Pause, trank etwas, schaute zu den Musikern und nickte. Die begannen mit dem langsamen meditativen Landler von Tobi Reiser. Eine Frau spielte Hackbrett, ein Mann Zither und ein anderer Gitarre. Ich betrachtete die Leserin eindringlicher und erkannte sie schließlich. Es war eine berühmte Volksschauspielerin. Zwischen den Thoma-Texten erzählte sie Persönliches, daß sie vor zehn Jahren in diesem Krankenhaus an Weihnachten beinahe gestorben wäre, aber wieder zurück ins Leben durfte. Aus Dankbarkeit lese sie deshalb jedes Jahr an Heiligabend diese wunderbare Geschichte in der Hoffnung, daß viele Patienten hier wieder ins Leben finden mögen. Alle Leute, darunter auch ich, klatschten gerührt.

Nur einer nicht; plötzlich sah ich ihn in der Menge schräg hinter der Schauspielerin. Er klatschte nicht, schien gar nichts gehört zu haben, schaute leer geradeaus in meine Richtung ohne mich zu sehen. Es war Peter. Unwillkürlich bewegte ich mich hinter den Kopf des Vordermannes, ich wollte nicht, daß er mich sieht, das wäre merkwürdig gewesen, außerdem war mir jetzt klar, daß er alles wußte, Patrizias Lüge, Betrug und Verrat. Unter all den froh und festlich gestimmten Leuten stach er als Fremdkörper heraus, ein Alien, auf die Erde verirrt und unfähig zu verstehen, was da vor sich ging. Auch war er blaß wie der Tod, irgend etwas hielt er verkrampft auf seinem Schoß umfaßt, wahrscheinlich der Hut. Ich hielt es auf dem Stuhl nicht mehr aus, stand vorsichtig auf, gebückt, schielte hinüber zu ihm, doch er sah nichts, schaute nur geradeaus wie ein Denkmal. Ich schlich zur letzten Stuhlreihe und weiter Richtung Treppe, blieb stehen, drehte mich um, die drei Sängerinnen in Tracht begannen zu singen, auf bayerisch, daß es nicht finster werden mag, es bleibt so hell, es rücken Mond und Stern nicht von der Stell. Wenn Peter aufsteht und geht, würde ich hier mit ihm nicht sprechen können, müßte ihm auf die Straße folgen, bei der Kälte. Ich spurtete nach oben, stürzte in das Krankenzimmer, packte Mantel und Tasche, brachte nur hervor, daß ich Peter folgen müsse, es eile, verpasse ihn sonst, bin gleich wieder da oder ruf euch an.

Noch bevor man reagieren konnte war ich wieder draußen, zog im Laufen den Mantel an. Das ganze dauerte etwa fünf Minuten, doch in dieser Zeit verschwand Peter. Sein Platz war leer. Vielleicht hatte er mich doch gesehen, nur nicht reagiert. Unschlüssig blieb ich stehen, überlegte. Was hätte es für einen Sinn gehabt ihm zu folgen, warum auch, was konnte ich schon machen? Etwas trieb mich dann doch weiter, hinaus auf den Parkplatz, die breite Einfahrt, die Hauptstraße. Es war naßkalt, leichter Regen, der nur schwach in Schnee überging, dazu windig, alles menschenleer, nur vereinzelt Autos, merklich weniger als sonst, und es erschien mir, als ob die klitschnasse Straße durch diese wenigen Autolichter noch mehr glänzte als sonst, viel intensiver das Licht reflektierte. Ich wollte wieder zurück in das Foyer des Krankenhauses, ins Warme, Helle, Freundliche, zur schönen alpenländlichen Weihnachtsmusik und –sprache, die anheimelnde und tiefgründige Sprache des Ludwig Thoma, zum Ausdruck gebracht von dieser souveränen Schauspielerin, die etwas Tiefes, beinahe Ewiges mit diesem Ort verband. Obwohl Peter mir entwischt war, konnte ich nicht anders, blieb wie angewurzelt in der naßkalten einsamen Dunkelheit.

Gerade als ich dann doch kehrtmachen wollte, sah ich ihn in einiger Entfernung auf den U-Bahn Eingang zugehen, langsam, ein Mann mit Hut wie im Krimi, der einzige Mensch auf der Straße. Schon war er wieder verschwunden, so daß ich einen

Spurt hinlegen mußte, seit Ewigkeiten war ich nicht mehr so gerannt, schnaufte wie ein altes Pferd, das gleich zusammenbricht, stürzte die Rolltreppe hinunter; welche Linie er wohl nehmen würde? Weder kannte ich die Adresse seiner Wohnung noch die von Patrizias Villa, die laut Rosalie sein Zweitwohnsitz war. Vorerst jedoch ging es zum Ostbahnhof; meine geschärften Augen sahen ihn gerade noch um eine Ecke biegen. Von nun an blieb ich ihm dicht auf den Fersen. Es war ein leichtes, er stapfte mit Scheuklappen durch die Gegend, untypisch für ihn. Nie würde ich diese mechanisch bewegte Robotergestalt mit Hut und leicht gesenktem Kopf als Peter identifiziert haben. Von hinten wirkte er wie ein hochgewachsener alter Mann, der eine Krankheit mit sich herumträgt. Überraschenderweise wählte er meine Linie, die Linie zu unserer Heimatregion, in der er freilich nicht mehr lebte.

Meine Wohnung befand sich fünf Kilometer von der Endstation entfernt und da kein Bus mehr gehen würde, hatte ich einen langen Fußmarsch nach Hause vor mir. Ich mußte meinen Vater anrufen, damit man sich keine Sorgen macht, am besten noch hier im Bahnhof. Handys gab es noch nicht. Bei diesem Wetter eine Nachtwanderung auf sich zu nehmen, wäre nicht gerade angenehm, erst recht an Heiligabend.

Wohin wollte er eigentlich? Zu seiner Tante Rosalie, seiner einzigen Verwandten, die aber eigentlich nicht viel von ihm wissen will? Ich saß im selben Waggon und beobachtete ihn von hinten. Er hätte mich nicht bemerkt, selbst wenn ich ihm gegenüber gesessen wäre oder direkt neben ihm. Trotzdem hielt ich Abstand. Eine innere Barriere hielt mich davon ab, ihn anzusprechen. Irgendwie war er weggetreten, ein Mondsüchtiger auf dem Weg ins Nirgendwo. Kein Zweifel, er mußte im Laufe des Tages oder Abends die Wahrheit erfahren haben. Er war ein Mensch mit zu großer Ernsthaftigkeit für Liebe, Familie, Kinder, so wie ich, eine geheime Ehrfurcht, die ihm wohl selber nicht bewußt ist, ich kenne das, man weiß im Grunde nicht, daß man so empfindet. Und er scheint immer wieder an Leute zu geraten, die diese unscheinbare Ehrfurcht mit Füßen treten.

Merkwürdigerweise empfand ich überhaupt nichts, kein Mitleid, kein Bedauern, keine Trauer, keine Sorge, ich war selber zum Roboter geworden, wie der vertraute Fremde, den ich verfolgen mußte, obwohl ich nicht wollte, als sei dies Teil eines Programms das in mir ablief.

Der Wagen war fast leer, als er an der Endstation hielt. Peter schlafwandelte Richtung Radweg, der an der Hauptstraße entlang führt, ich hinter ihm her in einem Abstand von etwa dreißig Metern, nur noch als Silhouette sichtbar, die sich jederzeit auflösen konnte. Es war finster, ohne Mond und Sterne, ein regnerisch unwirtlicher heiliger Abend. Nach einer Viertelstunde kam jene Strecke durch den Wald, der nach unserem Ort in einen Forst übergeht. Ich beschleunigte, weil ich dieses Waldstück so schnell wie möglich hinter mich bringen wollte und nahm dabei in Kauf, auf Peter zu treffen und mich zu erkennen geben zu müssen, was peinlich, jetzt aber nicht mehr zu umgehen war. Ich fiel in einen Laufschritt und sah gerade noch, wie Peter hinter Bäumen verschwand, merkte mir die Stelle, so gut es ging. Ein kleiner Weg führte hier in den Wald, den ich jetzt ebenfalls nahm, der sich dann aber immer unkenntlicher im Finstern verlor. Vollkommen außer Atem wartete ich, bis Herz und Lunge sich wieder erholt hatten, horchte, doch nichts rührte sich, Stille und Finsternis wie im Grab. Froh war ich um die Luft zum Atmen, leider konnte ich sie nicht sehen, dazu war es zu wenig kalt. Ich versuchte mir den Wald verschneit vorzustellen, wie in der Geschichte, die ich heute gehört hatte, doch die Phantasie versagte. Ich fror, die Situation war mir sehr unangenehm, da ich wußte, daß Peter hier irgendwo sein mußte. Wäre er weitergegangen durch den Wald, der nach hundert Metern von der Bahnlinie durchschnitten wurde, hätte ich ihn gehört. Vielleicht auch nicht, mag sein, daß der zeitliche Abstand zwischen ihm und mir doch zu groß und er schon längst an der Bahnlinie war.

Auf der anderen Seite der Bahnlinie führte nach zirka hundert Metern eine Forststraße zu einem Weiler. Was hätte er dort zu suchen gehabt, es konnte wohl nicht sein Ziel gewesen sein. Also doch der Wald, oder die Bahnlinie? Noch sträubte sich alles in mir gegen den Gedanken, daß er sich womöglich umbringen wollte, Tabletten, Alkohol, sich vor den Zug werfen wie vor zwei Jahren ein junger Mann, den ich sogar kannte, ein Mitschüler von Andi. Ich nahm allen Mut zusammen und rief so laut ich konnte Peters Namen.

Wo bist du? Ich weiß daß du hier bist!

Nichts rührte sich. Meine Stimme hörte sich seltsam an, wie von einer Fremden. Ich rief noch einmal und dann noch einmal. Nichts. Um die aufkommende Angst zu überwinden, redete ich vor mich hin, während ich nun sehr schnell auf dem Radweg weiterging. Die ersten Lichter des Heimatortes tauchten auf. Wie man in den Wald ruft, so schallt es zurück!, wiederholte ich mehrmals. Wie man in den Wald ruft, so schallt es zurück. Warum hatte sich Peter verweigert? Wollte er sich wirklich umbringen? Sollte ich die Polizei rufen? Wenn ich ihn von seinem Vorhaben nicht abbringen konnte, wäre die Polizei erst recht kein willkommener Helfer. Insgeheim gefiel mir seine Konsequenz. Würde ich es an seiner Stelle genauso machen? Ich fühlte mich abgewiesen, abgelehnt wie ein Kind, das keine Antwort bekommt, das nicht beachtet wird, das in den Wald ruft und nichts hallt zurück. Ging es mir nicht genauso wie Peter? War ich nicht in einer ähnlichen Lage? Mit dem großen Unterschied, daß ich Andi und Luzi hatte, das Beste, was ich in meinem Leben zustande brachte. Gäbe es sie nicht, wer weiß, was aus mir geworden wäre.

Ich ging zum Haus meiner Eltern, es war dunkel, natürlich, Vater und die Kinder würden erst um Mitternacht zurückkommen, vielleicht sogar später, wenn sie die Mette in der Krankenhauskapelle noch besuchten, unwahrscheinlich zwar, doch wer weiß. Was nun? Zur Polizei? Wozu. Vielleicht war er auch nur vor mir geflüchtet, wollte einfach nur seine Ruhe haben, ich mußte das wohl endlich einsehen. Und wenn er sich wirklich umbringen wollte, konnte ihn auch die Polizei nicht retten. Weil ich nicht wußte, was tun, ging ich in die Kirche, die Glocken setzten gerade ein zur Mette. Unter Leuten, mit vertrauter Weihnachtsmusik würde ich mich wieder beruhigen. Auf dem weiten Platz vor der Kirche stand die Blaskapelle des Ortes und spielte »Tochter Zion«, sanft beleuchtet vom orangenfarbenen Licht, das auch die Kirche aus der Dunkelheit hebt, wenn man sich nachts dem Ort nähert.

Es war noch sehr früh, die Kirche erst halb voll. Ich setzte mich in die erste Reihe, wo nie jemand saß, außer den Angehörigen bei Beerdigungen, versenkte meinen Blick in die Krippe, direkt vor mir aufgebaut. Auf diese Krippe war man stolz, sehr wertvoll, zog es viele Besucher und Beschauer an, handgeschnitzte Holz-figuren in wertvollen Gewändern, selbst die einfachen Hirten trugen edle Leinenkleidung. Auch während der Messe ließ ich den Blick nicht von ihnen. Meine Augen fühlten sich an wie tot, und doch erweckten sie diese Figuren zu einem eigenen ge-heimen Leben voll Anmut und Grazie, daß es mir fast unheimlich wurde. Als am Ende die Hauptlichter ausgemacht wurden und die ganze Kirche »Stille Nacht, Heilige Nacht« sang, ließ ich den Tränen freien Lauf, auch als die Lichter wieder angingen, und es kümmerte mich nicht, ob meine Banknachbarn dies bemerkten. Ausgerechnet heute nacht würde ich einen guten Freund ver-lieren, meinen besten vielleicht, doch wer weiß, vielleicht verlor ich auch nur eine Chimäre, eine wundervolle Illusion. Vielleicht war er nie wirklich ein Freund. Lange betrachtete ich noch Maria im Stall vor der Krippe, entspannt lächelnd, im weißen Schleier, wie eine schöne Braut. Selbst wenn Atheisten wie meine Eltern glauben, daß es sie so nicht gegeben hat, mußte es sie ganz einfach so geben für alle, die es sonst nicht aushalten würden.

Jemand riß mich aus meiner Versunkenheit, eine Stimme, ich blickte auf, in das freundliche Gesicht einer älteren Frau.

Es gäbe in der Halle des Pfarrhauses zum Ausklang noch Glüh-wein, ich sei herzlich eingeladen. Die Frau erschien mir wie einer dieser Engel in der Krippe, der unbemerkt neben mir gelandet eine Alltagsgestalt angenommen hat. Sehr gerne!, sagte ich und schloß mich einer Traube von Leuten an, die als letzte die Kirche verließ. Die Halle war eigentlich nur ein überdachter Vorplatz mit Stehtischen, Plätzchentellern, weihnachtlich dekoriert und beleuchtet mit kleinen schwarzen Laternen. Aus einem großen Kessel wurde Glühwein geschöpft. Etwa zwanzig Personen grup-pierten sich um die Tische, sie kannten sich alle, eine kleine eingeschworene Gemeinde. Einige kannte ich, hauptsächlich von früher, die meisten jedoch nicht. Ich fand mit meiner Glüh-weintasse Platz an einem fast leeren Tisch, nur ein altes Ehepaar und ein ebenso alter Mann mit Pelzkappe nippten an ihren Tassen, nickten mir zu und unterhielten sich über Dinge, von denen ich keine Ahnung hatte, nicht einmal die Namen die fielen, kannte ich. Doch war ich froh darüber, denn ich wollte eigentlich nicht reden, leerte statt dessen den halben Plätzchenteller und trank schon die dritte Tasse Glühwein, diesmal mit einem Schuß Cognac, wie angeboten.

Ich mußte nach Hause. Der Vater, Andi und Luzi warteten sicher schon und machten sich womöglich Sorgen. Doch ich konnte nicht. Ununterbrochen dachte ich jetzt an Peter im Wald und beschloß, doch die Polizei einzuschalten, sie konnte ihn mit ihren Suchscheinwerfern finden, es war noch nicht zu spät, falls er sich mit Tabletten vollgestopft und nicht vor den Zug geworfen hat, was ich nicht glaubte, es paßte nicht zu ihm, doch was wußte ich schon. Alles war möglich.

An eine weitere Möglichkeit dachte ich erst, als ich sie direkt vor Augen hatte. Jemand trat an meine Seite, legte beide Hände auf den Stehtisch, sie hielten eine volle Glühweintasse umfangen, wie um sich zu wärmen. Es war Peter. Wir sagten beide nichts, schauten uns nur an, wobei man wegen des schummrigen Lichts den Blick nur fühlen konnte.

Warum hast du nicht geantwortet?, sagte ich vorwurfsvoll.

Es war so wie ich vermutet hatte. Er konnte es nicht ertragen, daß ich ihn verfolgte. Was ich freilich nicht wußte und jetzt erst erfuhr, er hatte mich schon im Krankenhaus bemerkt.

Ich machte mir Sorgen!, sagte ich. Und dabei bin ich dir wohl nur auf die Nerven gegangen!

Nein!, sagte er laut und bestimmt wie ein Lehrer, der einen Schüler berichtigen muß. Nein! Weiter sagte er nichts.

Aus den Augenwinkeln sah ich, daß die drei alten Leute uns verstohlen betrachteten. Wir wirkten wohl wie ein verkrachtes Ehepaar, das sich an Heiligabend wieder versöhnte.

Irgendwann, ich wußte nicht wie es geschah, faßten wir uns an den Händen und blieben so, bis die freundliche Pfarrdame erschien und fragte, ob wir noch Glühwein wollten. Da erst bemerkten wir, daß wir zu den letzten Besuchern gehörten. Der Platz war fast leer, man hatte schon mit dem Aufräumen begonnen. Die Frau am Kessel bat uns, mit ihr den letzten Rest »zu vernichten«, wie sie sagte. Wir prosteten uns zu, tranken den mittlerweile lauwarmen Wein.

Jetzt ist richtig aufgeräumt! meinte sie gutgelaunt, und alle lachten, die noch anwesend waren.